POUR TOUS MES PÉCHÉS

www.editions-jclattes.fr

Irene Cao

POUR TOUS MES PÉCHÉS

Roman

Traduit de l'italien
par Julia Nannicelli

JC Lattès

Titre de l'édition originale :
PER TUTTI GLI SBAGLI
publiée par Rizzoli

Maquette de couverture : Pierre Martin Vielcazat.

ISBN : 978-2-7096-4846-2

Première édition mars 2015.

À Carlo, mon père.

1.

Voilà dix minutes qu'elle s'est mise à courir.

Elle a pratiquement dévoré le premier kilomètre, fait de terre et de gravier. Ce n'est pas une femme qui aime la demi-mesure. Elle a maintenant gagné le béton qui semble presque briller sous le soleil matinal.

La ville est encore loin. Autour d'elle, des rangées de vignes entrecoupées par quelques cerisiers et par des oliviers centenaires. C'est un endroit magique. De là-haut, on a un panorama imparfait du monde d'en bas : à certains moments, il paraît très lointain, à d'autres il semble si proche qu'on en aurait presque peur. Mais Linda Ottaviani ne se laisse pas impressionner par les apparences : l'étrangeté n'est rien d'autre qu'une forme de charme, pour elle.

Courir le matin est sa drogue. Elle le fait chaque jour, qu'il y ait du soleil, qu'il pleuve, ou même qu'il neige. Elle avance majestueusement, sûre d'elle, en short et débardeur, avec ses chaussures de sport rose fluo et ses Wayfarer vert d'eau protégeant ses yeux de la même couleur. Les écouteurs de l'iPod qu'elle porte au poignet sont enfoncés dans ses oreilles, car elle n'a qu'une règle : on ne court pas sans musique. De temps en temps, elle l'approche de ses lèvres et, avec la commande vocale, fait avancer la playlist de Depeche Mode à Lana Del Rey. Avant de sortir, elle a attaché en queue-de-cheval ses cheveux fraîchement teintés par un balayage *tie & dye*, et quelques mèches rebelles s'échappent de l'élastique doublement enroulé. Il n'y a rien à faire, ses cheveux sont comme elle : un chaos qu'il est inutile de tenter de masquer derrière un ordre de façade. Tout comme ses pensées, ils sont indomptables.

Elle relâche ses bras en les secouant le long de ses hanches et se prépare à accélérer l'allure : elle court maintenant depuis une demi-heure, mais elle a encore suffisamment de souffle. Elle boit une gorgée d'eau minérale, extrayant sans s'arrêter une petite gourde de sa ceinture élastique. Elle commence alors à descendre vers Rugolo, sur les collines trévisanes : une poignée de maisons colorées, une église et un clocher rouge qui sonne 9 heures, un matin de mai. Le village garde la trace du passage de Stepán Zavrel, un artiste qui a laissé de ravissantes fresques sur les murs de certains bâtiments. Linda, architecte d'intérieur toujours en quête de nouvelles inspirations, aime cet endroit, un petit paradis naïf au parfum d'autrefois, en équilibre instable entre deux réalités : elle regarde vers les hauteurs, du côté du mont Pizzoc, un cône qui semble écrasé par le pied lourd d'un dieu ; puis vers le bas, du côté de la plaine, elle observe de là-haut la Vénétie, celle qui est riche, celle des villes et des industries, du bon vin et des villas de luxe. Si on lui demandait de choisir auquel de ces deux mondes elle souhaite appartenir, elle rirait franchement : elle se sent bien partout, chaque contradiction est un défi auquel elle ne sait résister.

Elle commence tout juste à transpirer : cela signifie qu'elle court de la bonne manière. Des gouttes coulent le long de son dos, d'autres glissent de ses tempes jusqu'à la peau ambrée de son cou, pour ensuite se nicher au creux de ses seins toniques. Elle court vite, mais elle n'est pas encore à son maximum. Elle dépasse le carrefour de la Madone del Sasso, une étrange sculpture creusée dans un énorme bloc de pierre, et désormais recouverte de chapelets et de cœurs posés en offrande. La Maison bleue n'est plus loin : c'est le moment du sprint final. Après presque une heure de course, Linda est un faisceau de muscles, toute son énergie est dans ses jambes : elle ne pense plus à rien, seule la route existe. La route et son instinct.

Elle parcourt les derniers cent mètres en un élan. Son cœur bat, sa tête est particulièrement légère, ses poumons sont sur le point d'exploser, son corps prêt à céder.

Stop.

Inspirer. Expirer. Tout ralentit. La phase de décompression est la meilleure. Le cœur s'ouvre, l'esprit se vide. Maintenant elle se sent vraiment libre.

Linda marche à présent. Elle avale trois gorgées d'eau et règle son iPod sur Radio Deejay. La voix nasillarde de Linus l'accueille : « Orgueil, avarice, luxure, envie, gourmandise, colère, paresse : quel est votre péché capital préféré ? Bref, quel genre de pécheur êtes-vous ? Écrivez-nous : on attend vos SMS… »

C'est alors que retentit *7 Deadly Sins* des Simple Minds. Linda se met à rire, elle secoue la tête et une expression amusée se dessine sur son visage. « Quel sondage idiot… », laisse-t-elle échapper à voix basse. Ces vices, précisément, elle les possède peut-être tous.

Il n'empêche que la chanson est toujours aussi géniale, pense-t-elle tandis qu'elle rejoint le chemin en sautillant.

2.

La Maison bleue sépare en deux l'ancien vignoble de Vill'Alta. C'est là qu'habite Linda, dans la demeure de ses grands-parents paternels. Elle l'a restaurée elle-même, en choisissant avec soin et une précision presque obsessive le moindre détail de décoration et d'ameublement. Plus qu'une maison, c'est un lieu de mémoire, comme une peau qui porte en elle l'empreinte de son histoire, écrite dans tout ce qui la compose : les murs bleu ciel, les châssis rouge pourpre, les grands paniers en paille tressée sous le patio, les fûts dans la cave, les pierres claires disposées une à une tout le long du chemin qui traverse le jardin… ainsi que l'absence de barrières, et ce silence naturel qui emplit le cœur. Sur un coin de la façade, un cadran solaire scande les heures depuis plus d'un siècle en projetant une fine ombre noire. Linda en a redessiné les contours ternis par le temps avec un rouge brillant et elle ne prête désormais presque plus attention à sa présence, comme c'est souvent le cas avec les choses ou les personnes qui ont toujours été là.

Dès qu'elle arrive sous le patio, elle décroche sa ceinture élastique avec sa gourde vide et l'abandonne sur le seuil. Elle détend ses muscles en expirant et commence à faire quelques étirements dans la fraîcheur qu'offre la pergola, près de l'entrée. Elle ne suit pas une séquence précise, mais enchaîne les mouvements de façon aléatoire. Après quelques minutes, elle attrape les petits haltères de trois kilos, un pour chaque bras, et entame quatre séries de squat, l'exercice le plus efficace pour se muscler les cuisses et les fesses, comme le lui répétait toujours Davide, son coach personnel. C'est aussi l'homme avec qui Linda a couché hier soir. Un de ceux qui appartiennent à la catégorie : « Une nuit et c'est fini. Deux maximum. »

Elle avait connu Davide Costa à la salle de sport qu'elle fréquentait cet hiver. Puis, en mars, elle avait arrêté de s'y rendre – un peu à cause de l'arrivée des beaux jours (qu'y a-t-il de mieux que courir à l'air libre pour chasser la tension du bureau ?), et un peu car elle avait fini par se convaincre que les exercices effectués sur les machines ne la satisfaisaient pas autant que ceux qu'elle faisait librement avec son corps – et adieu le beau professeur. Jusqu'à la veille, quand son amie Valentina avait réussi à la traîner au New Wave pour le concert des Rebel Roots, un groupe de reggae rock dont elle n'avait, à vrai dire, jamais entendu parler. Une fois entrées dans la salle et après avoir traversé dans la pénombre les ondes de fumées, elles avaient trouvé deux places sur un petit canapé le long du mur, tout près de la scène. Puis, quand les lumières s'étaient allumées et que le groupe avait commencé à jouer, voilà qu'il était là. Eh oui, le type des percussions Linda l'avait déjà vu quelque part, et il lui avait suffi d'un instant pour savoir où : Davide, un mètre quatre-vingt-dix de divinité grecque, mais dans une tenue tout à fait inédite. Ainsi, le torse et les pieds nus, avec son sarouel, ses mains qui tapaient contre les peaux des tambours, les muscles de son torse qui dansaient en rythme, il était sexy à en couper le souffle. Et quand, avec son bras, il essuyait la sueur de son front ou qu'il se penchait jusqu'à terre pour attraper sa bouteille… on n'était pas loin de la perfection.

Dès que le groupe a eu fini de jouer, Linda a tout mis en œuvre pour capter le regard de Davide, accoudé au bar. Avec l'aide de l'audacieux décolleté de sa petite robe en jersey turquoise, elle n'a pas mis longtemps à attirer son attention.

— Tu es vraiment doué, l'a-t-elle félicité, en s'approchant de son plus beau pas félin, doux et sensuel.

— Tu trouves ? a-t-il répondu.

— Complètement. Tu as une énergie de dingue !

— Merci.

Le bronze de Riace s'est alors fendu d'un sourire.

C'est dans la poche, a pensé Linda. Si je le veux, il est à moi.

— Je ne savais pas que tu étais aussi musicien, lui a-t-elle glissé avec un sourire, le caressant d'un regard lourd de sous-entendus.

— En fait, a précisé Davide, je suis musicien avant d'être coach. J'ai étudié la batterie pendant dix ans, au Conservatoire. Le job à mi-temps à la salle de sport est seulement alimentaire, c'est une façon comme une autre de pouvoir continuer à pratiquer ma vraie passion.

— Sans blague ! a répondu Linda en affichant un intérêt sincère.

— Ça te dit une bière ?

— Eh bien, on ne dit jamais non à une proposition alcoolisée, a-t-elle répliqué avec un clin d'œil.

La vie cachée de Davide avait éveillé son intérêt : ce garçon l'attirait de plus en plus... Ça valait vraiment le coup, maintenant, de déployer ses talents de séductrice.

— Tout va bien ? lui a-t-elle demandé, remarquant qu'il continuait à soulever les semelles de ses Adidas comme si le sol était collant.

— Je me suis détruit les plantes de pied sur cette scène en bois, a-t-il expliqué. Je dois avoir une écharde coincée quelque part. Ça me fait super mal...

— Si tu veux je m'en occupe, a proposé Linda sur un ton qui ne dissimulait aucune de ses intentions.

— Alors ça valait le coup de me donner à fond..., a-t-il murmuré à son tour.

Peu de temps après, ils étaient dans la Golf de Davide. Ils ont roulé quelques kilomètres dans les collines, jusqu'au moment où, n'y tenant plus, ils ont emprunté une rue parallèle et se sont arrêtés au milieu d'un champ désert. Et c'est dans la voiture qu'ils ont assouvi l'excitation qu'ils ne parvenaient plus à contenir. Une étincelle à laquelle on ne pouvait qu'obéir.

Au fond, une deuxième nuit ne serait pas de trop, pense Linda tandis qu'elle serre fort les petits haltères entre ses doigts. Le garçon savait y faire, elle devait bien l'admettre, et, très vite, les images d'un film fraîchement tourné se mettent à défiler dans sa tête : une bouche qui s'arrête un instant sur un sein, les mains noueuses de batteur serrant sa peau moite, la langue qui bouge selon un rythme presque tribal dans son sexe humide.

Elle allonge les bras, fléchit les genoux – ses pieds bien ancrés au sol – et contracte les fesses, tout en maintenant son regard fixe sur un point imaginaire situé sur le muret d'en face. C'est seulement à ce moment-là qu'elle remarque le petit morceau de papier qui dépasse des briques.

Elle lâche ses haltères d'un geste brusque et court vers la boîte aux lettres. À travers l'interstice, elle aperçoit, dans le fond, une photographie de Hanoï.

Un sourire se dessine, malgré elle, sur ses lèvres. Elle connaît déjà l'expéditeur sans même avoir besoin de regarder au dos de la carte. Et lorsqu'elle la retourne, l'écriture légèrement virevoltante lui confirme que c'était inutile.

Je rentre bientôt.
Je t'embrasse,
Al'

Linda pousse un long soupir, presque théâtral, et sourit à nouveau. Puis, elle pense tout haut :

— *Je rentre bientôt* ? Il veut faire croire ça à qui ?

Elle lève les yeux au ciel.

— Enfin, cette fois c'est peut-être la bonne. Je vais peut-être finir par le revoir, ce con...

Le con en question, c'est Alessandro Degan, l'ami le plus cher de Linda, du moins l'était-il, il y a longtemps. Ils avaient grandi ensemble, dans le même monde, sur ces collines sauvages qui ont façonné durablement leurs caractères et leurs vies, si différentes. Ils avaient été ensemble au lycée, puis s'étaient perdus de vue quelques années après le baccalauréat : il avait décidé de poursuivre son rêve, devenir reporter photographe. Ainsi, il était parti. Leur amitié, cependant, avait survécu à la distance, car Alessandro avait tenu la promesse que Linda avait réussi à lui arracher avant son départ : lui envoyer une carte postale de chaque pays par lequel il passait. Sans exception. C'est ainsi que les années s'étaient écoulées, et Linda en avait reçu un paquet, expédiées depuis les endroits les plus perdus et incroyables de la planète, de Katmandou à Oulan-Bator, de Samarcande à Juneau.

On pourrait dire qu'Alessandro vit en voyageant, à la recherche d'histoires à raconter avec des images. Et la façon dont il les raconte n'appartient qu'à lui : ses clichés vous touchent au plus profond, il recherche l'émotion et la simplicité des mouvements. Voilà pourquoi ses reportages se retrouvent souvent dans des revues prestigieuses, comme le *Times* ou *National Geographic*. Il rentre rarement en Vénétie ; généralement il fait halte à Londres, où se trouve le siège de l'une des plus importantes agences de photographie pour laquelle il travaille. La dernière fois qu'il est passé par là remonte à cinq ans, peut-être même six. Linda a cessé de compter. Elle a l'impression que cela fait une éternité, et l'idée qu'elle puisse bientôt le revoir la remplit de joie, provoque en elle une excitation presque infantile. Sera-t-il changé ? Peut-être qu'il aura vieilli. Et lui, la trouvera-t-il différente ?

Linda donne un léger coup de pied à la porte d'entrée et pénètre chez elle. Elle range la carte postale à sa place, à côté de celle qu'il lui a envoyée de Singapour il y a quelques mois. Quand elle a emménagé dans la Maison bleue, elle a eu l'idée de consacrer un mur du salon aux cartes postales d'Alessandro, qui sont toutes des tirages de ses propres photos. Avec un long fil de cuivre, elle a créé une sorte de spirale sur la paroi, et chaque fois qu'elle reçoit une nouvelle photo, elle la suspend avec une pince en bois. En bref, elle est parvenue à créer sa propre œuvre d'art à partir de la créativité d'Alessandro : cette installation colorée, un genre de *work in progress*.

Elle s'éloigne du mur et observe le résultat avec un peu de distance : elle en est très satisfaite, et la trouve parfaitement à sa place. Elle retire ensuite ses chaussures et jette ses habits sur le petit fauteuil vintage devant le secrétaire en ébène. Juste à côté trône un ancien poêle en fonte qui, l'été, sert à entasser des livres et des magazines de design. La voilà l'âme profonde de la Maison bleue : elle est nourrie de la fantaisie de Linda, de son œil extravagant sur le monde.

Tout est en ordre et, désormais nue, elle peut finalement gravir les marches en pierre rouge et entrer dans la salle de bains.

Après la douche, elle étale avec soin sur son corps une crème hydratante française à base de ginseng sibérien. D'un coup d'œil rapide elle vérifie la zone du maillot et se dit qu'elle ne doit pas oublier de prendre rendez-vous avec son esthéticienne. Elle enfile une petite culotte noire et un soutien-gorge assorti, puis coiffe les boucles de ses cheveux blond cendré qui lui tombent jusqu'aux épaules. Avec un peigne en bois à dents larges, elle fait retomber ses mèches d'un même côté de son visage. De cette façon, elle a l'air un peu plus adulte que lorsqu'elle les attache, une séduisante trentenaire qui paraît tout de même avoir cinq ans de moins que ses trente-trois effectifs.

Elle jette un dernier coup d'œil au miroir, de face, puis de profil, hausse les sourcils, pince un peu ses lèvres charnues, et teste deux ou trois sourires passe-partout, de ceux auxquels on ne résiste pas : ils font encore leur sale boulot ! La voilà prête.

Elle va pour attraper le flacon d'Opium, son parfum préféré, mais la bouteille lui glisse des mains et tombe par terre.

— Putain, non ! crie-t-elle en tirant une mèche de ses cheveux comme si elle voulait l'arracher.

Elle vient juste de commencer à pester contre la terre entière lorsque son téléphone se met à sonner. Elle l'attrape sur la tablette, sous le miroir.

— Mon Dieu ! Bosi. Il m'emmerde déjà dès le matin ?

Elle soupire, respire à fond puis, agacée, elle décroche.

— Il faut que tu viennes tout de suite à l'agence, lui annonce de façon péremptoire l'architecte Gianluigi Bosi.

— Et pourquoi donc ? réplique-t-elle sans cacher son irritation.

Son ton n'est assurément pas celui qu'il convient d'adopter avec son patron.

— On en parle quand tu seras là.

Linda ramasse un fragment de son flacon d'Opium et, avec un geste nerveux, le jette dans la poubelle sous le lavabo.

— Ne me dis pas que ces abrutis des Grimani ont changé d'idée sur l'aménagement de la salle de bains !

— Si tu te dépêches de venir au bureau, on en parle ici, la coupe Bosi tout en faisant défiler des photos sur son iPad. On n'attend que toi.

— Ça va, j'ai compris.

— Qu'est-ce que tu as compris ?

Bosi sélectionne une photo d'Ivanka, sa nouvelle copine du moment simplement vêtue d'un bikini, et la définit comme fond d'écran avant d'afficher un sourire satisfait.

— Allez, dépêche-toi, je dois te parler.

Elle ouvre la penderie, fait glisser sa main sur une série de robes de couleurs et de standing différents. Elle en choisit une longueur genou, à mi-chemin entre le formel et le décontracté, puis attrape deux paires de sandales à talons qui se marient bien avec sa tenue, et enfile une paire d'espadrilles. Elle accroche autour de son cou un énorme collier ethnique, pioché au hasard dans sa boîte à bijoux. Elle s'observe une dernière fois dans le miroir.

— Mmh, commente-t-elle à haute voix, peut-être que ça ne colle pas très bien avec cette robe.

En effet, les médaillons rouge corail qui tombent de son cou jusqu'à sa poitrine détonnent avec les lignes de sa robe bleu pastel.

— Bon, peu importe, souffle-t-elle.

Elle tourne enfin le dos au miroir et s'en va.

Elle ouvre le coffre de son coupé cabriolet, une Alfa Romeo spider rouge datant de 1979, et y jette ses paires de chaussures, deux catalogues d'ameublement de salle de bains et un échantillonnage de carreaux en verre de Murano.

Elle baisse la capote et s'installe au poste de conduite. Elle inspire longuement. L'air sent le laurier et la rose. Elle enfile ses Ray-Ban aviator – elle n'utilise ses Wayfarer que pour courir ou aller à la mer – et saisit le volant. Une autre inspiration, plus profonde, et elle tourne la clef. Mais le moteur ne s'allume pas. De temps à autre, sa voiture lui fait ce genre de plaisanterie. Au fond, Linda a beau consacrer à ce petit bijou toute l'attention qu'il mérite, son coupé chéri commence à avoir de l'âge.

— Allez, démarre !

Linda décoche un coup au tableau de bord, tourne de nouveau la clef et, cette fois, la voiture réagit. Elle enclenche la première et appuie fermement sur l'accélérateur.

Là en bas, il y a la plaine. Là en bas, une nouvelle journée l'attend. Et Linda pourrait jurer qu'elle sera agitée.

3.

Orgueil

— Mais bienvenue, Linda ! Heureusement que j'avais dit *tout de suite.*

Bosi pose sur son bureau ses lunettes de vue à la monture bleu électrique, et s'appuie sur le dossier de son fauteuil en plongeant une main dans ses cheveux grisonnants.

— Il y avait un embouteillage de malade, ment Linda en entrant d'un air effronté dans le bureau.

Elle se baisse pour ajuster la boucle des sandales vertes à talons de douze qu'elle a piochées dans le coffre de la spider.

— Il m'a fallu un quart d'heure rien que pour traverser la rue Cavour, il y avait une tonne de voitures…

— Tu sais bien qu'à Conegliano c'est toujours comme ça, le matin, observe Bosi en se penchant en avant et en la lorgnant avec un sourire amer. Ne cherche pas d'excuses.

Il a un rictus en remarquant l'imposant collier rouge feu au cou de Linda, ainsi que son décolleté discret mais sensuel. Elle sent son regard sur elle, mais fait comme si de rien n'était.

— En effet, je n'étais pas du tout en train de me justifier, réplique-t-elle avec le ton autoritaire de celle qui ne doit rien à personne.

Elle s'arrête un instant au centre de la pièce et redresse son dos : elle essaie de respirer avec le ventre, vague souvenir d'une leçon de pilates qui remonte à un siècle, comme si elle cherchait à rassembler toute l'énergie qu'elle possède. Au bureau, elle en a toujours besoin à profusion, c'est pourquoi, avec le temps, elle a dû trouver un moyen afin qu'on ne la lui extorque pas. Or, respirer de la bonne façon est le meilleur point de départ.

Elle avait atterri dans l'agence de Conegliano après son master en architecture d'intérieur au Iuav[1] de Venise, dans lequel Gianluigi Bosi donnait un cours d'architecture d'intérieur de luxe, très prisé des étudiants de première année. Quand il eut pour la première fois sous les yeux un des projets excentriques de Linda, il comprit immédiatement que la jeune femme avait une longueur d'avance. Il fut impressionné par son inclination naturelle à transgresser les règles et, quand il la soumit à quelques essais sur le terrain, par sa capacité nette à réa-

1. Université de Venise spécialisée dans l'architecture, le design, l'urbanisme et la planification du territoire, mais aussi dans le théâtre, la mode et les arts visuels. (*Toutes les notes sont de la traductrice.*)

gir efficacement en dépit des circonstances les plus défavorables. Ainsi, en l'espace de quelques mois et avant même qu'elle n'obtienne son diplôme, il l'avait engagée dans son agence.

— Alors, qu'est-ce que tu devais me dire de si urgent ? lui demanda-t-elle, un brin arrogante, en se ménageant une place entre les deux petits fauteuils en bois massif face au bureau.

Elle a toujours tutoyé son chef, et aucun d'eux ne se rappelle si c'est lui qui a voulu qu'il en soit ainsi, au début de leur collaboration, ou si c'est elle qui n'a pas accepté, dès le départ, la hiérarchie verbale classique entre un patron et son employée.

C'est alors que Bosi lui lance dans un souffle :

— J'ai modifié le projet des Grimani en fonction de ce qu'ils souhaitaient, il faut que tu le saches.

— Quoi ?! explose Linda en balançant par terre son sac avec les catalogues à l'intérieur.

— Ça fait des semaines qu'ils demandent une douche horizontale à la place de la baignoire. Ils ne lâchaient pas prise. Qu'est-ce que je devais faire ?

— Et tu me poses la question en plus ?! Dire la vérité, par exemple ? Leur faire comprendre que c'est une idiotie pure et dure !

Une ride se forme entre ses deux sourcils épais et bien dessinés.

Bosi écarte les bras et affiche une expression entre la résignation et le sens des réalités :

— Souviens-toi que le client est roi. C'est la règle numéro un.

— Ah oui ? Et alors pourquoi font-ils appel à nous ? Ils pouvaient l'aménager eux-mêmes, leur grenier !

Sa voix est montée d'un coup de plusieurs octaves. Elle a presque perdu son sang-froid. Bosi ne sait pas quoi répondre, il s'est raidi et hoche la tête. Puis, dans une tentative maladroite pour faire retomber la tension, il commence à pianoter au hasard sur son iPad. La photo d'Ivanka en bikini lui redonne, en un instant, un sursaut de vie.

Linda l'observe avec une grimace.

— Ils ont vu une douche horizontale à la con dans une revue à la con, et ils ont immédiatement pensé : voilà de quoi faire crever de jalousie nos amis ! Et c'est là tout ce que leurs cerveaux à la con ont réussi à élaborer. Mais nous... nous sommes des professionnels, et nous avons le *devoir* de leur expliquer qu'une douche horizontale c'est une énorme connerie et, qui plus est, ce n'est pas du tout adapté à leur salle de bains ! poursuit Linda avec une voix perçante.

À présent elle ne se retient plus du tout. C'est devenu une question de principe. Et sur ça, Linda ne lâche pas prise.

— Ce n'est pas exactement ça, avance diplomatiquement Bosi, nous sommes payés aussi pour exaucer les souhaits des clients.

Mais il est interrompu par son portable qui se met à sonner dans la poche de sa veste. Il met ses lunettes, regarde l'écran et un sourire se dessine sur ses lèvres tandis qu'il répond, presque en murmurant :

— Ivy, *darling*, je ne peux pas là. Je te rappelle dans quelques minutes.

Mais Ivy de toute évidence n'en démord pas et l'oblige à baisser encore un peu plus la voix, tout en pivotant sur sa chaise en quête d'une intimité impossible.

— Mais oui, mais oui, je t'ai dit que je t'y emmènerais... mais pas ce week-end.

Une sorte de grognement s'échappe de sa bouche.

— Mon amour, je t'appelle plus tard. Bisous, bisous, bisous.

Linda le fixe de ses yeux désormais plus verts que bleus et s'agrippe de ses deux mains au bord du bureau. Elle reprend son propos là où elle l'avait laissé. Pour Bosi, il n'existe pas de sortie de secours, pas avec Linda.

— Il n'y a pas d'espace pour deux plateformes, lui assène-t-elle en détachant chaque syllabe. Six jets à haute pression, je ne sais pas si tu réalises... Où veux-tu que je place les points de sortie ? continue-t-elle en hurlant et en le fusillant du regard. Je t'aurais prévenu... Tu verras s'ils n'auront pas des moisissures avec l'humidité incroyable qu'il y aura dans leur salle de bains !

— Eh bien ce sera leur problème, coupe court son chef, en essayant de faire preuve d'un peu d'autorité.

Linda tape du poing sur la table, faisant légèrement sursauter Bosi qui ne parvient plus à réagir à ses attaques. Elle ne sait pas que de l'autre côté des parois en verre, dans le bureau voisin, deux yeux impénétrables, d'un bleu tirant sur le gris, sont en train de l'observer depuis déjà quelques minutes, à la fois hagards et curieux.

Linda pointe Bosi du doigt et lui hurle à la figure :

— Le vrai problème, patron, ce n'est pas la douche horizontale, c'est que tu m'as trahie !

Le dos au mur, il lève les yeux au ciel : il sait déjà comment ça va finir.

— Tu bouleverses l'un de mes projets, et tu n'as même pas la décence de me consulter !

Bosi l'observe sans piper mot ; elle a raison, il ne peut pas répliquer. Il lorgne sur la pièce à côté : son client le plus important, celui aux yeux gris-bleu, est juste là. Cet homme est une occasion unique, une affaire à plusieurs zéros, il ne peut pas se permettre de la laisser filer. Que doit-il penser du professionnalisme de ses collaborateurs ? Il maudit le jour où il a eu l'idée de faire installer des parois en verre pour séparer les espaces.

Heureusement, Ludovico Fassina et Alice Vanzella, les architectes les plus anciens de l'agence, se fendent de larges sourires et adoptent des discours de circonstance avec Tommaso Belli et sa compagne, Nadine Hariri, les poules aux œufs d'or. Ces deux-là savent y faire avec des clients multimillionnaires. Certes ils n'ont pas la créativité ni le génie de son ancienne élève, mais pour les relations publiques ils sont bien meilleurs.

— C'est une question de principe, reprend Linda.

Bosi n'avait aucun doute : elle ne s'arrêterait pas en si bon chemin.

— Je fais mon travail, et je le fais bien. J'y mets toute mon énergie et tout mon cœur. Par conséquent, si je choisis une chose, j'exige qu'il en soit ainsi, point barre… et surtout que tu sois de mon côté !

Bosi essaie alors de se montrer apaisant, mais il réussit simplement à balbutier :

— Calme-toi, Linda.

D'un signe du menton il indique le bureau voisin.

— Tu es en train de te donner en spectacle et il y a, de l'autre côté, des clients *très importants*.

Il plisse le front, ce qui fait ressortir toutes ses rides. Combien de botox gâché, pense Linda en réprimant difficilement un sourire malin. Puis elle se tourne brusquement vers la paroi de verre et tombe sur eux, les Grands Yeux Gris-bleu. L'espace d'un instant, elle oublie tout : le lieu où elle se trouve, son patron un peu lâche, sa colère. Ces yeux la ravissent, elle ne parvient plus à détourner son regard, à penser à autre chose. Puis elle le voit, lui : un quarantenaire – ou à peine plus – impeccable dans son blazer bleu canard. Pas un pli sur sa tenue, chaque détail semble avoir été réalisé sur mesure.

— Qui ça ? Les deux qui veulent aménager la villa Grippo-Belfi ? demande-t-elle après avoir repris ses esprits.

On distingue dans sa voix, désormais sensiblement plus calme, une pointe de curiosité. Bosi profite de ce bref moment de répit – personne ne sait combien ça peut durer – et lui répond à la volée :

— Exactement. Andreucci di Bassano del Grappa s'est occupé de la restauration du bâtiment et il nous a très gentiment recommandés, dit-il tandis qu'un air de triomphe se dessine sur son visage. Il faut bien s'occuper d'eux, et utiliser des gants de velours.

Linda regarde de nouveau les deux individus de l'autre côté de la paroi.

Lui, c'est Tommaso Belli, quarante-quatre ans, un air froid mais un charisme magnétique. Il travaille dans la haute diplomatie internationale et vient tout juste de rentrer en Vénétie – la terre où il est né et a grandi – après un mandat de deux ans à l'ambassade italienne d'Abou Dabi. Elle, c'est sa fiancée, Nadine Hariri, une classe et une élégance innée. Elle a quarante-deux ans mais semble en avoir dix de moins. C'est une de ces femmes qui semblent tout droit sorties des pages glacées d'un magazine de mode, même au réveil. D'origine libanaise, elle fait partie d'une des familles les plus politiquement influentes de Beyrouth, mais elle a grandi à Paris et ne parle pas moins de cinq langues. Tommaso l'a rencontrée au cours d'une mission diplomatique au Moyen-Orient et ils sont ensemble depuis sept ans. Tous les deux riches, cultivés et raffinés, ils forment un couple parfait, agaçant de perfection. Ils viennent tout juste d'acheter une villa de style palladien[1] dans

1. Style architectural originaire de Vénétie, lancé par l'architecte italien Andrea Palladio, à l'époque de la Renaissance. Des

la zone de Montello et ont fait appel à l'agence Bosi pour en assurer l'aménagement. Jusqu'à présent, ils ont prouvé qu'ils étaient des clients très difficiles à satisfaire puisque aucun des mille projets que Ludovico et Alice leur ont présentés n'a trouvé grâce à leurs yeux. L'un trop classique, l'autre trop extravagant...

Linda ne sait pas pourquoi mais elle est étrangement attirée par ces deux-là, et son esprit divague un moment tandis qu'elle les fixe. C'est l'affaire d'un instant car, très vite, ses pensées se focalisent de nouveau sur cette maudite douche horizontale.

— Alors, qu'est-ce qu'on fait avec ces imbéciles de Grimani ? J'espère que tu auras la décence de me laisser leur parler, car je suis la seule à pouvoir les convaincre, conclut-elle avec une grimace.

— Non, Linda, désormais c'est décidé, coupe court Bosi en se redressant dans son fauteuil. Tu es douée, et tu as beaucoup de talent, mais tu ne le sais que trop bien : ton problème, c'est ton orgueil, annonce-t-il sentencieusement. Et c'est un vilain défaut, tu devrais m'écouter et y faire attention.

Linda a envie de sourire, pas vraiment amusée, mais plutôt sarcastique. Cette histoire de vice me persécute, pense-t-elle. D'abord Linus, à la radio, et maintenant voilà que Bosi s'y met à son tour. Mais qu'ont-ils tous, ce matin ? C'est sans doute une

---

édifices s'en inspirent également beaucoup aux XVIIe et XVIIIe siècle mais ceux entièrement conçus par Palladio se trouvent à Venise et en Vénétie.

coïncidence à moins que quelqu'un ne veuille lui faire passer un message... Elle secoue la tête pour chasser cette pensée et réinvestit le présent en lançant avec colère :

— Bien sûr ! Si mon défaut c'est l'orgueil, le tien c'est qu'il te manque des couilles.

Silence glacial.

— Dis donc, Linda, tu vas te calmer et baisser d'un ton, OK ? réplique Bosi, en semblant tout à coup s'être réveillé. Je suis ton patron, tu ferais bien de t'en souvenir de temps en temps, tu me dois un peu de respect.

— Justement, tu devrais jouer au patron plutôt que de faire des ronds de jambe avec des idiots tels que les Grimani ! réplique-t-elle, avant de le planter là.

Elle s'éloigne à grands pas, légèrement instable sur ses hauts talons, son regard sombre pointé sur le sol. Elle ne le remarque donc pas, *lui,* qui sort au même instant du bureau voisin, et la voilà qui s'écrase contre le dos de Tommaso.

— Vous ne pourriez pas faire un peu attention ?! gronde-t-elle, les dents serrées, sans même lever les yeux.

— Veuillez m'excuser, se contente-t-il de répondre tout en réajustant son blazer et le col de sa chemise blanche.

Linda poursuit son chemin sans se retourner, tandis que Tommaso, derrière elle, ramasse un papier tombé à terre et cherche à la rattraper.

— Mademoiselle...

Linda, alors, se retourne.

— C'est à moi que vous parlez ?

— Oui. Vous avez fait tomber ceci, dit-t-il en agitant le papier.

— Ah... Vous pouvez le jeter.

Après quoi, elle se retourne de nouveau et, sans même lui adresser un regard ou un remerciement, prend la sortie.

— Le projet de salle de bains des Grimani, marmonne-t-elle. Qu'ils aillent se faire foutre.

Après une demi-heure de conduite effrénée et nerveuse en spider à travers les collines trévisanes, Linda arrive enfin à Serravalle. C'est là qu'habite son oncle Giorgio, un des rares points fixes de sa vie. C'est ici qu'elle vient trouver refuge quand elle ne supporte plus personne et qu'elle a besoin de lâcher prise.

Giorgio est le frère de son père ; il porte ses cinquante-cinq ans avec une légèreté solaire qu'on lui envierait. C'est un artisan excentrique, une sorte d'alchimiste du bois, comme il aime lui-même se définir, « un jongleur qui, de temps en temps, fait tomber par terre l'une de ses boules ». Sortant des sentiers battus de la tradition du meuble ancien, il dessine, puis réalise des prototypes particulièrement originaux, en veillant méticuleusement à la qualité de ses matériaux, et en recherchant une esthétique sophistiquée. Linda adore le style de son oncle et elle lui a confié la réalisation de plusieurs meubles de la Maison bleue.

— Salut, tonton ! Tu m'ouvres ? demande Linda à l'interphone.

— Ma chérie ! répond Giorgio, partagé entre la surprise et le bonheur de voir sa nièce adorée.

Puis il fait sauter la serrure de l'antique portail en sapin.

Linda, qui a troqué ses talons de douze contre ses espadrilles, laisse derrière elle le reste du monde en passant le portail. Elle traverse la cour intérieure menant à la demeure, une maison vraiment étrange aux airs de bunker bohémien, quelque chose entre un atelier d'une autre époque, une cabane de chasse version pop, et une résidence noble, style Empire en pleine décadence. Bref, un endroit particulier, avec une vraie âme, qui s'accorde parfaitement avec la personnalité de son fantasque propriétaire.

— Tu es déjà là, ma chérie ? Je ne t'attendais pas avant ce soir…

Giorgio apparaît sur le seuil de la porte en bermuda à carreaux, chemise froissée, et sandales de curé. Il nettoie ses mains couvertes de colle avec un petit chiffon imbibé de solvant.

— Je sais, tonton, murmure-t-elle en le serrant fort dans ses bras et en lui imprimant deux baisers sur les joues, mais je me suis disputée avec cet imbécile de Bosi et je n'avais vraiment pas envie de rester au bureau.

Giorgio pousse un long soupir tandis que, sur ses lèvres, se dessine un sourire que Linda connaît par cœur.

— Ah, et pourquoi t'es-tu disputée ?

— Oh, pour rien, des conneries, répond-elle en haussant les épaules. Tu sais que quand il s'agit de mon travail je ne supporte pas d'être contredite, ajoute-t-elle avec emphase, son regard sûr pointé sur son oncle.

Il secoue la tête.

— Et je dirais même que ce n'est pas seulement quand il s'agit de ton travail ! lui reproche-t-il avec bonhomie en lui donnant une pichenette sur la joue.

En réalité, il est amoureux du caractère impétueux de sa nièce. Il adore les personnes comme elle qui n'ont pas leur langue dans leur poche.

— Allez, entre, je vais te faire voir les pièces qui vont constituer ta bibliothèque. Il m'en manque une seule, j'ai presque fini.

— Quelle joie, tonton. Il y a encore quelqu'un sur terre qui fait les choses comme j'aime qu'elles soient faites ! soupire Linda.

Elle a déjà changé d'humeur, avec la même désinvolture avec laquelle elle changerait de paire de chaussures.

En entrant dans la maison, elle est accueillie par l'intense odeur de cire d'abeille qui laisse rapidement place au parfum rustique de ce qui l'entoure : le parquet grinçant, les murs tapissés de gravures, de tableaux et d'écrits, mis en valeur par des cadres en bois incrustés de mosaïque... De nombreux objets curieux emplissent les lieux. Giorgio a chiné pendant des années dans les brocantes, les marchés aux puces ou encore sur des sites internet pour dénicher des pièces vintage et des objets d'art avec lesquels il a peuplé son antre. Des tableaux et des statues de bronze, sur leur piédestal, cohabitent avec des piles de magazines, d'antiques tapis, des horloges d'antan, des bocaux pharmaceutiques du début du XIXe siècle, des chandeliers, et des lampadaires en cristal… Partout il y a un peu de lui. Dans chaque coin de ce petit univers quelque chose se trame, à l'image du cerveau de Giorgio Ottaviani.

Une large fenêtre en arc illumine l'atelier aux murs délabrés. Au plafond est suspendue une lampe exotique en céramique et en fils de laiton. Divers outils sont éparpillés pêle-mêle dans la pièce. Des formes en bois servant à réaliser des prototypes sont suspendues à un paravent en fer, juste à côté de la grande table de travail recouverte de tasseaux de toutes les tailles.

— Et voilà, dit Giorgio en indiquant un segment de la bibliothèque posé, à la verticale, contre la paroi.

Linda s'approche de l'étagère et la caresse avec délicatesse, comme si c'était de la soie.

— Tonton, c'est magnifique. Tu as fait un superbe travail.

Elle ressent un vrai plaisir physique lorsqu'elle touche ce morceau de bois, elle voudrait le respirer, mais son regard s'arrête soudain sur le tiroir reposant par terre, sur une toile de nylon.

— Oh, mon Dieu ! exulte-t-elle, tout excitée avant de s'accroupir.

— Attention, ne touche pas à celui-là, je viens tout juste de le vernir…

Linda, presque à genoux, tourne vers Giorgio deux yeux pleins d'admiration.

— C'est exactement la couleur que je voulais, dit-elle la voix empreinte d'une gratitude sincère.

— Un bleu qui ne soit ni trop foncé, ni trop clair, dit Giorgio, avec un clin d'œil.

— Mais comment as-tu su ? Je ne t'avais rien dit...

Linda se relève et pose la main sur son épaule.

— C'est magnifique, avec toi pas besoin de mots, tonton. Tu lis dans mes pensées.

— Et attends de voir la pièce maîtresse.

Giorgio s'avance vers sa table de travail et, d'une boîte, extrait lentement un pommeau en marbre de Carrare, d'un blanc immaculé.

Le visage de Linda s'illumine.

— Allez, viens là que je t'offre un verre de rouge, l'invite son oncle. D'ici une demi-heure le tiroir sera sec, et tu pourras emporter le tout chez toi.

— Merci ! Je ne sais pas ce que je ferai sans toi.

Linda a les yeux qui brillent. Sa journée a définitivement pris une nouvelle tournure. Elle le suit en pensant à la chance qu'elle a de pouvoir partager presque toutes ses passions avec son oncle.

Ils passent à la cuisine. Là, le plan de travail n'est rien d'autre que le segment d'un tronc de chêne millénaire. Giorgio sert deux verres de cabernet franc et va chercher un petit fromage de chèvre affiné, parfumé aux noix et au raisin. Puis il coupe quelques tranches de pain maison.

— Goûte, dit-il à Linda, en allongeant la pointe du couteau à fromage.

Elle ne dit évidemment pas non. Curieuse, elle apprécie les saveurs de la même façon qu'elle aime les couleurs et les formes.

— C'est délicieux, commente-t-elle en savourant son morceau.

— C'est Fausto qui me l'a ramené.

Les yeux de Giorgio s'allument quand il prononce ce nom.

— Fausto qui ? Ton ami pianiste ? demande Linda en se resservant un peu de fromage.

— Oui, répond-il avec un sourire limpide. À propos, nous sommes invités à son concert de musique de chambre, à la *Fenice*.

— Quand même... !

Linda hausse les sourcils tout en mordant un morceau de pain.

— À vrai dire, c'est moi qu'il a invité, se corrige Giorgio, mais j'aimerais que tu m'accompagnes.

— Eh bien, on dirait que c'est du sérieux avec lui..., lance Linda tout en sachant que son oncle est toujours très réservé quand il s'agit de ses histoires de cœur.

— Je ne sais pas, réplique-t-il évasif, tandis que l'embarras colore un peu sa voix. Quoi qu'il en soit, je tiens à lui.

— Bien, soupire Linda, je crois qu'il faut que j'y aille...

— Et tu t'en vas comme ça ?

— Oui, j'ai du mal à l'admettre, mais le devoir m'appelle. Peut-être que je peux encore travailler un peu à la maison.

Giorgio se penche à la fenêtre et jette un œil à la spider.

— Je vais te mettre les pièces de la bibliothèque dans la voiture. Tu en prends soin, n'est-ce pas ?

C'est à lui qu'avait d'abord appartenu le coupé rouge de 1979. À l'époque Giorgio aimait draguer les filles du village, c'est seulement plus tard qu'il avait admis, d'abord en son for intérieur, puis auprès des autres, que ses goûts le portaient ailleurs, et que ce n'était pas les femmes qui lui faisaient tourner la tête.

— Bien sûr ! Tu en douterais, tonton ? Je la traite comme un bijou. J'ai même fait augmenter la puissance du moteur !

— J'aurais parié dessus, dit-il en levant les yeux au ciel. T'engager à rouler doucement est donc une bataille perdue d'avance...

Linda fait une petite moue comme pour s'excuser, puis se met à rire en lui faisant un clin d'œil.

Le temps de rejoindre la maison toutes les bonnes intentions de Linda se sont envolées : elle n'a aucune envie de se mettre à travailler pour l'agence, surtout après l'accueil que lui a réservé Bosi, et ne parvient à penser qu'à sa bibliothèque. Avec un enthousiasme presque enfantin, elle se met à décharger les pièces de la voiture. Elle ne tient pas en place : bientôt elle pourra enfin voir le rendu final.

Elle se met immédiatement au travail. Elle insère d'abord le tiroir bleu dans l'espace vide de la section centrale. « Parfait. » Puis, lorsqu'elle arrive à la dernière étagère, elle monte sur une chaise – son mètre soixante et un de hauteur peut être un avantage au lit mais cela ne l'aide certainement pas dans ce genre d'entreprise. Elle le glisse dans la dernière rangée de tasseaux. « Mer-veil-leux », exulte-t-elle.

Une fois descendue, elle admire l'œuvre accomplie. Puis, en s'allongeant sur le canapé en cuir capitonné, elle la regarde avec un regard satisfait et murmure, presque extatique :

— Elle est exactement telle que je l'avais imaginée.

Elle pense alors que, au moins avec les meubles, tout s'insère à la perfection et produit l'effet escompté. Dommage que, dans la vie, il n'en soit pas toujours de même.

4.

Le panneau lumineux clignotant au croisement de la route nationale indique 18 h 37. Linda est au volant de sa spider, capote baissée, cheveux au vent, en dépit de la fraîcheur du soir qui commence à se faire persistante.

C'est enfin vendredi. De ces vendredis magnifiques de la fin de mai qui offrent un avant-goût de l'été et de ses couleurs. Sa journée de travail est derrière elle, mais elle ne peut s'empêcher – elle est comme ça, même si très vite toutes ces pensées glisseront hors de son cerveau – de repenser aux visages figés des Grimani, au délire qui s'empare de l'agence dès qu'arrive un nouveau client, à son chef qui se comporte comme un lèche-bottes sans dignité, à Ivanka qui chaque jour vient le voir à l'heure du déjeuner, s'enferme à clef dans son bureau et lui offre son misérable quart d'heure de plaisir quotidien.

Elle a envie de sourire, tandis qu'avec ses mains elle tripote son volant, puis le levier de vitesse, le pied droit toujours appuyé sur l'accélérateur. Elle pense qu'en dehors de la course peu de choses lui confèrent ce sentiment de liberté qu'elle éprouve en conduisant. Peut-être qu'un jour, mais elle en doute, elle se lassera de son coupé, et s'achètera comme tout le monde une voiture neuve, de celles qui, lorsqu'on appuie sur le champignon, ont l'indicateur de vitesse qui bondit en un instant, au-delà des cent kilomètres-heure. C'est là une fantaisie toute masculine, insoupçonnable pour qui se limiterait à son aspect angélique et en même temps très sensuel. Mais, au fond, pense Linda, que ferait-elle d'une voiture sans âme, avec des sièges qui exhalent encore l'odeur de l'usine ? Sa spider lui convient à la perfection pour l'usage qu'elle en fait, et les frissons qu'elle lui offre n'ont pas de prix.

Elle s'engage dans la départementale qui s'enfonce dans les collines. L'air est humide et chaud, il sent le renouveau, après la violente averse de l'après-midi. Un faible rayon de soleil débouche de la crête d'une des montagnes, tandis que les nuages se dispersent.

Elle est belle, sa terre. Et dans des moments comme celui-ci, Linda ne peut s'empêcher de penser qu'elle ne voudrait vivre nulle part ailleurs.

Elle appuie encore un peu plus sur l'accélérateur, totalement comblée par cette sensation, mais après une série de larges virages, l'Alfa Romeo commence à perdre de la vitesse et à vibrer tout entière, du coffre jusqu'au pot d'échappement.

— Ah non ! Pas de nouveau ! soupire Linda en tentant inutilement de maintenir le moteur en marche.

Elle sait qu'il n'y a rien à faire. La voiture continue à ralentir, lui laissant juste le temps de se rabattre sur le côté avant de s'éteindre définitivement avec un bruit peu encourageant.

— Fait chier !

Linda tape du poing sur le volant et se fait mal aux jointures, jurant d'autant plus. Ce n'est pas la première fois que la spider tombe en panne.

— Qu'est-ce qu'elle peut bien avoir encore ?

D'un geste de dépit, elle détache sa ceinture de sécurité et recule son siège au maximum. Elle tente ensuite d'appuyer plusieurs fois sur la pédale d'embrayage avant d'essayer une accélération violente pour la faire repartir. Aucune réaction.

— Merde, merde, merde ! jure-t-elle.

Elle réfléchit : elle ne peut pas être en rade d'essence, elle vient de faire le plein. C'est peut-être le niveau d'huile, ou plus simplement la batterie. Mais elle dresse ces hypothèses sans conviction. La légèreté d'il y a quelques minutes a été balayée par la nervosité qui, maintenant, lui tord l'estomac. Après avoir passé tout l'après-midi à se disputer avec les ouvriers dans le grenier des Grimani – maudite soit cette douche horizontale ! –, il ne manquait que cette plaie pour terminer la semaine en beauté. Il n'y a pas de limites, décidément, à la quantité de poisse que l'on peut accumuler en une journée qui a déjà mal commencé.

Mais Linda n'est pas du genre à se décourager facilement. Elle attrape une clef à molette dans la petite boîte sous le tableau de bord et se met à bricoler le moteur. Non pas qu'elle soit experte en la matière, mais elle connaît quelques astuces grâce à Alessio Calligaris, un vendeur d'Audi d'occasion, avec qui elle a passé quelques nuits torrides il y a quelques années. Par exemple, elle sait que desserrer les deux boulons qui ferment les pôles de la batterie, puis les revisser, se révèle habituellement efficace avec sa voiture.

— Allez, ne me laisse pas tomber... redémarre ! dit-elle, presque suppliante, avant de remonter rapidement à bord pour essayer de rallumer le moteur.

Rien à faire. L'astuce d'Alessio, cette fois, ne lui est d'aucun secours. La clef tourne toujours dans le vide.

— Fait chier ! crie-t-elle, alors, cessant de se contenir.

Mais elle ne s'avoue pas encore vaincue. Elle ôte sa veste en cuir – elle a toujours chaud quand elle est nerveuse – et la jette sur le siège passager. D'un coup sec elle ouvre la portière puis, en la claquant, reprend place devant le moteur.

— Maintenant, tu vas m'écouter et redémarrer, sinon ça va être la guerre.

Elle tripote quelques câbles au hasard, comme pour invoquer une intervention providentielle de la Chance mais, petit à petit, se dessine sur son visage une grimace de désespoir. Cette fois le problème semble plus sérieux que d'habitude et elle commence à accepter l'idée qu'elle ne parviendra pas à le résoudre seule.

Instinctivement elle donne un coup de pied à une roue, elle s'adosse ensuite au flanc de la voiture et laisse tomber ses bras le long de ses hanches. Elle reste ainsi, à soupirer, le capot de la spider ouvert sur un moteur qui ne veut rien entendre. En fixant ses baskets, elle se demande ce qu'elle va bien pouvoir faire. Elle est trop loin de chez elle pour s'y rendre à pied, et puis elle n'abandonnerai jamais son petit bijou là. De son regard, elle balaie l'horizon en espérant apercevoir l'enseigne d'un garage, ou au moins celle d'une station-service. La route est déserte, on peut seulement voir un petit groupe de maisons, à un kilomètre environ.

Elle est sur le point de sortir son téléphone portable de la poche de sa veste lorsqu'elle aperçoit, au bout de la chaussée, un SUV gris métallisé ralentir jusqu'à s'arrêter à côté de la spider : c'est un Range Rover Evoque, modèle Prestige, resplendissant, avec des jantes en alliage luisantes, et des vitres teintées antireflet. Linda demeure immobile, elle ne connaît personne qui possède cette voiture, et ne sait pas quoi penser, même si elle se sent flattée que quelqu'un se soit arrêté pour elle. Puis, d'un coup, elle se lève, en ajustant sa robe.

La fenêtre côté passager se baisse et, du siège conducteur, surgissent les Grands Yeux Gris-bleu, ceux de Tommaso Belli.

— Besoin d'aide ? demande-t-il avec gentillesse, réellement concerné.

Il coupe son moteur et, tout en décrochant sa ceinture, ouvre la portière. Il descend et va pour se présenter :

— Je ne sais pas si vous vous souvenez de moi, je suis...

Mais déjà Linda l'interrompt :

— Je sais qui tu es : Tommaso Belli.

Sa bouche se tord et le frisson de plaisir qui, un instant plus tôt, animait encore son ventre disparaît définitivement.

— Tu es célèbre maintenant à l'agence.

— Ah oui ? Et pour quelle raison ? J'espère que j'ai bonne réputation..., s'enquiert-il en apparaissant devant elle dans son athlétique mètre quatre-vingts de perfection.

Après un moment de silence, une expression impertinente se dessine sur le visage de Linda.

— À vrai dire tu passes pour un très grand casse-couilles.

— Ah, quand même... vive la sincérité ! réplique Tommaso sans se décomposer, et en ébauchant même un sourire.

Son regard se déplace ensuite sur la spider.

— Bon, à ce stade j'imagine que je ne peux vous être d'aucune aide, ici, en tant que *très grand casse-couilles*.

— Eh bien, si vraiment tu veux jeter un œil..., répond Linda, sur un ton à mi-chemin entre le scepticisme et la prétention qui découragerait le plus tenace des hommes.

Mais à peine ces mots prononcés, elle se rend compte que Tommaso pourrait constituer sa seule chance de se sortir de là, et corrige un peu le tir.

— Voilà... elle m'a lâchée alors que je roulais à toute vitesse et il n'y a pas eu moyen de la faire redémarrer.

Linda le scanne du regard. Il est encore plus grand et solide que dans son souvenir. Il porte une chemise bleu ciel aux manches retroussées, un pantalon gris clair et, aux pieds, des chaussures en cuir noir étincelant qui, sur le béton, produisent un bruit gênant de semelle neuve.

Tommaso, pendant ce temps-là, s'approche du capot et regarde en dessous. La main dans ses courts cheveux blonds, il demande à Linda :

— Vous avez une idée d'où peut venir le problème ?

Sa voix se veut experte, neutre, afin de pouvoir, il l'espère, dissiper la gêne du moment.

Linda fait signe que non et ébauche un petit sourire de défi, tandis qu'elle l'observe les bras croisés. Il a vraiment l'air de ne rien comprendre aux voitures...

Tommaso baisse de nouveau les yeux sur le moteur, se retrousse un peu plus les manches, et examine avec attention l'ensemble des composants, puis, avec un soupir chargé de soupçons, s'informe :

— De quelle année date cette voiture ?

— De 1979, répond Linda avec une pointe d'orgueil.

— Elle est donc plus âgée que vous.

— Un peu...

Elle ne s'y attendait pas... Lord Perfection a aussi le sens de l'humour.

Tommaso hausse les sourcils, et sur son front se dessinent trois rides d'expression qui, pense Linda, sont terriblement sexy. Elle aurait voulu ne pas être traversée par cette idée, pas dans une situation comme celle-ci, du moins. D'un bond athlétique il s'allonge par terre, la tête sous l'avant de la voiture. Là, en bas, elle l'entend marmonner quelque chose. Elle se surprend à fixer ses quadriceps musclés que l'on entrevoit à travers le tissu de son pantalon. Mais, dès lors que Tommaso se relève en secouant la tête, elle détourne son regard. Elle espère qu'il ne l'a pas vue. Quant à lui, il retourne observer le moteur et de nouveau ses mains explorent les vannes et les câbles.

— Il n'y a rien qui n'aille pas, ici. Mais, par hasard, avant que la voiture ne s'arrête, avez-vous senti tressauter légèrement, ou entendu des sifflements ?

Linda acquiesce d'un signe de tête. Tout compte fait, on dirait bien que Tommaso sait de quoi il parle.

— Alors c'est forcément la courroie, décrète-t-il. Et malheureusement, dans ce cas, on ne peut rien faire.

Il secoue la tête et finit par admettre :

— Il va falloir appeler une dépanneuse.

— C'est précisément ce que j'allais faire avant que tu n'arrives, réplique-t-elle, un peu irritée.

Elle cherche un numéro sur son téléphone puis, après quelques instants, explique à son interlocuteur :

— Eh, Max, qu'est-ce que tu fais ? Tu as encore le camion ? Écoute… c'est encore arrivé. Je suis en panne au carrefour qui va vers Vittorio Veneto, juste à côté du domaine des Maccaro.

Elle parle avec Massimiliano Sarti, un ancien camarade de classe et son pourvoyeur de la meilleure herbe qu'elle ait jamais fumée.

— Eh oui, le petit bijou et moi aurions besoin que tu passes nous prendre…

— Il n'en est pas question, je me charge de vous accompagner, tente de l'interrompre Tommaso, avec un geste péremptoire de la main.

— Ah, en fait, je n'ai rien dit… Sois tranquille, Max, je me débrouille pour rentrer à la maison. Il suffit que tu viennes chercher la voiture, reprend Linda en faisant oui de la tête à Tommaso. J'irai la chercher demain, au garage. Merci mille fois, Max, tu es un ange. Et je t'en dois une, dit-elle en minaudant avant de raccrocher.

D'un coup sec, elle ferme le capot de la spider.

— Et voilà ! Tout est résolu, conclut-elle avec l'air complaisant de celle à qui tout réussit toujours.

Elle soulève la tête, le ciel est sombre, couvert de gros nuages de plomb, qu'un vent froid fait avancer.

— Est-ce que nous devons attendre l'arrivée de la dépanneuse ? demande Tommaso.

— Bien sûr que non ! répond Linda. Max est un ami, et ce n'est pas la première fois qu'il me sort du pétrin avec cette petite.

— Parfait, alors allons-y. Dites-moi simplement où je vous emmène. Inutile de perdre davantage de temps ici.

Il va pour se tourner vers le SUV mais, au moment même où il fait demi-tour, un monospace roule en plein sur une flaque d'eau et asperge Tommaso de la tête aux pieds.

En un instant Lord Perfection se transforme en publicité pour détachant. Linda ne peut se contenir et, sans le vouloir, laisse échapper un rire sonore, cristallin et sincère.

Sans perdre sa contenance, avec un geste d'une élégance en total décalage avec la situation, Tommaso essore sa chemise et son pantalon. Il est trempé ; de chaque centimètre de son corps l'eau goutte comme sur un arbre après un orage, mais il garde, néanmoins, un parfait contrôle de lui-même.

Linda en revanche ne parvient pas à s'arrêter de sourire, c'est plus fort qu'elle. La vision de Tommaso – d'ordinaire toujours impeccable, sans un détail de travers – dans cet état est d'un effet comique difficile à contrôler. Même si ses pectoraux sous sa chemise mouillée provoquent en elle une réaction d'un autre type, tout aussi incontrôlable et absolument spontanée.

C'est alors qu'elle se rend compte que, de son côté, Tommaso ne rit pas du tout et la fixe, avec un regard pénétrant et un peu torve. Linda se tait subitement mais, très vite, elle ne résiste pas, et pouffe à nouveau. Tommaso, à son tour, cède et s'abandonne avec elle à un rire retentissant.

Après tout, il est humain, lui aussi, pense Linda. Mais le moment est bref. De toute évidence ces accès d'hilarité ne sont pas dans ses habitudes, du moins pas en public. Tommaso se ressaisit et ouvre le coffre de sa voiture, qu'il fouille avec inquiétude.

— Bon sang, je n'ai même pas de vêtements de rechange.

Puis, se tournant vers Linda, il ajoute :

— D'habitude, j'ai toujours avec moi une chemise de secours. Mais évidemment pas cette fois... Tant pis, ce n'est pas si grave, conclut-il même si, de toute évidence, il pense le contraire.

Il ouvre la portière du côté passager et fait signe à Linda de s'approcher.

— Je vous en prie, dit-il en l'invitant à prendre place.

Linda attrape rapidement sa veste et son sac dans la spider et, un instant plus tard, s'installe dans le crossover.

D'une niche dans le coffre, Tommaso récupère un couvre-siège et le fixe au fauteuil du conducteur, puis il s'installe au volant, tout gelé qu'il est dans ses habits humides. Il se tourne vers Linda et lui demande en allongeant la main vers l'écran du GPS :

— Donc ? Vous pouvez me dire où l'on va ?

— Je te guide, déclare Linda. Mais à une condition.

— Oui ?

Tommaso ouvre grand les yeux, plus bleus encore que d'habitude.

— Que tu arrêtes de me vouvoyer.

Il sourit, mais on voit bien qu'il n'est pas à son aise.

— D'accord, hum..., répond-il en laissant traîner sa phrase à la recherche désespérée d'un prénom dont il ne se souvient pas.

— Linda, s'empresse-t-elle de compléter. Je m'appelle Linda.

— Ah oui ! s'exclame-t-il en portant sa main à sa tempe et semblant sincèrement désolé. Excuse-moi, d'habitude j'ai une excellente mémoire des noms. Je ne sais pas ce qui m'arrive, en ce moment je suis souvent perdu dans mes pensées.

Puis il cesse de la regarder et met le contact.

— Tutoyons-nous, tu as raison.

Linda lui détaille le chemin.

— Tout droit pendant environ six kilomètres, puis il y a une bifurcation, mais je te l'indiquerai quand nous y serons.

— Parfait, à vos ordres, acquiesce Tommaso en actionnant la boîte de vitesses automatique.

Linda s'enfonce dans le siège et respire l'odeur du luxe discret et élégant de l'habitacle revêtu de cuir très fin, des sièges couleur camel aux finitions soignées, du tableau de bord blanc incrusté de bois et de métal.

— Tu as des préférences pour la musique ? demande Tommaso.

— Mmh... voyons si tu me surprends. Je te laisse faire, assure Linda, provocatrice.

Tommaso parcourt la longue playlist, tandis que Linda jette un œil, inquiète de ne voir que des morceaux de musique classique. Il s'arrête à la lettre C, et déclare :

— Coldplay, ça peut convenir ?

— Oui, j'aime bien, répond Linda dans un élan qui ressemble quelque peu à un soupir de soulagement.

Elle ne s'attendait pas à ce choix de sa part. Les premières notes de *Paradise* retentissent. Tommaso anticipe et monte le volume, sans que Linda ait besoin de le demander.

Linda, qui apprécie le geste, laisse apparaître un sourire satisfait et commence à chantonner, bien qu'elle ne connaisse que très peu les paroles. Elle observe Tommaso en prenant bien soin de ne pas se faire remarquer : il est concentré, les yeux fixés sur la route. Son profil est élégant, sa peau claire, ses cheveux blonds légèrement bouclés mais soignés. Il est rasé, et on distingue un petit grain de beauté sur sa joue droite, au niveau de sa lèvre inférieure. Il dégage, et il en est parfaitement conscient, une beauté nette presque géométrique, nordique. Ce n'est vraiment pas le genre d'homme que Linda préfère. Mais elle ne peut nier qu'il possède un charme indiscutable.

Soudain, la musique s'arrête et la sonnerie d'un appel résonne dans l'habitacle. Sur l'ordinateur de bord, s'affiche un prénom : Nadine.

Tommaso appuie sur un bouton, à droite du volant.

— Nadine ? s'enquiert-il en masquant mal une sensation de surprise peu appréciée.

Des haut-parleurs surgit une voix féminine, ouatée et profonde, avec une inflexion arabo-française très musicale.

— *Mon amour*[1], où en es-tu ? Tu n'as pas oublié le dîner chez le gouverneur, n'est-ce pas ?

Les pensées de Tommaso convergent immédiatement vers la soirée officielle à laquelle il va devoir assister.

— Bien sûr que non, dit-il avec assurance.

Nadine ne peut qu'y croire. Mais Linda, qui se trouve à côté de lui, perçoit dans sa voix une pointe d'irritabilité.

— Et toi où es-tu, ma chérie ?

— Je sors tout juste du coiffeur, répond Nadine.

Elle semble presque amusée et en tout cas satisfaite, peut-être à cause de sa coiffure ou pour une tout autre raison que Linda ne connaît pas et qui d'ailleurs ne la concerne pas.

— Bien.

— Je t'attends à la maison. Nous devons être chez Ballan pour 21 heures. Ne sois pas en retard, je compte sur toi...

C'est un avertissement prononcé d'un ton mielleux, mais qui sonne clairement comme un ordre. Quand elle emploie cette douceur maniérée, Nadine sait se montrer vraiment péremptoire.

— Bien sûr, chérie. À tout à l'heure.

1. En français dans le texte.

— *À bientôt, bisous.*

Tommaso coupe la communication et Coldplay retentit de nouveau.

— Ta femme ? demande Linda.

Tommaso secoue la tête, pour faire signe que non.

— C'est ma compagne. Nous ne sommes pas mariés, mais c'est comme si nous l'étions.

— Ah, dit-elle, sans autre commentaire.

— J'ai un dîner important ce soir, et j'étais sur le point de l'oublier. Je ne sais décidément pas ce qui m'arrive en ce moment, explique Tommaso en esquissant un demi-sourire qui met parfaitement en valeur ses lèvres fines. C'est un de ces événements à mi-chemin entre amitié et travail.

— Et dans quoi tu travailles ? enquête Linda.

— Je suis diplomate.

— C'est-à-dire ?

Linda le regarde avec curiosité. Ce doit être une de ces professions super-spécialisées, hautement qualifiées. Elle ne sait pas trop quoi penser.

— Je travaille pour la Farnesina[1], poursuit Tommaso.

Il reste vague. Peut-être l'estime-t-il incapable d'en comprendre les détails.

— Donc j'imagine que tu es souvent à l'étranger, observe Linda.

Tout en prononçant cette phrase, elle se rend compte qu'elle vient de débiter la première banalité qui lui a effleuré l'esprit. Elle ne connaît rien à ce

1. Nom donné au ministère italien des Affaires étrangères.

monde-là, et elle en a une image plutôt stéréotypée, du type film d'action américain façon 007 : des pièces insonorisées, des armes à dispositif silencieux, des jets privés, des valises pleines de billets... En bref, des secrets internationaux à protéger au péril de sa propre vie, le genre de boulot sous couverture pour lequel Tommaso semble être la personne *parfaite*.

C'est étrange, pense-t-elle, comme ce mot revient souvent lorsqu'elle songe à lui.

— Disons que oui, je vis souvent en dehors de l'Italie, répond Tommaso. Cela fait près de vingt ans que je parcours le monde.

— Et pour quoi faire exactement ?

— Eh bien cela dépend des mandats qu'on me confie.

Linda lui indique une bifurcation à une centaine de mètres.

— Voilà, nous y sommes. Là-bas, tu dois tourner à droite.

Mais, elle ajoute :

— Excuse-moi, je t'ai interrompu, tu étais en train de parler de mandats.

— Oui, ce sont des missions qui durent généralement deux ans, explique Tommaso. Je m'occupe de diplomatie économique et financière, c'est-à-dire tout ce qui concerne la coopération avec les autres pays et la participation aux programmes de développement internationaux.

— Mmh, ce n'est pas très clair, mais je me servirai un peu de mon imagination : en tout cas, pas de revolver ou de mallettes pleines de billets ?

— On dirait bien que non… Je cherche seulement à éviter des problèmes de relations économiques entre l'Italie et les autres pays, et je fais en sorte que, sur le territoire, les rapports restent amicaux. En bref, de grandes poignées de main, et gare aux croche-pieds.

Tommaso sourit, puis regarde la route et ralentit.

— À ce croisement, où dois-je aller ?

— Par là. On est presque arrivés.

La route grimpe au milieu des rangées de vignes. À gauche, une tour médiévale en ruine domine depuis les hauteurs. Un peu plus en avant, une source d'eau jaillit d'un bassin en pierre calcaire.

— Voilà, tu peux tourner au niveau du panneau touristique, achève-t-elle de le guider.

Tommaso a tout juste le temps de lire une partie de l'inscription : ITINÉRAIRE N° 1 : AU PIED DU CANSIGLIO[1].

— Maintenant fais attention, le prévient Linda. Il faut prendre un petit chemin de terre.

Après quelques centaines de mètres de vignes et d'oliveraies surgit la Maison bleue. Elle semble suspendue entre ciel et terre.

Tommaso ralentit.

— C'est ici que tu habites ? demande-t-il avec stupeur, un ton qu'il n'a jamais employé avec elle.

— Oui, c'était la maison de mes grands-parents.

---

1. Vaste haut plateau des Préalpes vénètes situé entre les provinces de Belluno, Trévise et Pordenone, en Italie nord-orientale.

— C'est un endroit magnifique, commente Tommaso, en immobilisant la voiture au milieu du chemin.

— Tu peux te garer où tu veux, là par exemple, entre les deux lauriers.

— À vrai dire, il faudrait que j'y aille.

Tommaso penche un peu la tête. Il est indécis, mais quelque chose le pousse à rester avec elle.

— Je crois que je suis déjà en retard pour ce dîner.

— Laisse-moi au moins t'offrir un verre. Allez, pour te remercier..., le taquine Linda, avec une certaine lueur dans les yeux.

— Bon, d'accord, cède Tommaso.

Il lâche le volant, et éteint le moteur.

— Mais vraiment dix minutes, pas plus. Ensuite, je file.

Ils descendent du crossover. Linda le précède, les clefs à la main et sa veste jetée sur son épaule. Le vent souffle entre les arbres, autour de la maison, créant de petits tourbillons qui lui font tomber les cheveux sur les yeux.

Tommaso se retourne vers les collines couvertes d'arbres, derrière eux. Il a la sensation aiguë de se trouver dans un lieu inexistant sur la carte de son GPS, hors du monde, hors du temps.

— Viens, l'invite Linda en continuant d'avancer.

Elle fait tourner la clef dans la serrure. Tommaso la suit et arrête son regard sur la plaque en marbre, près de la porte, affichant le nom Ottaviani peint en bleu ciel. Il la trouve d'une simplicité naturelle, très loin du sérieux patiné des choses auxquelles il est habitué. Puis, il lève la tête et remarque le cadran solaire à même le mur. Chaque détail de cet endroit est un nouvel indice de la beauté du lieu et laisse en lui une sensation merveilleuse.

— Il est là depuis des lustres, explique Linda en faisant volte-face. Il a été peint par Ursula, une amie autrichienne de ma grand-mère, dans les années quarante. Mais je dois admettre que je n'ai jamais compris ne serait-ce que comment on le lit.

Tommaso la regarde avec l'air de celui qui, au contraire, en sait quelque chose, mais il ne tient pas à le lui faire peser.

— *Nulla dies sine linea,* lit-il à haute voix en regardant l'inscription à gauche du cadran.

— « Pas un jour sans une ligne », traduit Linda. C'est une phrase de Pline l'Ancien.

C'est du moins ce qu'on lui a toujours dit.

— Sauf erreur de ma part, elle faisait référence au peintre Apelle, qui ne laissait pas un jour s'écouler sans tracer une ligne avec son pinceau, répond Tommaso.

Linda le regarde avec curiosité tandis qu'il poursuit :

— C'est un peu comme si on disait qu'il faut s'impliquer tous les jours si on veut arriver aux résultats qu'on cherche à obtenir.

En prononçant ces mots, il semble tout à fait se reconnaître dans cette devise. Linda, quant à elle, hausse les épaules.

— Sûrement... Quoi qu'il en soit, la constance, ça n'a jamais été mon fort. C'est plutôt ennuyeux comme qualité, tu ne trouves pas ?

Tommaso ne répond pas mais ébauche un faible sourire qui, de toute évidence, ne marque pas son approbation. Puis, après avoir essuyé à deux reprises ses chaussures sur le paillasson, il entre en suivant Linda. Il regarde autour de lui, sans dire un mot, son admiration transparaît dans ses yeux : une très grande chaleur émane de cette maison, elle lui rappelle l'Afrique du Nord, qu'il a connue lors d'une mission il y a plusieurs années. C'est un lieu vivant, il le ressent ainsi, chargé d'inspiration et de fantaisie. Et puis son nez perçoit dans l'air une odeur particulière, profonde, vaguement exotique.

— *Santalum album*, prononce-t-il après une longue minute de silence.

— Comment... ?

— Du santal blanc, indien, n'est-ce pas ? L'un des encens que je préfère...

— Oui, j'en fais brûler dans les coupelles en terre cuite pour purifier l'air, dit Linda, impressionnée, en indiquant des petits récipients de contenances diverses disposés en demi-cercle, dans un coin du couloir. Et puis ça éloigne aussi les moustiques !

Tommaso ferme doucement les yeux et emplit d'air ses narines et ses poumons.

— Ça me rappelle Bénarès.

— Tu y as été en mission ?

— Non, dit-il en fixant un point, par terre, comme s'il cherchait à faire remonter un souvenir. J'y suis parti en voyage quand j'étais jeune, à dix-huit ans, avec deux amis. L'un de mes premiers voyages, sans doute celui qui a été décisif. Dès mon retour, je me suis inscrit en sciences politiques. Et maintenant, me voilà.

Linda essaie d'imaginer Tommaso à dix-huit ans, mais soudain son regard s'arrête sur un endroit précis de la pièce.

— Oh, mais nooon ! Quelle poisse, pas encore une fois ! peste-t-elle, une main sur le front.

Si elle se met dans cet état, c'est qu'une traînée d'eau descend de la paroi blanche du salon et forme une flaque d'eau stagnante sur le sol en terre cuite.

— Mon toit est cassé... Il manque quelques tuiles, entre autres, explique-t-elle à Tommaso en adoucissant un peu sa voix. Moralité : quand il pleut beaucoup, j'ai de l'eau qui coule dans la maison.

Tommaso lève les yeux vers les poutres, comme pour étudier la situation.

— On peut faire quelque chose ?

— Il faudrait refaire entièrement ce toit, répond Linda, avec un air affligé. Excuse-moi, je vais passer un coup de serpillière mais en attendant installe-toi.

Elle se faufile hors du salon, en marmonnant quelque chose de peu aimable envers les ouvriers et leurs femmes.

Tommaso reste debout, il ne veut pas laisser de traces humides sur le canapé en cuir même si, désormais, son pantalon a presque séché sur lui, sensation bien peu agréable. Il observe la pièce, fasciné. La patine ancienne des meubles se marie à merveille avec les objets contemporains. Le portemanteau en fer forgé, la grande caisse en bois décorée d'imprimés géométriques, les trois petites tables assemblées sur lesquelles est installée la télévision, la colonne de marbre surmontée d'une lampe en verre soufflé : des pièces d'ameublement aux styles très différents mais qui, ensemble, créent une sensation de parfaite harmonie.

Linda réapparaît avec, à la main, une serpillière et une chemise d'homme en lin, orange pâle, récupérée dans un coin de l'armoire de sa chambre. Probablement l'héritage de l'un de ses amants. Elle la tend à Tommaso.

— Tiens, lui dit-elle, celle-ci est sèche.

Tommaso demeure un instant interdit. Il ne peut que se demander à qui elle a appartenu.

— Tu es vraiment gentille, Linda, mais de toute façon je dois y aller, répond-il en voulant la lui restituer.

Mais elle refuse.

— Allez, mets-la ! La tienne est encore trempée, tu ne peux pas te balader comme ça.

— Bon d'accord, se résigne-t-il, tout en ne se souvenant pas d'avoir jamais porté un vêtement de cette couleur.

Il hésite encore un instant puis déboutonne sa chemise humide et la pose sur le dossier d'une chaise. Linda est face à lui, elle l'observe, remarque le soin avec lequel il a sculpté son corps : ses pectoraux qui dessinent deux demi-cercles parfaits, ses abdominaux qui produisent une série de lignes parallèles, la peau claire, imberbe, les tétons bruns et luisants.

Tommaso songe qu'il devrait probablement éprouver de l'embarras à se déshabiller ainsi devant une femme inconnue qui, au lieu de détourner le regard, continue de le fixer. Mais ce n'est pas le cas, il a l'impression d'une sorte de petite cérémonie tribale, innocente et en même temps sensuelle. Un rite qu'il a envie de célébrer sans se presser. Et, en effet, il prend tout son temps. Il enfile la chemise avec un frisson, et la boutonne lentement, laissant quelques boutons ouverts, au niveau du col.

— Voilà qui est fait.

Il est sur le point de la rentrer dans son pantalon quand Linda s'approche de lui et d'instinct, sans y penser, l'en empêche en lui effleurant la main. Le premier contact.

— Tu es fou ! Celle-ci se porte en dehors !

Tommaso sourit tandis que Linda s'éloigne immédiatement sans le regarder et attrape deux verres à pied dans le buffet. Elle les pose ensuite sur la table basse en ébène et, en pointant son regard sur lui, dit :

— Cette couleur te va très bien.

— Tu te moques de moi ?

— Non, sérieusement.

Elle disparaît dans la cuisine, mais revient un instant plus tard avec une bouteille de Prosecco de Valdobbiadene.

— Je vois que tu as beaucoup voyagé, toi aussi, dit-il en regardant l'installation photographique sur la paroi. Tu es allée dans chacun de ces endroits ?

— Si seulement ! soupire Linda en servant le vin. Ce sont des photos que l'on m'a envoyées par la poste. Mais maintenant, buvons, car tes minutes sont comptées, n'est-ce pas ?

Elle lui fait un clin d'œil, puis attrape les deux verres et en tend un à Tommaso.

— Merci, dit-il.

— Non, merci à toi de m'avoir ramenée à la maison.

Elle approche son verre du sien. Le cristal tinte avec douceur. Tommaso boit une gorgée et continue à la regarder, presque ensorcelé par le naturel avec lequel elle bouge et parle : un mélange de vivacité, d'ironie et de grâce sans artifices qui provoque en lui une étrange pression entre l'estomac et le cœur et rend ses mains brûlantes.

La sonnerie de son téléphone le fait sortir de sa torpeur. Il l'extrait de la poche de son pantalon et fixe l'écran d'un air contrarié.

— Nadine, dit-il, sans décrocher.

— J'ai bien peur qu'on ait dépassé les fameuses dix-minutes-pas-une-de-plus, dit Linda avec un sourire irrésistible.

— En effet, et sans m'en rendre compte, confirme Tommaso en jetant un œil à sa montre. Je dois filer

Il ramasse en vitesse sa chemise mouillée et, en soulevant le bord de celle qu'il porte sur lui, demande :

— Et celle-ci ?

— Tu peux la garder, je n'en ai pas besoin.

— Eh bien, merci, alors. Ce fut un plaisir.

Il lui tend la main et, à cet instant, ressent l'envie de la saluer en lui faisant la bise. Ce n'est pourtant pas son habitude.

— Tout le plaisir est pour moi. Salut !

En fermant la porte derrière elle, Linda pense que la magie de l'imprévu fait la différence, surtout lors d'une journée qui a mal commencé.

5.

C'est un dimanche ensoleillé qui s'écoule avec légèreté, Linda voudrait qu'il ne finisse jamais. Elle court avec lui depuis dix kilomètres environ, profitant de la chaleur et du parfum de cette matinée de fin de mai. Ils sont fatigués et heureux, ils ont encore un peu de souffle pour plaisanter, sourire, se moquer l'un de l'autre.

Ils se sont donné rendez-vous, à 10 heures, au croisement qui mène à la Maison bleue et, de là, en traversant les vignes, ils ont continué jusqu'à la limite de la forêt. Davide est arrivé, ponctuel, vêtu d'un jogging et de chaussures techniques, équipées d'émetteurs directement reliés à son iPhone. Mais Linda était déjà en place, à l'attendre, avec ses shorts minuscules et son débardeur moulant. Après le soir du concert, Davide l'a appelée à plusieurs reprises. Il a commencé par le classique « Salut, comment tu vas ? » puis, la seconde fois, lui a proposé d'aller courir ensemble. Linda ne s'est pas fait prier : cet homme l'intéresse suffisamment pour qu'elle tente autre chose avec lui après l'excellente performance dans la voiture, l'autre jour. Elle ne sait pas résister aux défis, et elle veut lui prouver qu'elle n'est pas douée uniquement au lit.

— On s'arrête à la fin de la route et on repartira après cinq minutes d'étirements, lance Davide, avec son air sûr de coach sportif.

— Tu es déjà fatigué ? se moque-t-elle en l'entendant haleter bruyamment.

— Bien sûr que non… je disais ça pour toi ! répond-il en lui donnant une petite tape sur les fesses.

— Pour moi ? feint de s'étonner Linda tandis que, dans le fond, elle jouit de sa suprématie. On ne dirait pas, si l'on juge à ton souffle…

— Tu veux te retrouver, demain, avec les muscles des mollets déchirés ?

David essaie de récupérer en soufflant à fond, puis poursuit :

— Crois-moi, après trois montées et descentes, comme nous venons de faire, c'est bien si on s'étire un peu.

— OK, concède Linda.

Mais elle est encore pleine d'énergie, elle pourrait courir quelques kilomètres de plus.

Ils vont au bout du chemin de terre, face à eux, puis s'attardent sur l'herbe des bas-côtés. Désormais Linda a, elle aussi, les pieds fatigués et le souffle court, bien qu'elle continue à se donner du mal afin de prouver à Davide le contraire. Ils détendent leurs muscles en faisant quelques petits bonds sur place. Davide écarte ensuite légèrement les jambes et commence une série de flexions. Linda, de son côté, exécute quelques mouvements de stretching et penche son buste en avant jusqu'à attraper ses chevilles. Elle le provoque, et elle en est bien consciente, même si elle ne mesure pas l'ampleur de l'effet qu'elle a sur lui : il ne parvient pas à détacher son regard de ses seins, si généreux, fermes… et qui ne cèdent pas un centimètre à la force de gravité.

— On va faire quelques exercices, maintenant, dit Davide, qui doit fournir un effort surhumain pour lever les yeux.

Il saisit sa cheville droite avec sa main et tire sa jambe le plus haut possible. Linda l'imite, mais elle n'est pas attentive… elle est plus occupée à faire les yeux doux. Ils répètent le même geste avec la jambe droite, puis Davide l'invite à s'asseoir sur l'herbe molle. Ils sont l'un face à l'autre, en miroir. Linda écarte les jambes, comme Davide, soulève haut les bras, les allonge en diagonale vers le pied droit, vers le centre et enfin vers le pied gauche. Lorsqu'elle recommence la séquence, leurs mains se rencontrent. C'est alors qu'elle serre sa prise et, en s'appuyant sur ses talons, fait basculer son corps sur le sien. Elle sourit, mais un instant seulement, elle lui décoche immédiatement après un coup de poing dans l'estomac avec toute la force de son bras.

Davide pousse une sorte de couinement animal, il sent l'air sortir intégralement de ses poumons, tandis qu'il se plie en deux. Il tente de reprendre son souffle, puis la regarde, ébahi.

— Mais t'es dingue ? Tu m'as fait mal !

— Vraiment ? dit Linda. Tu es si fragile ?

— Bien sûr, ça te plairait bien... comme ça tu pourrais me maîtriser ! réplique Davide avec un sursaut d'orgueil.

Il se redresse et retrouve une expression normale. Au bout de quelques secondes, il réussit même à sourire. Linda aussi.

— Pas mal, comme vision...

D'un bond elle est debout et, le prenant par la main, l'oblige à se relever avant de l'entraîner vers un petit groupe d'arbres un peu plus en avant.

Brusquement, elle l'attrape par les épaules et l'embrasse sur la bouche. Davide lui répond en enfilant sa langue entre ses dents et en lui dénouant les cheveux : une masse blonde et désordonnée glisse sur ses yeux et retombe, sauvage, le long de son cou.

Linda pousse Davide à terre, sur un tapis d'herbe, d'argile et de feuilles. Ses cheveux lui font de l'ombre. Elle appuie ses lèvres contre les siennes, leurs langues se cherchent, leurs fronts se touchent. Linda est chaude, sinueuse, insistante : elle ne lâche pas sa proie, elle se serre contre lui, le domine de ses mains et de ses jambes.

Davide tente de se relever afin de mieux la regarder dans les yeux, mais elle repousse sa tête en arrière, l'écrase avec force sur l'herbe. Il réagit alors à cette pression qui le chauffe. À son tour, il prend Linda et la retourne, en l'appuyant contre le sol. Elle le regarde d'en bas, les pupilles dilatées, les lèvres entrouvertes, les joues en feu. Davide est allongé sur elle, une jambe entre les siennes, à mi-chemin entre l'excitation et l'inquiétude : bien sûr, les premières maisons sont loin, pense-t-il, mais ils sont tout de même à ciel ouvert, un dimanche matin, quelqu'un pourrait passer par là d'un moment à l'autre. Mais pour Linda l'heure a sonné, elle doit le faire ici et maintenant, elle ne veut plus attendre. Avec une prise de judo, elle le renverse de nouveau et appuie son corps contre le sien avec toute la force du désir qui monte en elle. Elle lui embrasse la bouche, le cou, remonte jusqu'à son oreille : elle y enfile sa langue et en mord le lobe. Elle tortille le marcel de Davide, puis les cordons en nylon qui ferment son jogging : enfin elle les défait et glisse une main à l'intérieur.

— Attends une minute, dit-il.

Il essaie de l'arrêter mais l'espace est trop étroit entre leurs deux corps et Linda n'a aucune intention de l'écouter. Ses doigts sont déjà sous le tissu tandis qu'il se débat comme un animal pris au piège.

— Attends, putain !

David saisit son poignet. Linda relève la tête, perplexe.

— Qu'est-ce qu'il y a ?

— Rien, répond Davide.

En se reculant un peu, il s'appuie sur ses coudes et regarde autour de lui, méfiant.

— Tu ne veux pas ? lui demande-t-elle en retirant sa main de son pantalon.

— Bien sûr que je veux, réplique Davide. C'est seulement que…

De nouveau, il regarde derrière lui, comme s'il était en territoire ennemi et qu'un commando armé fût susceptible de faire irruption à l'improviste.

— Mais comme ça, en plein air ? Et si quelqu'un arrive ?

Linda secoue doucement la tête, ses pupilles se referment.

— Comme tu veux, murmure-t-elle avec une indifférence affichée. C'est pas grave.

Elle retire un brin d'herbe de ses cheveux et se relève en secouant ses vêtements. Parfois, lâcher prise fonctionne bien mieux, elle le sait parfaitement. Elle feint de s'en aller et, en effet, la réaction de Davide ne se fait pas attendre.

— Eh, Linda, non…, dit-il en l'attrapant par les poignets. Tu vas voir comme c'est grave !

Il la serre contre elle et l'embrasse avec ardeur, possédant sa bouche avec toute sa langue.

Puis il la renverse de nouveau sur le sol et s'accroche à ses genoux. Il caresse ses cheveux, son cou, descend sa main sur un sein avant d'arracher, d'un seul geste, son short et sa culotte. Il la regarde, la respire, il est si proche d'elle que les sensations et les gestes se superposent et se confondent en un magma unique. C'est elle, maintenant, qui tente de lui opposer résistance, mais ce n'est pas une vraie tentative de défense, simplement un jeu furieux de muscles et d'hormones, dont il a désormais perdu le contrôle. Il peut seulement remonter le long de ses cuisses fermes et lisses de joggeuse, jusqu'à la chaleur et à l'humidité qu'elles renferment. L'incertitude qu'il ressentait encore un instant auparavant s'est dissoute en un fleuve impétueux qui l'emporte sans lui laisser le moindre espace pour une pensée vaguement rationnelle. Il a l'impression d'être revenu aux origines du monde, dans une explosion sauvage d'instinct et de sens. Il se libère de ses vêtements, s'allonge entre les jambes de Linda jusqu'à pénétrer la tension élastique de sa féminité avec une urgence et une envie de possession incontrôlables. Elle, de son côté, appuie son corps contre le sien, cède à son rythme primitif en se cambrant, glisse en avant et en arrière afin de le sentir plus profondément en elle, ondule avec une intensité croissante, une frénésie qui pourrait augmenter sans limite. Pourtant ses barrières tombent, sans qu'elle puisse les contrôler, et elle se libère en un souffle monté du plus profond d'elle-même. Un tremblement la traverse tout entière, fait se contracter ses cuisses : ils jouissent ensemble. Ils ne sont plus que deux corps qui se fondent l'un dans l'autre : cris, gémissements, humeurs se mélangent et s'amplifient, outrepassant les arbres, saturant d'énergie la lumière blanche du ciel.

— Tu vois, personne n'est venu, dit Linda, avec un air complice, en relevant doucement la tête.

Davide émerge petit à petit de son orgasme tribal et la regarde, rêveur.

— Quand bien même, je ne me serais arrêté pour rien au monde.

Elle se met à rire, puis son regard s'attarde sur son mollet droit qui la picote depuis quelques instants.

— Oh, merde !

— Qu'est-ce qu'il y a ? demande-t-il.

— Ça doit être une petite araignée dit Linda, en soulevant la jambe.

Elle n'a pas l'air très inquiète. Davide jette un œil à la rougeur légère.

— Allons-y, dit-il, tu dois mettre quelque chose là-dessus.

Il veut se relever, mais Linda l'interrompt de sa main.

— C'est bon. Je suis habituée aux insectes.

Puis, elle l'embrasse et saisit son sexe encore dur.

Elle est prête à recommencer, et lui avec elle. Aucun d'eux n'a d'attentes : ils savent très bien qu'il n'y aura pas d'autres fois, qu'ils n'iront pas au-delà de cette prairie, que tout prendra fin entre ces arbres. Personne ne tombera amoureux, et personne ne se fera mal.

6.

Elle sort de la douche et attrape le peignoir accroché à l'épaule de la déesse, une reproduction en résine noire de la *Vénus italique* de Canova, qu'elle a dénichée, il y a un an, dans un étrange bazar du sud de la Vénétie. Depuis, elle trône à côté du lavabo avec, comme nouvelle fonction, celle de portemanteau.

Elle respire profondément. La pièce s'est emplie d'une vapeur dense qui sent les huiles essentielles himalayennes, son dada du moment.

Nous sommes un lundi matin, le mois de juin vient tout juste de commencer, et Linda s'est réveillée en retard. Mais cela lui importe peu, il est presque 9 heures, et elle n'a aucune intention de se dépêcher. Elle aime prendre son temps avant d'aller travailler. Après la journée relaxante de la veille – le sexe avec Davide, l'apéro avec ses amis de toujours, les bavardages avec son oncle Giorgio et une petite heure de lecture –, elle se sent aujourd'hui remontée à bloc, pleine d'énergie, prête à attaquer une nouvelle semaine. Son peignoir ouvert, elle s'accroupit sur le tapis en éponge et masse méticuleusement ses pieds avec un onguent gras. Elle allonge ensuite son bras vers le panier contenant toutes ses crèmes pour le corps et en extrait un flacon d'huile sèche drainante. Après en avoir versé quelques gouttes sur la paume de sa main, elle la passe sur ses jambes. Puis, s'appuyant sur ses talons, elle se redresse d'un bond et enveloppe ses cheveux dans une serviette, à la manière d'un turban. Elle saisit, sur la *Vénus*, sa petite culotte en soie noire, l'enfile, puis, toujours pieds nus, se faufile hors de la salle de bains pour gagner la cuisine.

D'ordinaire, elle n'est pas du genre à s'abandonner des heures à soigner son corps : ça ne l'amuse pas, elle trouve ça barbant, mais passé le cap des trente ans, elle s'est rendu compte, un peu à contrecœur, que le sport ne suffisait pas, et qu'une petite aide supplémentaire n'était pas de trop.

Elle saisit la cafetière italienne sur l'égouttoir et prépare un café serré. En attendant qu'il soit prêt, elle va brancher son ordinateur aux baffles de la sono, dans le salon, et sélectionne la playlist *Rock Revival*. Les Pink Floyd résonnent, elle ne se souvient pas du titre de la chanson mais elle lui donne des frissons et déclenche en elle une furieuse envie de danser.

En se déhanchant, elle retourne dans la cuisine et s'assied sur le tabouret du bar en attendant que son café soit prêt. Elle regarde le ciel, par la fenêtre, aujourd'hui sans nuage et d'un bleu de carte postale. Elle pense que, dans quelques jours, elle pourra cueillir les cerises sur les arbres qui lui font face et les apporter à sa mère qui les transformera en une délicieuse confiture. Justement, sa mère... Elle n'a pas parlé à ses parents depuis plus d'un mois. Elle ne se souvient même pas de la dernière fois qu'elle est allée les voir, dans leur petit Bed & Breakfast au cœur du massif des Dolomites... À Noël ? À Pâques de l'an dernier ? Non pas qu'ils aient de mauvais rapports, simplement, depuis qu'ils ont pris leur retraite et décidé d'assouvir leur rêve de toujours – ouvrir une activité à eux, à la montagne – Linda a laissé les choses évoluer sans trop intervenir. Ses appels se sont faits plus rares jusqu'à devenir des « coups de fil de sécurité », comme les a définis sa mère, Carla, qui, prévenante, vérifie régulièrement de manière télégraphique que sa fille est encore vivante et bien entière. Elle l'avise aussi du moment où ses fameuses confitures sont prêtes. Si Linda devait se hasarder à les confectionner elle-même, en plus de ne pas savoir par où commencer, elle finirait immanquablement par tout jeter à la poubelle, poussée par cette pulsion colérique qui l'emporte chaque fois qu'elle ne parvient pas à atteindre la perfection.

Elle défait la serviette sur sa tête et la frotte contre son épaisse chevelure bouclée encore humide. Elle est sur le point de baisser le feu de sa gazinière quand elle s'aperçoit qu'une voiture arrive en trombe depuis le chemin de terre, soulevant derrière elle un nuage de poussière blanche. C'est une vieille Mini Cooper vert bouteille des années soixante-dix. La toiture est blanche et le vrombissement du moteur, encore apte à des performances notables, est unique en son genre. Elle reconnaîtrait ce son entre mille, et elle connaît aussi très bien le tête à claques qui est au volant : Alessandro !

Linda bondit de son tabouret et se précipite dehors avec une fougue qu'elle ne peut contenir. Elle ouvre la porte et le voit. Ce n'est que maintenant qu'elle se rend compte combien il lui a manqué. Il a surgi sans prévenir, comme un orage d'été. Et, à cet instant, elle espère ardemment qu'il ne repartira pas de façon aussi intempestive.

Il sort de la voiture et ferme la portière d'un geste affirmé. Pendant un instant, il la regarde sans parler. Il est un peu plus mince et sa peau est plus foncée que la dernière fois qu'elle l'a vu, mais il lui paraît aussi plus grand. Ses cheveux coupés court sont encore noirs et on peut apercevoir quelques débuts de boucles par-ci par-là mais, à la lumière matinale, ils ont un reflet presque bleuté que Linda ne leur connaissait pas. Il s'est laissé pousser une moustache et ses traits se sont légèrement endurcis, comme s'ils venaient tout juste de trouver leur forme définitive. Il a les sourcils épais, l'arête du nez un peu large, et la mâchoire carrée. Alessandro est bel et bien devenu un homme. Mais ses yeux, eux, sont tels que Linda s'en souvenait, d'un marron virant au jaune, une couleur qui semble presque artificielle. De toute sa vie, Linda n'en a jamais vu de similaires.

Il porte un T-shirt blanc, un keffieh élimé autour du cou et, par-dessus ses bottines en daim, une paire de jean un peu déchirée. On sent que ses aventures l'ont marqué physiquement, et sa seule présence suffit à faire monter la température autour de lui.

Alessandro lui sourit et va à sa rencontre, Linda l'imite, avec ses cheveux encore mouillés et ses pieds nus qui souffrent sur le gravier. Elle avance d'abord lentement, puis se met à courir. Avec son sourire, Alessandro a ouvert le champ des possibles : elle lui saute au cou et l'enlace de toutes ses forces. Quant à lui, il la serre de ses mains puissantes et rêches.

— Je ne peux pas à croire que tu sois là, murmure Linda, tout excitée.

Elle continue à le toucher, à tâter son dos et son visage : elle doit s'assurer que c'est bien lui, elle a presque peur qu'il se dématérialise entre ses bras.

— Moi non plus, réplique Alessandro, en regardant autour de lui. Tu t'es bien installée, quand même ! Cette maison était une ruine, dans mon souvenir.

Linda le prend par la main et l'entraîne.

— Pendant que tu vagabondais à travers le monde, moi j'usais mes petites mains à travailler ici !

Alessandro se met, lui aussi, à rire de bon cœur : elle n'a pas changé d'un iota, elle est toujours aussi exubérante qu'au temps de leur adolescence.

— Mais tu viens juste d'arriver ? s'enquiert Linda, en lorgnant ses cernes.

— Ce matin, à 6 heures, à l'aéroport, lui répond-t-il en laissant échapper un bâillement. Je suis vraiment crevé, j'ai fait vingt-quatre heures de voyage.

Tout en parlant, il ne cesse d'observer autour de lui.

— En tout cas, c'est vraiment super d'être de nouveau ici. Ça faisait très longtemps que je n'étais pas revenu.

Il s'arrête un instant sur le seuil de la porte. Ses yeux trahissent son ravissement, ses muscles se relâchent sous sa peau échauffée par le long voyage.

— Cette fois tu restes un peu, n'est-ce pas ? Tu me promets que tu ne repars pas tout de suite, comme la dernière fois ?

— Oui, je reste un peu plus longtemps. J'ai des choses à régler avant de me remettre en route.

— Et de quoi s'agit-il, si je peux me permettre ? demande-t-elle, curieuse.

Alessandro regarde autour de lui, comme s'il cherchait à échapper à cette question trop oppressante, mais il finit par déclarer :

— J'ai eu quelques problèmes à Hanoï et il vaut mieux que je reste un peu tranquille maintenant.

— Toujours le même aventurier idéaliste. Je vois que tu n'as pas du tout changé, lance Linda en levant les yeux au ciel. Qu'est ce que tu as fabriqué, cette fois-ci ?

— Disons que j'ai pris en photo des choses qu'il valait mieux ne pas prendre en photo..., avoue Alessandro, désormais sérieux. Je collaborais avec un blogueur qui dénonce le travail des enfants mineurs dans les usines, ajoute-t-il en soupirant. Ils l'ont arrêté, quant à moi la police m'a, pour ainsi dire, *invité* à débarrasser le plancher.

Linda est parcourue d'un frisson. Alessandro, lui, ne semble pas très inquiet.

— Mais compte sur moi, poursuit-il décidé, je ne vais pas les laisser gagner.

Elle pose une main sur son épaule.

— Eh, ne me fais pas flipper…

Il lui effleure le front, comme s'il cherchait à en effacer une ride.

— Allez, montre-moi ce petit chef-d'œuvre de maison.

Ils entrent dans la cuisine. Le café a débordé, inondant la gazinière et diffusant une odeur de brûlé peu agréable.

— Bon sang, quel bordel !

Linda soulève le couvercle de la cafetière et regarde à l'intérieur.

— Il en reste un peu, mais je vais en refaire.

— Si c'est pour moi, ce n'est pas la peine, dit Alessandro en s'asseyant sur l'un des tabourets. Je prendrais plus volontiers une bière.

— Hein ? dit-elle en écarquillant les yeux.

— Je n'ai pas envie de café, je suis complètement jetlagué, et encore réglé sur l'heure asiatique.

— Mais je ne sais pas si j'ai de la bière dans le frigo…

— Erreur, demoiselle ! Comment peut-on ne pas avoir de bière dans une maison ? Tu n'as vraiment rien appris sans moi, ces dernières années ?

— Oh pardon, dit-elle en croisant les bras, c'est que ce matin je n'avais pas prévu l'arrivée de Al'-j'arrive-quand-bon-me-semble.

Face au sarcasme, Alessandro secoue la tête en signe de désapprobation.

— Eh bien, tu te fais vieille !

Linda lui décoche une claque sur la nuque, avant d'aller dans le débarras dont elle ressort une bouteille à la main.

— Voilà ! Directement issue de ma réserve personnelle. Elle n'est pas hyper fraîche, mais tu vas faire avec.

Alessandro la décapsule et avale une longue gorgée.

Linda, alors, se détend et se prépare à l'écouter en le fixant des yeux.

— Allez, raconte-moi tout, lui intime-t-elle en sirotant un peu de son café froid.

Puis elle se ravise :

— Bon, peut-être pas tout, cinq ans c'est long. Commence par Hanoï...

Alessandro la regarde, la tête ailleurs de toute évidence, puis se met à raconter :

— C'est une ville incroyable, dit-il en piochant une cacahuète dans un bol. Une fourmilière, qui déborde de gens, et il y a une telle circulation... la plus grosse difficulté c'est traverser la rue. (Il avale une autre cacahuète.) On s'y perd, on se sent petit, parmi ces milliers de personnes. Tu vas avoir du mal à y croire, mais c'est une sensation presque libératrice.

Puis, comme si une faim immense le taraudait d'un coup, il enfile dans sa bouche une poignée entière de cacahuètes et les dévore, sans prendre garde aux bonnes manières, avec une avidité presque animale ; comme s'il était exalté à l'idée de pouvoir faire cela, à cet endroit, à cet instant précis, avec elle.

— Le Viêtnam est un pays complexe, continue-t-il en s'essuyant la bouche du revers de sa main. Il est en pleine mutation, et ça entraîne, malheureusement, une quantité incontrôlable d'injustices et de tensions sociales.

On comprend alors que, dans la tête d'Alessandro, se superposent bon nombre d'images et de pensées que Linda ne peut qu'imaginer. Certaines sont probablement macabres. Mais, à cet instant, il ne veut raconter à Linda que le meilleur.

— En dépit de tout ça, ça reste un endroit merveilleux. Les plus beaux paysages sont les expressions des visages de ceux que j'ai rencontrés. Ils ont une dignité et une élégance presque royale ; leurs traits t'enchantent.

— Et les Vietnamiennes, elles sont comment ? demande Linda avec un clin d'œil.

— Parmi les Asiatiques, ce sont peut-être les plus belles : elles sont longilignes, les cheveux noirs et longs, très raides, une peau de velours..., explique-t-il en fermant à moitié les yeux, comme en extase. Si seulement tu as la chance de les voir...

— Pourquoi ?

— Parce que, en ville, les jeunes femmes se promènent affublées comme un touareg en plein désert : il est difficile d'apercevoir ne serait-ce que leurs yeux.

— Comment ça se fait ? s'étonne Linda en secouant la tête.

— Elles sont terrorisées par le soleil, elles évitent de s'exposer par tous les moyens possibles. Elles portent donc tout type de protections : des bas, des gants, des chapeaux, des masques. Tu comprendras donc que ça devient compliqué de savoir si elles sont mignonnes ou non, dit Alessandro en s'étirant. Hanoï est une ville à part...

— Dans quel sens ?

— Eh bien dans le sens où, même si on est toujours en Asie, on n'a plus du tout cette atmosphère de sensualité débridée que l'on trouve dans les go-go bars de Bangkok ou aux Philippines.

— Ah, je vois... les Vietnamiennes sont un peu bigotes !

— Disons qu'elles sont relativement pudiques et méfiantes. Oublie cette image de tourisme sexuel à laquelle tu es en train de penser, et ne fais pas cette tête !

— Tu veux me faire croire que tu n'en as même pas séduit une seule ?

Linda est curieuse, c'est plus fort qu'elle.

— Disons que j'ai dû me donner plus de mal que d'habitude, dit-il avec un sourire énigmatique.

Linda pense qu'elle aimerait bien connaître une femme capable de résister à un sourire comme celui-là.

— Tu es avec quelqu'un en ce moment ? demande alors Linda à brûle-pourpoint.

— Pardon ?! s'exclame Alessandro. Impossible. Je n'ai ni le temps ni l'envie de m'impliquer dans quelque chose de sérieux.

Quelques fois, dans les mails qu'ils se sont envoyés ces dernières années, il lui parlait des femmes qu'il rencontrait à travers le monde. Et Linda s'amusait à lire ses histoires de marin dans lesquelles se mélangeaient sans doute vérités et petits mensonges. Elles l'enchantaient, la laissant toujours à mi-chemin entre la convoitise et la jalousie.

— Et toi, tu es avec quelqu'un ?

— Mmh... pas vraiment, rétorque Linda, vague, en faisant une petite moue.

L'espace d'un instant, elle pense à Davide, mais elle le considère à peine comme une aventure.

Alessandro la regarde. Il l'étudie comme un sujet qu'il pourrait photographier, dans cette lumière qui entre par la fenêtre.

— Ce n'est pas vrai que tu as vieilli. Tu es telle que dans mon souvenir, peut-être même encore plus belle.

Linda baisse les yeux, elle sourit. Depuis qu'Alessandro est arrivé, un sentiment irrégulier la traverse, comme si un courant poussait ses gestes et ses pensées et les amenait à faire des soubresauts difficiles à prévoir, les mettait sens dessus dessous, produisait des réactions contradictoires. Sans compter qu'une série de souvenirs indéfinis – des émotions plus que des images – sont remontés à la surface de sa mémoire. Alessandro aussi est tel qu'elle s'en souvenait. Peut-être même encore plus beau.

— Non, attends... finalement tu as peut-être quelque chose de différent, dit-il avec un petit sourire diabolique. Tes seins ont grossi ! lance-t-il en les pointant du doigt.

Linda ajuste un pan de son peignoir.

— Mais bien sûr ! Pendant que tu n'étais pas là, je suis allée me faire injecter de la silicone, juste un petit renfort, tu vois, même si je ne crois pas que j'en avais besoin, plaisante-t-elle en riant. Non, en fait c'est ma période...

— Ah, c'est vrai que tu es de celles qui prennent une taille à ce moment-là. Il y a des détails que je n'oublie pas !

— T'es vraiment con, lui lance-t-elle en lui donnant une petite tape sur l'épaule.

— T'es vraiment magnifique, lui répond-il en souriant.

— Allez, va !

Cette fois, elle lui décoche un coup de poing sur la poitrine. Alessandro, quant à lui, l'attrape par la taille et la serre contre lui :

— Tu m'as manqué.

Brièvement, les narines de Linda se remplissent d'une odeur familière, l'odeur, unique, d'Alessandro.

— J'ai quelque chose pour toi dans la voiture, lui dit-il tout à coup.

Il se détache d'elle avec une précipitation soudaine et un peu maladroite. Linda ôte ses mains et le laisse partir, refrénant son envie de plonger son nez dans le creux de son cou.

Alessandro refait surface peu après avec, à la main, un couvre-chef en paille tressée et en fibres naturelles, décoré de motifs géométriques aux couleurs très vives.

Linda est dans le salon en train de trafiquer quelque chose sur son ordinateur, Alessandro arrive dans son dos et lui pose le chapeau sur la tête.

— Je te l'ai pris dans un marché de Hanoï.

— Il est magnifique ! s'écrie Linda dans un élan de joie.

Elle a ôté le chapeau de sa tête pour l'admirer, puis s'en recoiffe à nouveau. Alessandro la regarde avec un sourire de satisfaction.

— En plus, il te va très bien.

— C'est vrai ? Je ne ressemble pas à un champignon ? s'enquiert-elle avant de partir dans un rire sonore.

— À un champignon vénéneux, alors ! ajoute Alessandro.

Avant qu'elle n'ait le temps de s'en rendre compte, Alessandro a déjà pris un cliché d'elle avec l'appareil photo de son iPhone, qu'il maîtrise comme personne.

Linda ôte son chapeau et le pose sur le canapé.

— Mais c'est merveilleux, ça ! s'exclame Alessandro en apercevant l'installation photographique sur la paroi.

— Ça te plaît ? lui demande-t-elle. Ce sont toutes les cartes postales que tu m'as envoyées. Toutes les photos que tu as prises à travers le monde.

— Je vois ça, répond Alessandro, le souffle coupé et les yeux brillants. L'effet est superbe. Jamais je n'aurais pu imaginer ça...

Les Doors s'échappent du haut-parleur du MacBook Air, libérant une discrète énergie érotique dans la pièce.

Alessandro s'empare de la guitare acoustique posée contre une paroi – une des nombreuses passions de Linda abandonnées en cours de route –, s'allonge sur le canapé et commence à gratter les cordes.

— Viens ici, lui dit-il, avant que sa voix chaude se mette à couvrir celle de Jim.

Linda s'assied par terre, face à lui, et l'accompagne à voix basse. Elle connaît par cœur les paroles de *Light My Fire*. Elle bat la mesure en tambourinant avec ses doigts sur ses genoux.

Ils continuent jusqu'au bout de la chanson, mais Linda se souvient soudain qu'elle devrait déjà être au travail depuis longtemps. Au lieu de ça, elle est toujours en peignoir, sans compter que... elle n'a pas sa voiture !

— Au secours, quelle heure est-il tout de suite, maintenant ? demande-t-elle à Alessandro avec une petite voix hystérique.

— Je n'en sais rien !

La montre à son poignet affiche 14 h 45. Il est encore réglé à l'heure d'Hanoï.

— En théorie, ici il devrait être 9 h 45, annonce-t-il.

— Putain, il faut y aller ! lance Linda en se relevant.

Elle ajuste ses cheveux avec ses mains.

— Excuse-moi, mais où ?

— Au travail ! dit-elle dans un grognement.

Puis elle lui demande, avec des yeux suppliants :

— Tu m'offres un passage jusqu'à l'agence, n'est-ce pas ? Ma spider est en réparation chez Max, explique-t-elle, définitivement retombée sur terre.

— Pour changer..., se moque Alessandro. OK, allez, je t'emmène. Dépêche-toi !

— Merci, merci ! hurle-t-elle tandis qu'elle le décoiffe en se souvenant de combien il déteste ça.

Pour toute réponse, il lui flanque une petite fessée.

— File ! Va t'habiller, à présent.

— J'y cours !

— Je t'attends ici.

Alessandro reprend la guitare et enchaîne quelques accords, reproduisant une vague mélodie qui lui trotte dans la tête.

7.
Avarice

On toque à la porte de son bureau, deux coups légers et nerveux.

— Entrez, dit Linda, clouée à sa table de travail face à un amas de devis et de dessins techniques.

Ludovico Fassina ouvre la porte. C'est un type sec et rigide, toujours engoncé dans une chemise de curé, fermée jusqu'au dernier bouton, avec de petites lunettes rectangulaires à la monture invisible. Aujourd'hui, il porte un pantalon à la coupe large, très peu tendance. Il fixe Linda comme si elle était un objet inadéquat à ce lieu.

— Ah, tu es là, dit-il. Je suis passé te chercher chez toi. J'ai attendu un peu dans la voiture, et puis je suis parti, il était presque 8 h 30…

Une lueur s'allume dans l'esprit de Linda qui se frappe le front avec la paume de sa main.

— Oh, mon Dieu, Ludo, excuse-moi ! Ça m'est complètement sorti de l'esprit !

Elle n'a pas le courage de lui avouer qu'à cette heure-là elle dormait encore. Puis, avec l'arrivée d'Alessandro, elle l'avait définitivement oublié. Ludovico, au contraire, est la dernière personne qui oublierait un rendez-vous : il se rend toujours à l'agence à l'aube, bien avant l'heure de l'ouverture officielle, allume tous les ordinateurs, dispose selon un ordre rigoureux les quotidiens et les nouvelles revues sur la table de l'accueil, puis s'installe à son bureau en attendant quelque instruction venue d'en haut. Il est si méticuleux et zélé que Linda devient nerveuse rien qu'en le regardant.

— Bon, ce n'est pas grave, répond Ludovico, même si, de toute évidence, il pense plutôt : « Tu n'es qu'une connasse de profiteuse. »

Mais, évidemment, il ne dirait jamais une chose pareille à haute voix. Et surtout pas à Linda, pour qui il a un faible qu'il n'admettrait toutefois pour rien au monde. Il est sur le point de refermer la porte, mais il se ravise.

— Ah, n'oublie pas qu'aujourd'hui il faut joindre le comte Grimani. Il attend toujours cette modification.

Linda soupire. Elle, en revanche, est de ceux qui ne savent vraiment pas dissimuler leur agacement.

— Il l'aura, sa foutue douche horizontale. J'étais justement sur le point de retranscrire le devis sur l'ordinateur.

Elle attrape un papier à moitié gribouillé et le lui montre avec une grimace irritée.

— Mais merci de me l'avoir rappelé.

— De rien, réplique Ludovico avant de s'en aller.

Linda saisit la souris et ferme le dossier GRIMANI. Elle insère l'ancien devis dans la fente du destructeur de documents, au pied de son bureau : la feuille se décompose en quelques secondes en des dizaines de petites bandelettes pareilles à des étoiles filantes. Cette action provoque en elle, à chaque fois, une sensation de soulagement et de jouissance presque physique, comparable à ce qu'elle ressent lorsqu'elle se débarrasse d'une chose trop vieille dont elle ne veut plus.

Une envie féroce de caféine et de sucre la prend soudain. Elle se lève de sa chaise et se dirige vers la petite machine à café, mais elle est interrompue par le téléphone qui se met à sonner sur son bureau. Un catalogue entier d'injures défile en surimpression dans ses pensées. Il s'agit sûrement d'un client insolent ou, pire, du comte Grimani en personne. Elle jette un œil à l'écran : c'est son patron, elle doit répondre. Elle soulève le combiné et lance un « Oui ? » distrait.

— Pourrais-tu venir un instant dans mon bureau ? demande l'architecte Gianluigi Bosi, avec un ton impossible à déchiffrer.

— Tout de suite ? J'allais prendre un café.

— Tout de suite !

Maintenant c'est clair, son ton est catégorique.

— J'arrive.

Linda raccroche, jette un regard affligé à la machine à café et sort de son bureau. Elle traverse le couloir à grands pas et entre dans celui de Bosi.

— Assieds-toi, lui dit-il avec un geste de la main.

— Mon Dieu, quand tu me dis de m'asseoir, généralement c'est que ça va durer des heures.

Elle tire un peu la chaise en arrière et s'installe confortablement. Aujourd'hui Linda est partie si vite de chez elle qu'elle n'a même pas eu le temps d'enfiler des talons décents – elle qui fait pourtant une fixette sur la hauteur. Elle porte à la place une paire de sandales plates en cuir blanc.

Bosi la regarde avec un mélange de curiosité et de déception.

— Je ne m'attendais franchement pas à une telle chose de ta part.

— De quelle *chose* tu parles, excuse-moi ? questionne Linda, l'air de tomber des nues.

— D'une *chose* assez grave.

— Bosi, je ne te suis vraiment pas.

Linda cherche dans sa tête une quelconque raison, mais elle n'en trouve aucune. Ou plutôt, elle en trouve des millions. Aucune cependant n'est assez éclatante pour mériter cette convocation.

— Bien sûr, j'aurais pu m'en douter. Tu as toujours été quelqu'un d'ambitieux, voire de rebelle, poursuit-il, mais de là à subtiliser le travail de tes collègues de cette façon…

Il tord ses lèvres, visiblement contrarié. Linda, elle, écarquille les yeux.

— Moi ? demande-t-elle, perplexe.

Elle arbore l'expression peu convaincue de celle qui n'accepte pas les accusations la tête basse.

— Allez, tu vas vraiment me faire croire que tu n'étais au courant de rien ?

Bosi penche la tête de côté, en attendant une réponse.

— Mais t'as pris un acide ce matin, ou quoi ? rétorque Linda, avec un tremblement qu'elle ne parvient plus à contenir. Je ne te suis pas du tout. Je n'ai aucune idée de quoi tu parles, bon sang !

— Avant tout, baisse d'un ton et calme-toi un peu, s'il te plaît.

— C'est toi qui fais des allusions et qui ne me dis pas clairement les choses !

Bosi reste un instant en silence, puis annonce, sentencieux :

— Tommaso Belli m'a appelé. Il voulait te joindre.

— Et pourquoi donc ?

— Il veut que tu réalises une expertise pour sa villa.

— Quoi ? s'exclame Linda en ouvrant grand les yeux.

— Tu as bien entendu, il m'a demandé s'il pouvait te parler, confirme Bosi. Sérieusement Linda, tu voudrais me faire croire que ce n'est pas toi qui le lui as proposé ?

La conversation a définitivement pris des airs d'interrogatoire. Bosi la fixe, enregistre ses gestes, analyse le ton de sa voix.

— Non, je n'en savais fichtrement rien, réplique Linda, vexée.

Elle a l'impression qu'une lampe à infrarouge est braquée sur elle.

— Tu dois me croire ! Je le connais à peine !

Son ton est si vibrant que Bosi commence à concevoir que Linda puisse, en effet, n'être au courant de rien.

— Bon d'accord, je te crois. Je suis désolé pour Ludovico et Alice qui ont mis beaucoup de cœur à l'ouvrage… mais la philosophie de notre agence a toujours été de satisfaire nos clients, quelle que soit leur requête. Par conséquent, si Belli veut traiter avec toi, il traitera avec toi.

Linda esquisse un sourire. Elle vient tout juste de mesurer l'opportunité qui lui tombe du ciel, même si elle ne comprend pas pourquoi Tommaso souhaite travailler précisément avec elle. Ce n'est quand même pas à cause de leur brève rencontre de l'autre jour… ?

— Je te préviens, Linda, Belli est un client très difficile. Ne te fais pas d'illusions, peut-être qu'il est juste en train de faire un caprice et qu'il va changer d'avis. Ce n'est pas sûr qu'il te confie réellement le projet. Prépare-toi, et mets tout de suite de l'eau dans ton vin. Tout le monde n'est pas aussi tolérant que ton patron.

Linda se limite à acquiescer, perdue dans un tourbillon de questions sans réponses.

— C'est un projet qui exige beaucoup de travail, peut-être trop pour une seule personne. Je ne sais pas si tu visualises la surface de la villa. Ce sont 960 mètres carrés, sept chambres, cinq salles de bains, vingt pièces en tout…

Bosi accumule les données, mais cela fait longtemps que Linda ne l'écoute plus, trop occupée à pourchasser les mille pensées qui se bousculent dans sa tête.

— Tu m'écoutes ? l'interpelle son chef en s'apercevant qu'il parle à un mur.

— Hein ? répond Linda, comme si on l'extirpait d'un rêve. Oui, oui, bien sûr.

— Belli t'attend à la villa en début d'après-midi. Mais il vaut mieux que tu lui téléphones avant pour fixer l'heure.

Il lui tend un gros dossier.

— Tu trouveras là-dedans tout ce dont tu as besoin : dessins, plans, axonométries. Sur la dernière feuille, il y a toutes ses coordonnées.

— Parfait, murmure Linda en parcourant rapidement les pages.

— Bonne chance, je n'ai rien d'autre à ajouter.

— Ça ira !

Les accents inquisitoires de Bosi ont déjà disparu au profit du ton presque paternel qu'il ne réserve qu'à Linda. La seule chose qui compte pour lui est que Belli, sa poule aux œufs d'or, reste un client de l'agence : peu importe lequel de ses collaborateurs réussira à le satisfaire. Si ça doit être Linda, tant mieux.

Lorsqu'elle manifeste l'intention de sortir du bureau, Bosi la rappelle :

— Si jamais tu arrivais à le convaincre de te confier le projet, je compte sur toi pour viser haut. Avec un type comme lui, on peut oser...

Il imagine déjà l'argent qu'elle va faire pleuvoir dans les caisses de l'agence, mais il se dit aussi que, cette fois, il sera généreux avec elle, et lui donnera un pourcentage sur les gains.

— Il se porte beaucoup mieux que les Grimani et que bien d'autres reliquats de noblesse déchue. N'aie pas de scrupules.

— Pourquoi, j'en ai d'habitude ? Ah, et si jamais c'est moi qu'il choisit, c'est mon client. Et je prends quarante pour cent.

Bosi n'a même pas le temps d'ouvrir la bouche pour exprimer sa désapprobation que Linda, avec un clin d'œil, s'est déjà faufilée hors du bureau d'un mouvement sinueux, presque un pas de danse. Il ne peut pas l'entendre, mais elle vient tout juste d'exulter à voix basse. C'est un vrai concert de rock qui sonne à fond dans sa tête.

Après avoir récupéré la spider au garage – ce génie de Max, en plus de l'avoir remise à neuf, nettoyée dedans comme dehors, a même laissé un peu d'herbe en cadeau dans la boîte à gants –, elle rejoint la route nationale en direction de Bassano del Grappa, et fait une halte à la première aire de repos ombragée pour manger la *focaccia* qu'elle a achetée en chemin.

Elle descend de la voiture et s'y adosse. Elle mord directement à l'intérieur du sachet en papier un morceau du pain farci de jambon blanc fumé, de gorgonzola, de petits artichauts à l'huile et de mayonnaise que le type tatoué de la caisse lui a recommandé comme étant la « suggestion du jour ». Elle est excitée comme elle ne l'a pas été depuis longtemps, et elle n'arrive pas à ne pas repenser à ce fameux jour, à Tommaso couvert d'eau boueuse, puis tout embarrassé vêtu de la chemise qu'elle lui a donnée. Le kit main libre de son téléphone est vissé à son oreille : entre deux bouchées, elle parle depuis dix minutes avec le comte Pier Filippo Grimani qui continue à se plaindre de sa douche horizontale : elle n'est pas de la couleur exacte que voulait sa femme, Nicoletta. Linda a décidé qu'aujourd'hui elle le laisserait se défouler, le pauvre. Il est inutile de gaspiller son énergie avec ceux qui ne méritent pas son talent. Ce nouveau projet a ouvert un gouffre dans son estomac, une sorte de faim chimique. Pour ne pas salir son chemisier de soie blanche, elle se penche en avant à chaque bouchée, mais elle ne parvient pas à éviter qu'une goutte jaune et huileuse atterrisse sur ses chaussures. Linda écoute le comte déblatérer et, toutes les sept ou huit secondes, intercale un « hum-hum », la bouche pleine. Elle se laisse convaincre d'envoyer des ouvriers arranger cette histoire de couleur, même si elle sait d'avance que ce sera tout à fait inutile. Quand, finalement, elle réussit à clore la discussion, elle lance un « quels casse-couilles ces Grimani ! » libérateur puis se penche pour nettoyer ses chaussures.

Elle avale une canette entière de Coca-Cola, remonte en voiture et se remet en route. La nationale traverse en son milieu un petit village de campagne, qui se fond dans le paysage après seulement quelques dizaines de kilomètres. Désormais elle est dans une zone presque exempte d'habitations, hormis une caserne de la gendarmerie et quelques derniers lotissements de pavillons. On peut encore voir quelques maisonnettes modernes avec des clôtures en ciment, puis seulement des bâtiments rustiques en pierres et en briques, toujours plus distants les uns des autres. Linda profite de l'harmonie des formes et des couleurs, respire à fond, enchantée par les nuances de rose, de blanc et de jaune des arbres en fleurs.

Laissant les champs derrière elle, elle prend une route secondaire, étroite et sinueuse qui conduit au sommet d'un col couvert d'oliviers centenaires. Au milieu du chemin, un portail vert en fer forgé est à moitié ouvert. Ses extrémités sont pointues, en forme de lance, et deux colonnes blanches en pierre polie le délimitent de part et d'autre. Elle doit être arrivée, si on en juge le bâtiment que l'on entrevoit dans le fond. Avec une manœuvre rapide, Linda entre dans la propriété, parcourt une longue allée de gravier bordée de citronniers plantés dans de grands pots en terre cuite. On pourrait croire qu'elle a remonté le temps. Au fur et à mesure qu'elle avance, l'édifice se révèle dans toute son élégance : c'est une luxueuse villa de style clairement palladien, avec deux dépendances latérales reliées à la façade par des arcades à bossage.

Linda se gare dans l'espace resté libre entre une fontaine avec des angelots et une Jaguar XK cabriolet gris métallisé. Elle descend de la voiture et aperçoit immédiatement Tommaso, non loin de là, occupé à discuter avec des ouvriers qui, de toute évidence, sont en train de redéfinir l'aménagement du jardin.

— Où est-ce que vous allez mettre ça ? demande Tommaso à un petit homme trapu et rougeaud qui charrie une brouette pleine de gravier.

— Le paysagiste de la pépinière, explique-t-il obséquieux, a proposé de choisir de la pierre de lave pour cette plate-bande et des galets blancs pour l'autre là-bas.

— J'ai compris, dit Tommaso en examinant attentivement le contenu de la brouette. Mais je ne suis pas d'accord. Maintenant que je la vois, je préfère qu'on évite la pierre de lave. Limitez-vous aux galets blancs et à l'écorce de mélèze.

Il parle d'un ton très sûr et a toujours son apparence solide en dépit de sa tenue plus sportive : les pieds nus dans ses mocassins, un pantalon beige en coton, et un polo bleu à manches courtes qui laisse apparaître les muscles galbés de ses bras.

— Mais, en ce qui concerne les roses, nous sommes bien d'accord sur les variétés : Flora Danica, Tivoli et Royal Copenhagen, précise-t-il avec un ton qui n'admet aucune réplique.

Avec un signe de la tête, il laisse entendre que la conversation s'arrête là, en ce qui le concerne, puis il congédie l'homme avec un sourire diplomatique.

— Bien sûr, monsieur Belli. Tout sera fait selon vos souhaits.

Il fait signe ensuite à l'un de ses collègues, occupé à creuser un trou avec une pelle dans la plate-bande destinée aux Tivoli.

Linda est sur le point de s'annoncer, mais Tommaso d'un coup se retourne et la précède :

— Bonjour, Linda, dit-il en lui serrant la main. Merci d'être venue si rapidement.

— C'est normal, répond-elle. Au téléphone tu avais l'air plutôt impatient.

— Viens, allons plus loin.

Demandant aux ouvriers de leur faire place, il lui ouvre le chemin vers le majestueux escalier de l'entrée, bordé de statues en pierre représentant des divinités romaines qui semblent les regarder avancer. Il éclaircit sa voix et dit :

— Avant tout, je tenais à m'excuser.

— De quoi ?

Linda le regarde sans comprendre.

— De ne pas t'en avoir parlé avant, précise Tommaso, sérieux. Mais je n'avais aucun moyen de te joindre, et je ne savais pas comment te retrouver. Je me voyais mal débarquer chez toi. C'est pourquoi je me suis adressé à l'architecte Bosi.

— Tu n'as pas besoin de t'excuser. Je suis contente que tu l'aies fait.

Et elle n'a jamais été aussi sincère avec lui.

— Parfait.

De nouveau, ce mot.

Tommaso baisse un instant les yeux, mais redresse très vite son regard. Ses yeux semblent d'un bleu plus clair à la lumière du soleil.

— Alors allons-y, dit-il en l'invitant d'un geste à entrer, comme ça je te montre de quoi il s'agit.

Linda s'immobilise au milieu des marches et regarde, enchantée, la villa.

— En tout cas, la partie extérieure est réellement magnifique. Je n'en avais pas vu d'aussi bien conservée depuis des années… Elle tourne la tête, profite de la vue panoramique. Quatre colonnes ioniques à tiges lisses rythment la façade, rappelant les temples gréco-romains.

— C'est très palladien, murmure-t-il en prenant une large respiration.

— Du pur néo-classicisme.

Tommaso acquiesce d'un signe de tête.

— Équilibre, harmonie, rigueur. Je l'ai choisie pour cela. Cette villa est l'exact miroir de ma vision du monde.

Linda l'observe : lui aussi paraît s'intégrer *parfaitement* dans ce paysage. Les lignes de son visage, sa façon de parler, d'occuper l'espace : un champion olympique qui dégage force et beauté. Son énergie est essentielle, rationnelle, presque sévère dans sa pureté.

Tommaso gravit les marches, et Linda le suit avec la même admiration qu'elle réserverait à une divinité. Jeter un œil à ses fesses, cependant, ne lui semble pas du tout blasphématoire, elle se sent même presque obligée de le faire car là encore… c'est une vision céleste.

— La villa n'a pas été habitée depuis au moins cinq ans, lui explique Tommaso, en s'arrêtant au sommet des marches et en cherchant son regard.

Linda détourne immédiatement le sien en espérant qu'il ne se sera aperçu de rien.

— Bien sûr, acquiesce-t-elle en affichant un air intéressé.

Il la scrute de façon pénétrante. On dirait presque qu'il retient un sourire, puis il s'écarte pour la laisser passer par la grande porte d'entrée.

Linda est un peu intimidée, elle regarde autour d'elle, respire à pleins poumons la beauté des espaces. Cet endroit la trouble, elle se sent presque *imparfaite*.

— Ce salon est la seule pièce qui conserve encore quelque chose du XVIe siècle, reprend-il. Le reste date du XVIIIe et au-delà.

Les yeux de Linda s'attardent sur les murs, aussi pour résister à la force d'attraction du postérieur de Tommaso.

— Poutres apparentes, portes avec tympan..., commente-t-elle avec un ton qu'elle veut professionnel.

Puis elle se tourne vers lui.

— Je te le dis tout de suite : ces portes doivent être conservées. Il faudra les faire restaurer, mais il faut impérativement les laisser là où elles sont. Elles donnent le ton de la pièce.

— Je vois que tu as déjà pris le pli.

Tommaso l'emmène alors dans une autre aile de la villa. Ils font halte au seuil d'une petite pièce dans laquelle ont été conservés des meubles d'origine et des objets d'arts anciens.

— Ici, il y avait un bureau. Mais allons par là, dans la salle à manger.

— Oh, mon Dieu ! s'exclame Linda en levant les yeux vers le plafond.

Un précieux lustre en verre de Murano, à structure asymétrique et composé de pièces encastrées, est suspendu au centre de la pièce.

— Évidemment, on garde ça aussi. Tout le reste est à jeter.

Elle ne s'inquiète pas de l'effet que produisent ses commentaires, et continue à explorer les espaces. Elle jette un regard de travers à une série de chaises à haut dossier à moitié pourries et à une table rongée en plusieurs endroits.

— J'aime que tu sois déjà en train de parler en termes d'aménagement, commente Tommaso avec un sourire satisfait.

Linda, quant à elle, se limite à remarquer les petites rides qui se forment à la commissure de ses lèvres, sans rien dire, même si une étrange jouissance commence à se manifester en elle. Formellement, il n'y a, pour l'instant, aucun accord défini entre eux, mais elle est déjà certaine que ce sera elle qui aménagera cette villa, et que cela se révélera être une aventure enthousiasmante. Et puis, pour être vraiment sincère jusqu'au bout, le fait que cette proposition vienne d'un homme comme lui rend le tout encore plus intéressant.

Ils montent à l'étage noble par un majestueux escalier, bordé de rampes en fer, probablement forgé à la main. S'ouvre alors, devant eux, un immense salon avec de vastes portes-fenêtres et des murs aux fresques encadrées de stuc. Linda est aux anges : sa pensée s'envole au loin, au-delà d'eux deux, de cette demeure, de ce moment.

— C'était la salle de bal. Viens, dit-il en la conduisant vers une porte-fenêtre qui donne sur l'arrière de la villa. D'ici on voit très bien le parc.

Ils se penchent au-dessus du balcon.

— Incroyable ! s'écrie Linda. C'est gigantesque.

Elle observe l'espace face à elle, tous ses sens en éveil. Il doit y avoir environ trois hectares de terrain, avec diverses variétés d'arbres centenaires. Au loin on aperçoit un petit lac et, juste derrière la villa, une piscine qui a sérieusement besoin d'être rafraîchie. Linda la regarde plus attentivement et, tout à coup, elle se souvient : c'est la piscine dans laquelle elle avait plongé, avec Alessandro, un soir, quand ils étaient jeunes. Ils étaient entrés, en cachette, par un trou dans la clôture ! Une idée d'Alessandro, bien évidemment. À l'époque, la villa était habitée et il s'en était fallu de peu qu'ils se fassent pincer. Au bout d'un certain temps, ils avaient entendu le gardien brailler, ils avaient sauté hors de l'eau comme deux poissons, à la pointe du jour, et avaient commencé à courir, trempés et à moitié nus, jusqu'à rejoindre la Mini de Al', qu'il piquait à ses parents de temps en temps pour sortir le soir. Ils s'étaient ensuite lancés dans une course folle, au cœur de la nuit, avec un seul phare allumé – la voiture avait toujours quelque chose qui n'allait pas. Linda ne parvient pas à dissimuler son sourire, mais elle chasse ce souvenir d'un rapide mouvement de tête, et revient au temps présent.

— Quelle bonne odeur ! dit-elle, en aspirant autant d'air qu'elle le peut.

— C'est le *Viburnum tinus*, cette série de plantes, là-bas, dit Tommaso en indiquant un groupe d'arbustes recouverts de fleurs blanches. Quand ils fleurissent ils dégagent un doux parfum aux notes d'agrumes.

Linda le regarde avec curiosité, la même expression qu'elle avait un peu plus tôt quand il débitait les noms de roses comme s'il s'agissait de marques de voitures.

— Eh bien ! On peut dire que tu t'y connais vraiment en botanique…

— Oui. C'est une de mes passions, c'est ma mère qui me l'a transmise.

Tommaso se perd un instant dans ses pensées, puis se remet à la regarder avec le même air assuré.

— Bon, passons aux choses concrètes. Je veux que tu me fasses une proposition, une étude complète. Si tu parviens à me convaincre, le projet est pour toi.

Linda reste un moment silencieuse avant de verbaliser enfin ce qui lui trotte dans la tête depuis des heures :

— Pourquoi me veux-tu, moi ? Ludovico et Alice ne te convenaient pas ?

Tommaso s'attendait à cette question et sa réponse est déjà prête. Diplomatique, évidemment.

— Tes collègues sont très préparés, mais il manque quelque chose de fondamental à leur travail : l'originalité, explique-t-il en levant les yeux sur les lieux qui l'entourent, comme s'il cherchait quelque chose. Moi je veux rendre cet endroit unique. Le restaurer ne me suffit pas, je veux le faire vivre. Pour cela je cherche quelqu'un qui puisse lui donner une personnalité, qui fasse des choix que je serais incapable d'imaginer, quelqu'un qui ne se limite pas à satisfaire mes expectatives, mais qui les dépasse, quelqu'un qui me surprenne, en somme, conclut-il en posant les yeux sur elle.

— Je comprends, dit Linda en soutenant son regard. Et tu es sûr que je puisse réussir à te surprendre.

— Je ne sais pas, maintenant c'est à toi de jouer. Mais j'ai vu ta maison, l'inventivité dont tu as fait preuve en l'aménageant, loin de toutes les conventions que je ne connais que trop bien et qui m'ennuient, précise Tommaso comme s'il s'agissait d'une banale constatation.

Son ton est très contrôlé, comme toujours, et Linda relève avec difficulté le compliment qui – elle en est certaine – se cache derrière ces observations.

— En effet, j'ai mis toute mon âme dans cette maison. C'est ma tanière, réplique-t-elle, une étincelle dans les yeux.

— C'est justement de ça que je veux parler : je souhaite que cette villa ait une âme.

Linda l'observe, dans la lumière tamisée de la pièce : des yeux de glace, un corps de roche. C'est un colosse. Cet homme remue dans son ventre des sentiments contrastés : de la sensualité et de l'agitation, de l'admiration et de la colère. Il l'embarrasse, et peu de personne peuvent se vanter d'avoir cet effet sur elle. Elle voudrait en même temps le scandaliser avec quelque geste fou, simplement pour le plaisir de provoquer en lui une réaction. Et pourtant, sans savoir pourquoi, elle est sûre d'une chose : cette froideur solide et ce contrôle de soi poussé à l'extrême lui confèrent un charme irrésistible.

— Je vais te donner une petite avance, pour l'instant. Si ton projet me plaît, ce sera toi qui dirigeras les travaux, avec, évidemment, des honoraires adaptés.

Linda peine à trouver les bons mots pour lui répondre. En effet, il n'a pas encore été question d'argent. C'est sûrement inélégant pour quelqu'un comme lui.

Tommaso cependant poursuit :

— Je te préviens, les délais seraient un peu serrés.

— Serrés comment ?

— Deux mois, répond-il, lapidaire.

— Deux mois ?! répète Linda en écarquillant les yeux.

— Il faut que les travaux soient finis pour la fin du mois d'août.

— Voilà qui complique nettement les choses..., commente-t-elle en secouant la tête.

Tout à coup, elle entend cette voix de femme. C'est elle.

— *Mon amour,* tu es là ?

— Parfait, ma compagne est arrivée, dit Tommaso à voix basse. Puis, il se penche du balcon, au-dessus de la galerie et, haussant le ton juste ce qu'il faut pour se faire entendre, il lui répond :

— Nadine, nous sommes ici. Monte.

Au bout de quelques instants Nadine apparaît sur les marches, splendide et sans un fil qui dépasse, comme la première fois que Linda l'a entraperçue derrière les parois vitrées de l'agence. Grande, mince, elle a une allure élégante et sûre, et un air de diva. Elle porte un tailleur composé d'une veste et d'un pantalon en soie blanche avec un sac Chanel Black&White en bandoulière assorti à ses escarpins. De près, elle impressionne presque par sa beauté exotique, immaculée : sa peau est ambrée, ses yeux brillants sont d'une jolie couleur noisette, et ses traits symétriques. Ses cheveux sombres, lisses et brillants sont laqués en une coiffure sur laquelle le vent semble n'avoir eu aucune prise.

Elle serre la main de Linda et lui adresse un sourire formel.

— Alors, où en êtes-vous des négociations ? demande-t-elle de sa voix mélodieuse qui roule les R et glisse sur les C.

À côté de cette femme, Linda se sent petite et mal à l'aise, chose qui lui arrive rarement.

— Nous en sommes restés au chapitre « rémunération », intervient Tommaso.

Nadine le regarde comme pour l'inviter à continuer. Tommaso se retourne vers Linda.

— Si on fait une estimation, en gros, penses-tu que soixante-dix mille euros peuvent suffire ? demande-t-il d'un ton assuré. Prends en compte le fait que tu ne travailleras que sur l'ameublement, s'empresse-t-il de préciser. La maçonnerie, la pose, le câblage seront gérés par une équipe extérieure avec laquelle tu pourras ensuite t'accorder au moment de la mise en œuvre.

Linda reste sans voix. Cette somme est vraiment très haute et bien au-delà des standards du marché. Elle pourrait l'accepter et se considérer largement satisfaite, mais ce n'est pas son genre de s'arrêter à la première offre. Elle demeure silencieuse quelques secondes puis inspire longuement et dit :

— Ce chantier est très exigeant et avec des délais extrêmement serrés. De plus, ajoute-t-elle pour se donner de la contenance, j'ai d'autres projets en cours, et je ne peux certainement pas les abandonner de but en blanc.

Tommaso et Nadine échangent un regard entendu et complice, sans pour autant laisser filtrer de réaction. C'est lui qui s'adresse à Linda :

— Et donc, quelle somme te conviendrait ?

— Cent mille.

Elle l'a dit. Elle sait très bien que sa demande est exagérée et se sent un peu coupable, mais cela pourrait être l'occasion de sa vie. Peut-être qu'ainsi ils monteront jusqu'à quatre-vingt mille… Après tout, les négociations ont toujours été son point fort.

— Eh bien soit, conclut Tommaso, laissant Linda sidérée.

Elle commence à manquer de souffle. Elle était prête à se battre, elle avait à peine sorti l'artillerie et soudain la voilà désarmée. Ce n'est presque pas drôle ainsi... mais elle n'a cependant jamais osé rêver de quarante mille euros rien qu'à elle. Elle pense aussi qu'il y a vraiment beaucoup de travail à faire, et qu'elle demandera la contribution d'un concepteur de lumière, de divers restaurateurs : le pauvre Bosi devra bien faire ses comptes, pour ce projet...

— Parfait, dit-elle en essayant de ne pas se montrer incrédule.

Nadine se tourne vers Tommaso. On remarque un léger désaccord dans leurs regards qui se croisent. De toute évidence, elle n'approuve pas le coup qu'il vient de faire, mais elle n'a pas l'intention d'expliciter ce qu'elle pense. Elle ne voulait pas qu'il cède. Tommaso, lui, s'attendait précisément à cette réaction et pense, au contraire, que le moindre tressaillement peut révéler beaucoup de choses, dans une relation installée.

— Mais d'abord tu dois me prouver que tu les vaux, précise-t-il. C'est toi qui l'as dit : je suis un très grand casse-couilles.

Linda rit de façon un peu effrontée, en se souvenant de sa petite impertinence. Elle est excitée, désormais, et veut à tout prix remporter ce défi, laisser cet homme la bouche ouverte et obtenir sa copieuse récompense. Elle est tellement occupée à rêvasser qu'elle ne se rend pas immédiatement compte que Tommaso est en train de lui tendre la main.

— Alors nous sommes d'accord, lui dit-il. J'attends au plus vite de tes nouvelles. Bosi pourra te fournir les détails, les plans et tout ce dont tu as besoin pour ce projet.

— D'accord, répète Linda, presque hébétée en serrant cette main ample et chaude.

Nadine aussi lui serre la main, mais son étreinte est fragile et hâtive.

— Merci, dit Tommaso en la saluant.

— Merci à vous.

Linda incline légèrement la tête et se dirige vers la sortie, en essayant de ne pas sautiller de joie. Elle a remporté la première bataille, mais la guerre ne fait que commencer.

8.

Il est presque 20 heures, mais il fait encore très chaud à Trévise. Un soleil rouge pâle s'éteint entre les nuages. L'air a un parfum d'été et de mer, et une lumière presque euphorique embrasse le paysage et ceux qui s'y trouvent. Sur les visages, les expressions sont relaxées.

Linda marche d'un pas rapide, sous les arcades de la ville, en direction de la Piazza dei Signori. On l'attend au *Soffioni*, pour le traditionnel apéro du vendredi : elle a décliné les deux derniers, le projet de la villa lui prend tout son temps, y compris son temps libre. Mais elle ne le ressent pas comme un poids. Quand elle a décidé de se lancer dans cette entreprise, elle savait très bien que porter une telle charge sur ses épaules ne ressemblerait en rien à ses dossiers habituels. Mais comment pouvait-elle refuser une occasion pareille ? Du reste, le défi est son terrain de jeu : elle aime le risque, l'idée que chaque chose dépende de son talent.

Elle accélère un peu le pas. Elle se dit que ses bottines en daim lui compressent les pieds, que son jean slim la fait transpirer, qu'elle n'a pas même eu le temps de repasser par chez elle pour se remaquiller. Même si, sur ce point, ce n'est pas si grave : elle pense à ne plus se maquiller du tout depuis qu'Alessandro lui a dit que ça la vieillissait et qu'il la préférait au naturel. Et elle a toujours pleinement confiance en lui.

Elle dépasse un petit groupe de jeunes d'environ seize ans très lookées, le nombril à l'air entre leurs pantalons taille basse et leurs tops très courts moulants. Elle ne parvient pas à se sentir supérieure ou à les regarder avec un œil sévère. Au contraire, un sourire involontaire surgit sur son visage tandis qu'elle se revoit à leur âge, peu sûre d'elle et capable de tout sauf de trouver sa place dans le monde. Puis elle a un flash de *son* nombril et de la façon dont Davide le lui léchait quand ils ont baisé dans le bois : comme si, ainsi, il pouvait réveiller la partie la plus enfouie d'elle-même. Il avait dû vraiment aimer ça, car elle se souvient très bien de l'expression extatique qui s'était imprimée sur son visage après ce petit jeu érotique. D'ailleurs, en y pensant, depuis qu'Alessandro est rentré, elle n'a plus eu de nouvelles de Davide. Mais, tout compte fait, c'est normal.

Linda continue d'avancer, en levant les yeux sur ce qui l'entoure, ce qui, pour elle, signifie prêter attention à des détails architecturaux auxquels personne ne fait attention : le dessin que forment les pavés, le dénivelé des trottoirs, les poignées des portes cochères, les chaises dans les bars, les silhouettes des mannequins dans les vitrines des magasins, la forme des lampadaires, la couleur des gouttières. Ce n'est pas simplement une déformation professionnelle, mais quelque chose de plus profond : une disposition à observer les choses selon plusieurs points de vue qu'elle a toujours eue, depuis qu'elle est toute petite. Elle tourne dans une ruelle latérale et, une fois arrivée au bout, débouche directement sur la Piazza dei Signori, le temple des gossips citadins à l'ombre des palais médiévaux. Il y a un va-et-vient continu de personnes, de visages connus et moins connus. Dans ces passerelles improvisées de prêt-à-porter, on exhibe ses derniers achats de marque ; c'est un spectacle humain de formes, de couleurs, de voix et d'odeurs qui étourdissent par leur insolente théâtralité.

Sous la loge, elle entre en collision avec un petit groupe d'enfants qui se bousculent en hurlant, tandis qu'un peloton de mères en tenues habillées les rappellent de telle façon qu'on se croirait au cirque. Linda les dépasse, en risquant d'en piétiner quelques-uns, et finit par rejoindre la table de ses amis.

Occupant la place stratégique, les yeux pointés comme des lasers sur la place, on trouve Carlo Bitto, avocat et très grand Casanova, il pourrait écrire un dictionnaire encyclopédique du derrière, tellement il a eu l'occasion d'en palper. À sa droite, est assis le Dr Raffaele Zanon, un jeune chirurgien esthétique, qu'on appelle aussi « le comte » en raison de ses excès d'élégance dans sa façon de s'habiller. À côté de lui, Salvo Giuffrida, dit « le Sicilien », dont on n'a jamais vraiment compris le métier mais dont on sait en revanche qu'il gagne beaucoup d'argent et fréquente les hautes sphères de la finance. De l'autre côté de la table, entre deux chaises vides, s'agite Valentina Falcomer, la petite reine du Nord-Est, fraîchement sortie de chez le coiffeur et affichant une moue de star de papier glacé. Elle anime une émission de sport sur Antenna Tre, la chaîne télévisée locale la plus regardée en Vénétie, et est connue pour changer de copain de façon hebdomadaire.

— Salut tout le monde ! lance Linda à la tablée, avant d'embrasser chacun et de s'asseoir.

— Regarde un peu qui est là. C'est le retour de la fille prodigue ! Mais qu'est-ce que tu étais devenue ? hurle Valentina. Et puis, chérie, tu trouves que c'est une heure pour arriver ? lui reproche-t-elle en tapotant le cadran de sa montre-bijou de son ongle laqué. On en est déjà à la deuxième tournée de spritz, *nous* !

— Tu sais comment c'est, réplique Linda en se désignant elle-même, il y a des gens qui travaillent...

Elle songe d'ailleurs qu'avant de partir elle a oublié de vérifier si ce petit artisan produit encore ces boiseries en ronce de noyer à motifs géométriques qui iraient à merveille sur...

— Mais écoutez-la ! lance Raffaele en l'interrompant dans ses pensées. Et dire que tu dois travailler à tout casser trois heures par jour...

— Le Dr House a parlé ! bombarde Carlo en retour.

Il détache quelques instants son regard de la place et lance un clin d'œil solidaire à Linda qui ne peut s'empêcher d'éclater de rire.

Raffaele fixe l'avocat avec une lueur de défi dans le regard.

— Si tu veux bien m'excuser, j'étais encore en train de coudre des seins il y a une demi-heure. Depuis ce matin, 8 heures !

— Veinard ! Et tu te plains..., répond Carlo en levant les yeux au ciel, songeur. Moi, en revanche, je me suis fait chier toute la journée avec des séparations et des divorces de gens complètement paranos.

— Je t'assure que ce n'est pas vraiment un spectacle agréable, rétorque Raffaele en ajustant son écharpe en soie blanche autour de son cou bronzé. Plonger son nez au milieu quand ils sont bien fermes c'est une chose, mais les ouvrir et voir ce qu'il y a dedans c'en est une autre !

Il bouge ses mains comme s'il vissait des boulons, ce qui a pour effet de faire rire Carlo.

— Qu'est-ce que vous êtes fins..., commente Valentina, en les regardant de travers.

Elle trafique son iPad sur lequel on aperçoit une page de la *Gazzetta dello Sport* semblant l'intéresser particulièrement.

— Tu t'es refait une couleur ? lui demande Linda en caressant une mèche de ses cheveux.

Elle avale une gorgée de spritz au campari que Valentina a commandé pour elle.

— Ça te va bien, commente-t-elle avec trop peu de conviction.

— Laisse tomber, réplique immédiatement Valentina avec une grimace irritée. Cette couleur est horrible. J'en veux terriblement à Aldo.

Elle se lance alors dans le récit de la tragédie, que Linda écoute sans broncher, parfaitement dans son rôle.

Valentina avait seulement demandé à son coiffeur de confiance qu'il lui coupe les pointes et lui rafraîchisse un peu sa coloration. Puis elle s'était détendue en feuilletant une revue de potins, mais quand elle avait relevé les yeux, face au miroir, il était trop tard : elle avait sur la tête d'affreuses stries jaunâtres. Une heure plus tard, elle avait même dû passer à l'antenne, avec cette tête, devant des milliers de personnes ! Un véritable drame que Valentine était impatiente de partager avec quelqu'un.

— Je ne sais pas si c'est parce qu'il s'est séparé de Fausto, reprend Valentina en secouant la tête, mais ce qui est sûr c'est que ce n'est plus le Aldo qu'on connaît.

— Fausto ? demande Linda, subitement curieuse.

— Oui, le pianiste.

C'était *ce* Fausto ? Ce même Fausto que fréquente depuis peu son oncle Giorgio ? Elle sent qu'elle avale de travers l'olive de son cocktail et que les muscles de son visage se raidissent, mais elle fait en sorte que personne ne s'en aperçoive.

— Ça faisait trois ans qu'ils étaient ensemble, poursuit Valentina. Tout le monde le savait.

— Ah, se borne à commenter Linda avant de se tourner vers Salvo, pour couper court à la conversation. Tu as eu Al', toi, par hasard ?

— Non, répond Salvo. Le connaissant, s'il vient, c'est dans une heure au moins.

— C'est vrai..., soupire Linda.

Arriver en retard est une caractéristique qu'ils ont en commun. Elle se demande même s'il n'a pas oublié le rendez-vous, ce ne serait pas la première fois. Alessandro est comme ça, elle le sait bien : on finit par douter de lui même quand il dit la chose la plus innocente, et on ne peut jamais être vraiment sûr de l'endroit où il se trouve, même s'il a juré sur tous les dieux qu'il était à deux pas.

— J'ai vu son reportage sur Hanoï, dans le dernier numéro de *Traveller*, dit Salvo, admiratif.

Bien qu'il habite au nord de l'Italie depuis quinze ans, il a encore un accent sicilien marqué. Et c'est, évidemment, un motif de fierté pour lui.

— Belles photos, poursuit-il, elles sont presque poétiques. Loin de ces clichés ridicules, façon Instagram, qui se ressemblent tous aujourd'hui, quel que soit le lieu où on se trouve ou ce qu'on photographie. Avec lui, on sent qu'il y a un professionnel qui a des couilles derrière chaque cliché.

— Je ne sais pas comment il fait, mais il arrive toujours à voir des choses que les autres ne voient pas, observe Linda. On dirait presque que ce sont ses photos qui réinventent la réalité, plutôt que le contraire.

Soudain, un serveur arrive avec un plateau débordant de petits sandwichs tièdes remplis de *porchetta*[1], le must des en-cas trévisans.

— Cadeau de la maison ! lance-t-il.

À peine a-t-il le temps de poser le plateau sur la table qu'une horde de mains se jettent dessus avec une fougue de cannibales.

Peu après, de sa position stratégique, Carlo annonce, comme s'il criait dans un mégaphone :

— Mesdames et messieurs, un nouveau couple repéré au centre de la place !

Tous se retournent vers le point indiqué par Carlo.

— Je n'arrive pas à y croire ! s'exclame Valentina. J'en avais entendu parler, mais c'était juste une rumeur...

L'ex-ministre Alfredo Baresotti, faisant peu de cas des commentaires, se promène au bras de Cecilia Bellomo, dix-neuf ans, récemment sacrée « Miss Vénétie ». Il la tient par la taille, sa main glissant un peu plus bas, sur ses hanches, puis plus en arrière, sur ses fesses, à travers la poche de son jean.

— En même temps ce sont leurs affaires, non ? marmonne Linda.

Elle ne parvient pas à supporter les commérages de quartier plus de dix secondes, grand maximum, après quoi elle commence à manifester des signes d'irritation.

1. Cochon de lait farci d'herbes aromatiques et rôti.

— Eh non, ma chère, ce sont aussi mes affaires ! hurle Valentina, estimant qu'elle a son mot à dire. Cette petite pute voulait me piquer mon émission ! Je ne peux pas la voir, je te jure !

Sa voix devient péniblement stridente.

— On a failli en venir aux mains, continue-t-elle, avec un petit sourire malin. Heureusement, le directeur d'antenne a tout de suite compris que c'était une allumeuse sans aucun talent. Et, en effet, maintenant elle suce ce monstre d'Alfredo Baresotti. Mais elle ne sait pas qu'il n'a plus aucun pouvoir ? Et puis elle l'a bien vu ? On peine à le regarder tellement il est laid...

Un instant plus tard, Linda voit passer Ludovico et Alice, avec leur porte-documents en bandoulière. Ceux-là, pense-t-elle, éprouvent un plaisir presque orgasmique a faire des heures sup'. Ils arrivent à l'aube et partent les derniers, bien après Bosi, parfois même après avoir fait une dizaine de visites de contrôle sur des chantiers.

Linda les salue en agitant le bras, elle ne peut pas faire autrement maintenant qu'ils l'ont vue.

— Vous prenez un verre ?

C'est une invitation qu'elle aurait eu du mal à formuler en d'autres circonstances, mais elle s'est imprégnée de l'ambiance de fête qui anime la tablée.

C'est Alice qui répond la première :

— À vrai dire, nous devons passer chez le professeur Borsato pour la cuisine de son loft.

— À cette heure-ci ? demande Linda en écarquillant les yeux.

— Oui, *à cette heure-ci*, réplique sèchement Ludovico.

— Tu sais, si Borsato te donne une heure, tu la respectes, ajoute Alice. Et lui, au moins, ne change pas d'idée comme certains autres de nos clients, conclut-elle sarcastique.

Le coup de tête du multimillionnaire Tommaso Belli n'a pas été apprécié. Alice s'est fait du mauvais sang et a tout de suite pensé à des histoires secrètes, à des conspirations contre elle, et à des abus de pouvoir, mais surtout à de sales jeux de séduction dont Linda était l'une des sordides protagonistes.

— OK, eh bien si vous devez partir, je n'insiste pas, déclare Linda avec un sourire faux et obligeant.

Les arrière-pensées d'Alice sont claires, maintenant. Mais ça ne la regarde pas. Qu'elle pense ce qu'elle veut, peu lui importe ! Elle a sa conscience propre.

— Alors salut, conclut Alice avec un ton si froid qu'il pourrait glacer l'air autour d'elle.

Ludovico lui fait écho, sans même regarder Linda dans les yeux. Puis, avec un excès de courtoisie extrêmement faux, il ajoute :

— À lundi.

Impossible de savoir s'il est plus en colère que déçu. Les deux s'éloignent en parlant entre eux à voix basse. Puis Alice se retourne un instant et lance à Linda un regard mauvais qui balaie les derniers doutes – si jamais il en restait – sur l'opinion qu'elle se fait d'elle.

— Quels pisse-froid, tes collègues... ils ont vraiment l'air ennuyeux, commente Valentina, qui entame son troisième spritz.

— Mais non, les pauvres, ce sont juste des drogués de travail, répond Linda en calmant le jeu.

Ce n'est pas quelqu'un qui aime perdre du temps à dire du mal des gens dans leur dos, et puis elle n'a vraiment pas envie d'ouvrir le chapitre Tommaso Belli : avec Valentina, la nouvelle deviendrait bien vite une affaire publique, colorée par on ne sait quelles nuances.

Elle vient tout juste de sortir son iPhone de son sac quand, soudain, elle sent un liquide gelé couler le long de son mollet.

Elle se retourne brusquement et, à environ un mètre du sol, elle rencontre deux petits yeux malins qui la regardent avec innocence, puis, à peine plus bas, une petite main potelée qui tient un cornet de glace écrasé, exhibé comme un trophée.

C'est Sara, la fille de Marcella Facchini, une vieille amie de Linda. Elles ont été à l'école primaire ensemble, puis au collège, et toujours voisines en classe. Linda a ensuite choisi un enseignement littéraire, tandis que Marcella s'est spécialisée dans les langues, et ainsi leur route a commencé à se séparer au lycée, mais leur amitié est toujours restée solide, résistant au temps et à leurs vies toujours plus différentes.

— Pardon..., dit Sara, la voix brisée et avec des yeux noirs embués qui attendriraient un bourreau sur l'échafaud.

Elle a seulement trois ans et sait déjà simuler avec une impeccable maîtrise d'actrice.

Linda baisse les yeux sur son pantalon : une énorme tache rose s'étale sur son mollet droit, elle reconnaît la consistance bien caractéristique de la glace à la fraise. Elle s'efforce de dissimuler l'irritation qui en quelques secondes l'a gagnée, mais n'y parvient pas tout à fait. Un-zéro pour Sara.

Puis elle observe la petite fille, son visage rond et sympathique.

— Ça ne fait rien, dit-elle.

Elle sourit, et l'élan nerveux qui était sur le point de déformer ses traits laisse place à une expression douce. Elle se baisse et pince les joues de la petite.

— Viens ici, petite peste, et fais-moi un bisou !

Sara, qui d'un coup a les yeux brillants, s'exécute d'un bond et lui colle trois baisers de suite.

— Bravo, petit monstre, dit Linda en lui pinçant de nouveau une joue. Où est ta maman ?

Avant même qu'elle n'ait pu finir sa phrase, surgit la silhouette sinueuse de Marcella, vêtue d'une robe de soie bleu clair, les cheveux ramassés en une élégante queue-de-cheval.

— Saraaa ! Qu'est-ce que tu as fabriqué ? crie Marcella, désolée. Demande immédiatement pardon !

Linda est sur le point de lui dire que c'est déjà fait, mais Marcella est lancée, désormais.

— Dès qu'on rentre à la maison, tu vas régler ça avec papa !

Elle lui parle avec un ton qui se veut menaçant mais on comprend, à la façon dont elle regarde sa fille, que c'est la maman la plus gentille du monde, et qu'elle essaie seulement de se montrer autoritaire. Elle feint de donner à Sara une petite fessée, tandis que de l'autre main, elle berce dans la poussette son second fauve déguisé en petit ange, Francesco, son petit dernier.

— Ma chérie, excuse-moi, dit-elle à Linda en l'embrassant sur la joue. Ils sont insupportables quand ils s'y mettent.

Marcella secoue la tête et baisse les yeux sur ses deux petits. Puis, en s'approchant de l'oreille de son amie, ajoute en chuchotant :

— Et moi je voudrais tant m'échapper toute seule sur une île déserte...

Linda lui adresse un sourire solidaire. Elle la comprend, et comment... elle ne saurait même pas comment faire pour en gérer un, alors deux n'en parlons pas.

— Comment vas-tu ? lui demande Marcella.

— Plutôt bien je dois dire ! répond Linda sincèrement.

Puis, après s'être éloignée à quelques pas de la tablée, elle ajoute :

— Et toi ?

— Comme d'hab', dit Marcella avec un sourire terne. Je devais acheter de l'après-rasage à l'eau de myrte pour Umberto, il y en a seulement chez Glamour. Du coup j'en ai profité pour faire un tour, mais avec ces deux-là ne serait-ce que sortir de la maison relève de l'exploit !

Elle regarde ses enfants avec amour, mais Linda la sent fatiguée. Elle a parlé avec emphase, secouant la tête et faisant valser furieusement les boucles en perles qui pendent à ses oreilles.

Le fameux Umberto qui utilise un après-rasage sophistiqué est son mari ; il est dentiste, profession qu'il a héritée de son père, le très respecté Dr Alfredo Zonta. Au premier coup d'œil, Marcella semble être le genre de femmes aux antipodes du style de Linda : reine du foyer, mère attentionnée, épouse parfaite – en symbiose totale avec son mari adoré –, manager hyper organisée d'une maisonnée qu'elle dirige avec une rigueur à la suisse, bénévole à l'Église et, comme si cela ne suffisait pas, toujours impeccablement apprêtée. Mais sous cette épaisse patine de Madame parfaite, elle a toujours eu un cœur fanfaron, un caractère coriace qu'elle a dû tempérer avec sa maternité.

— Alors, tu as quelqu'un ?

Telle est la traditionnelle deuxième question de Marcella, après un « comment vas-tu ? » juste pour la forme.

— Absolument pas, dit Linda en secouant la tête, fière d'elle.

Marcella affiche alors, comme toujours, son air de commisération – cachant peut-être aussi une jalousie latente –, comme si le fait d'être libre était une redoutable maladie contagieuse. C'est là leurs salutations rituelles.

Il faut dire que Linda ne s'est jamais vraiment sentie taillée pour la vie de famille : elle a pris son envol juste après le lycée, sans ressentir aucun déchirement ni aucune nostalgie de ses parents. Le mariage non plus n'a jamais fait partie de ses priorités. L'un des rares garçons avec qui elle a eu une relation stable, Dario – à l'époque directeur d'une filiale de la Banque de Vénétie –, lui avait fait sa demande, avec une énorme bague Chopard en or blanc. Ils étaient ensemble depuis quelques années, presque un record pour elle, et il représentait pratiquement l'homme idéal : intelligent, brillant, sensible, charmant et, surtout, amoureux. Il aurait fait la joie de ses parents, et même de sa sœur, Alberta. Pas la sienne, cependant, et elle n'avait pas hésité ce jour-là. Ainsi, au fatidique « Veux-tu m'épouser ? », elle avait répondu en le quittant en grande pompe, et lui avait rendu la bague de deux ans d'illusions, consciente d'être désapprouvée par tous, et de n'avoir pas de sérieux arguments de son côté. Le soir même, après s'être débarrassée de ce qui était devenu pour elle un nœud coulant, elle s'était finalement sentie libérée : en paix avec elle-même et déchargée du mensonge d'un sentiment maintenant disparu.

Les années qui suivirent, quand toutes ses amies commencèrent à se marier et à pondre des bébés, Linda s'était souvent demandé si les choix qu'une personne fait dans sa vie sont vraiment libres, ou s'ils ne sont pas plutôt dictés par des enchaînements d'événements à sens unique. Marcella et Umberto, par exemple, semblent heureux dans leur solide union conjugale. Mais Linda ne sait pas si elle doit les envier. Ce dont elle est sûre, en revanche, c'est qu'elle ne se sent pas prête à franchir un tel pas. Ou peut-être, simplement, n'a-t-elle pas trouvé la bonne personne pour se lancer.

— Il arrivera pour toi aussi, celui qui te mettra une laisse autour du cou, ma chérie... Tiens-toi prête, et fais en sorte d'avoir tes sous-vêtements assortis ce jour-là, dit Marcella avec un clin d'œil.

— Va savoir..., réplique Linda, peu intéressée.

Elle mordille une petite peau sous la griffure qu'elle s'est faite à la main. Elle regarde ensuite autour d'elle, au-delà du périmètre de la table, comme si elle flairait l'air.

— Tu attends quelqu'un ? lui demande Marcella, avançant et reculant la poussette afin que Francesco reste tranquille, tandis que Sara est occupée à réduire en lambeaux la doublure de sa robe de soie.

— Oui, j'attends Alessandro, répond Linda.

— Arrête... il est revenu ?

— Oui.

Marcella sourit, d'un air entendu.

— Donc vous êtes toujours *amis* vous deux ?

— Exactement, nous sommes toujours *amis*, confirme Linda qui n'a aucune intention de relever la provocation.

— Bien sûr, et donc vous êtes ens...

Marcella voudrait approfondir la question, mais Sara la tire avec insistance par la taille.

— Mamaaan, encore de la glace ! hurle-t-elle en pleurnichant.

— Sara, ma chérie, tu ne vois pas que je parle avec tata Linda ?!

Elle tente de la calmer, mais sans succès. La petite continue à gémir.

Heureusement Alessandro arrive et sauve Linda de l'embarras. Il a l'air d'un Robinson Crusoé en chemise froissée et pantalon déchiré, naufragé par erreur sur une place du nord-est de l'Italie. Il porte un de ses Reflex en bandoulière, peut-être plus par habitude que pour le côté esthétique. Après avoir lancé un regard chaleureux à Linda, il rejoint le groupe en saluant tout le monde et en distribuant des tapes sur les épaules.

Un peu parce qu'elle a la nette impression d'être en trop, mais aussi parce qu'elle est rattrapée par un soudain sursaut de responsabilité conjugale, Marcella prend congé de Linda en l'embrassant.

— Il faut que je file, ma chérie. Umberto doit déjà être rentré et vu l'heure, il doit déjà avoir alerté la police... Je dois préparer le dîner.

— Ne te laisse pas cloîtrer de nouveau, Marce', je compte sur toi... Ça m'a vraiment fait très plaisir de te voir, dit Linda en la serrant dans ses bras. Et de les voir eux aussi, ajoute-t-elle en tapotant l'épaule de Sara.

— C'est vrai, il faut qu'on se retrouve plus souvent. On dit toujours ça, et puis...

Il est évident qu'elle serait presque prête à laisser ses deux petits anges au premier venu pour pouvoir s'asseoir à cette table et boire jusqu'à l'ivresse – chose qui ne lui est pas arrivée depuis l'époque du lycée – ou du moins jusqu'à se rappeler ce que ça fait d'être un peu éméchée et sans préoccupations.

Une fois Marcella partie, Linda revient s'immerger dans le climat euphorique que génère son groupe d'amis. Alessandro est en train de raconter son dernier voyage au Viêtnam : tout le monde l'écoute en silence, seule Valentina reste concentrée sur son iPad, plongée dans les pages Sports de tous les journaux qu'elle connaît.

— Tu prépares l'émission de demain ? lui demande Linda qui ne l'a jamais vue aussi anxieuse.

— Oui. Je suis littéralement dans la merde, répond Valentina, les pupilles dilatées. Nous recevons sur le plateau un invité important, l'entraîneur du Vicenza, et il faut qu'on fasse sa fiche de présentation. Sans compter qu'on doit aussi préparer le numéro spécial sur le Tour d'Italie et que Zanolin, mon stupide directeur, m'a dit de me débrouiller car la stagiaire est absente. Alors tu vois..., explique-t-elle sans même reprendre son souffle. Ça devait vraiment tomber sur moi qui ne connais absolument rien au cyclisme. Si au moins ils étaient intéressants, ces cyclistes ! Mais tu parles, ils sont tous plus laids les uns que les autres. Fait chier !

Elle souffle, passe sa main dans ses cheveux, puis reprend :

— Cela dit, je l'ai prévenu, Zanolin, qu'on ne peut pas continuer comme ça. Soit il me donne une vraie assistante soit je m'en vais.

Linda a bien envie de rire.

— Et où est-ce que tu irais exactement ?

— À Milan, rétorque Valentina un peu trop promptement. Parce que *moi*, dit-elle en se pointant du doigt, je pouvais l'avoir ce poste chez Mediaset ! (Elle soupire.) J'ai vraiment été idiote de quitter Luca.

— Non, ma chère, si tu permets, c'était une des choses les plus sensées que tu aies faites dans ta vie, commente Linda. Ce type était grossier.

Valentina fait comme si elle n'avait rien entendu. Elle regarde le ciel, comme absorbée par un souvenir.

— À l'époque, il se baladait encore d'une émission à l'autre, il était juste cadre... mais maintenant, bon sang, il est passé directeur d'antenne !

Elle ramène son regard sur Linda.

— Ça aurait pu être moi à la place de cette Cubaine idiote incapable d'aligner deux mots d'italien.

— Justement, réplique Linda, la Perez n'a pas été placée là pour parler.

— Bon, mais à l'occasion je sais aussi me taire, tu sais ?

— J'en doute, dit Linda en secouant la tête. Mais la question n'est pas là.

— Et quelle serait-elle ?

— Tu le sais très bien, dit-elle en tentant de la ramener à la réalité. Le fait est qu'elle a été choisie pour deux raisons *anatomiques* précises.

— Et donc ? Je n'ai pas l'impression d'être si mal lotie.

Valentina baisse les yeux sur sa poitrine, compressée dans un top au moins une taille en dessous de ce qui serait nécessaire.

Mais Raffaele, en se mêlant de la conversation avec un peu plus d'arrogance que d'habitude, se charge de réduire à néant ses estimations :

— Val', tu devrais passer me voir, un de ces quatre. Je vais te montrer, moi, comment sont faits les seins de la Perez : j'ai 250 prototypes dans mon cabinet. Tu vas voir, on va bien réussir à t'arranger quelque chose...

— Quelle horreur, lance Valentine avec une grimace. Même morte, je ne te laisserai pas me toucher !

— Allons, s'il vous plaît, parlons de choses sérieuses, intervient Carlo qui vient d'achever une exténuante conversation sur WhatsApp avec une de ses nanas. Ce soir, il y a une grosse fête à Jesolo. On va manger du poisson et on finit la nuit au Vanilla Club ?

— Moi ça me va, il faudrait que j'aille faire un coucou à Spiller, mais je n'ai pas le courage, dit Valentina avec une négligence étudiée.

— Qui ça ? Le DJ ? demande Linda, malicieuse. Mmmh, pas mal, celui-là...

— C'est sûr..., répond Valentina avec un clin d'œil.

— Moi, en revanche, j'ai autre chose de prévu, dit Alessandro en se plaçant à côté de Linda et en lui pinçant discrètement la hanche.

Elle se retourne brusquement et le fixe, d'abord gênée, mais complice l'instant d'après.

— Bon OK, vous deux allez derrière votre buisson, lance Salvo avant de partir dans un grand rire déplacé.

Tous les regards se tournent, désapprobateurs, vers lui, mais convergent très vite de nouveau sur Carlo occupé à raconter une histoire improbable sur la fille qui le harcèle au téléphone. Seule Linda ne détache pas ses yeux de lui ; elle est sur le point de répliquer quand Valentina, de but en blanc, se lève.

— Bon, je file préparer ces putain de fiches pour le direct de demain. À la prochaine !

À la façon dont elle le dit, on comprend qu'elle a finalement autre chose de prévu pour ce soir, peut-être ce basketteur américain avec qui elle était sortie la semaine passée.

— Et donc, vous deux, qu'est-ce que vous faites ? demande Carlo à Linda et Alessandro.

Ils se regardent tous les deux et Linda, un peu perdue, lance à Alessandro :

— Qu'est-ce qu'on fait, nous deux ?

Il cueille au vol le coup d'œil de Linda et se dépêche de répondre :

— On fait que tu m'offres un passage et que tu me déposes chez moi. Je dois me lever à 4 heures demain matin, c'est le moment où il y a la meilleure lumière. Je dois photographier un top model sur la grève du Piave.

— Eh bah ! lâche Linda avec une jalousie peu dissimulée.

— Génial, Al' ! l'acclame Carlo, en se levant. Et la nana, elle est comment ?

— Pas mal, dit Alessandro en se caressant le menton, d'un air évasif. Elle est vraiment pas mal, mais ce n'est pas ton genre.

— Bon alors, on bouge d'ici ?!

Raffaele tire Carlo par le bras. Salvo est debout lui aussi, à présent.

— On prend ma Porsche pour aller à Jesolo, je viens juste de faire le plein.

— L'Éternel vantard, commente Linda tout en embrassant Raffaele sur la joue. Amusez-vous, les gars !

— Vous aussi ! répondent les trois hommes en chœur avant de s'éloigner en ricanant.

Quand ils arrivent à hauteur de la spider garée derrière la place, sur un stationnement interdit, Alessandro brûle d'envie de tenir le volant entre ses mains : il adore la voiture de Linda et cela fait vraiment trop longtemps qu'il ne l'a pas conduite.

— Tu me donnes les clefs ? C'est moi qui conduis.

— Quoi ? demande Linda, affichant un air scandalisé. Il n'en est pas question. Tu as perdu la main.

— Allez, ne fais pas d'histoires, insiste-t-il. Tu n'as plus confiance ?

— Écoute, avec ta Mini tu fais ce que tu veux, mais mon petit bijou c'est autre chose... et puis avec tout le temps que tu passes à l'étranger sans jamais prendre le volant, à mon avis tu ne sais plus comment...

Alessandro la stoppe net avec un regard qui n'admet aucun refus et Linda ne sait pas s'il est d'humeur à rire. C'est un type assez sanguin et, quand elle se met à faire la conne, il ne lui en faut pas beaucoup pour s'énerver.

— Bon, d'accord, mais ne me fixe pas comme ça !

— Je roule doucement, OK ? la rassure-t-il en adoucissant sa voix.

— Tiens, dit-elle en lui lançant les clefs. À mon avis tu ne te souviens même pas comment on la démarre, ajoute-t-elle avec un petit sourire sarcastique.

Alessandro s'installe au volant, le pied gauche sur l'embrayage. Il passe la première, tourne énergiquement la clef, mais la voiture ne réagit pas. Il sent déjà monter en lui une gêne qui le met en colère.

— Donne un petit coup d'accélérateur, lui indique Linda. Elle ne ressemble pas aux autres, ma voiture !

Elle semble quelque peu irritée.

— Du calme, blondinette, hein...

Alessandro n'a jamais été habitué à recevoir des ordres.

— Sinon quoi ? Qu'est-ce que tu vas me faire ? le provoque-t-elle.

— Voilà ce que je vais te faire, réplique-t-il en lui pinçant la hanche, tout en sachant pertinemment combien elle déteste qu'on la chatouille.

Par inadvertance, il donne un coup de coude à la porte de la boîte à gants qui, en s'ouvrant, laisse tomber le petit sachet d'herbe.

Alessandro lui lance un regard satisfait.

— D'où ça sort, ça ?

Il parvient enfin à faire démarrer le moteur.

— C'est Max qui m'a laissé ça là quand il a réparé la voiture.

— Énorme, Max ! C'est vraiment le meilleur.

— J'approuve.

— Tu veux ?
— À ton avis ?
— Alors allons la fumer aux grottes.
Il appuie sur l'accélérateur et file vers la route nationale.

Après un bout d'autoroute et divers kilomètres au milieu des champs et des collines, ils rejoignent Fregona. La spider traverse le centre-ville désert, et grimpe péniblement le long d'une petite route sinueuse qui semble conduire vers la fin du monde. Une fois dépassé un pont en brique, Alessandro se gare sur le bas-côté. Il éteint le moteur, s'étire le dos et le cou, puis attrape l'herbe et se met à rouler un joint.

Linda descend de la voiture, respire l'air tiède de la nuit, et regarde en l'air : le ciel, désormais, est particulièrement sombre et constellé d'étoiles qui semblent se démultiplier sous ses yeux. Elle baisse ensuite son regard et contemple le ruisseau qui s'écoule en tourbillonnant dans le lit du ravin et produit des gargouillis profonds, presque mystiques.

— C'est toujours aussi *particulier*, ici, dit-elle à mi-voix. C'est vraiment incroyable un endroit pareil, un Grand Canyon en miniature, au milieu de ces collines.

Alessandro arrive dans son dos, et lui prend la main.

— Allez, descendons aux grottes.
— OK, mais seulement à la première, alors.

— Qu'est-ce qu'il y a ? Tu as peur de passer par le pont suspendu, la nuit ?

— Bien sûr que non, répond-elle, piquée.

Mais elle se dit déjà qu'avec les chaussures qu'elle porte ce soir-là, ce ne sera certainement pas chose facile.

Ils descendent le long d'un large sentier éclairé sur les côtés par de puissants faisceaux de lumière bleue, jusqu'à parcourir un morceau de chemin juste au-dessus du ruisseau. Le bruit de l'eau rencontre celui de la terre, couvre le souffle du vent qui charrie avec lui des odeurs d'argile, de musc, et de plantes sauvages.

La lumière de la lune dessine les contours des branches des saules, traverse les touffes de roseaux.

Ils marchent côte à côte. Alessandro semble détendu, tenir Linda par la main fait monter en lui une sorte de vibration, il se sent léger. Il en va de même pour Linda qui est traversée par une sorte de chaleur, presque électrique, comme chaque fois qu'ils se retrouvent très proches l'un de l'autre.

Soudain, se dresse devant eux un ample portail en pierre vive : l'accès à la première grotte, dans laquelle de grands rochers inclinés soutiennent différentes strates de pierre millénaire. Alessandro et Linda s'avancent jusqu'au parapet en bois au-dessus du ruisseau : de là, on aperçoit la seconde grotte, dans laquelle l'eau se précipite en formant diverses cascades de plusieurs mètres de haut. Alessandro se penche pour ramasser un caillou plat qu'il jette dans l'eau : il rebondit une dizaine de fois avant d'atteindre le fond. C'est quelque chose qu'il faisait quand il était petit, et il a gardé cette habitude.

Ils rebroussent ensuite chemin jusqu'à l'arcade en pierre et entrent dans la première cavité. C'est comme s'ils se retrouvaient au centre de la terre. Les bruits extérieurs n'existent plus, l'espace semble vide et en même temps infiniment plein. Quelques gouttes d'eau tombent du plafond rocheux, produisant une musique métallique, tandis qu'une faible lumière rouge s'élève du sol en projetant des ombres sur les stalagmites aux formes variées.

— Mettons-nous ici, dit Alessandro.

Linda acquiesce d'un signe de tête et s'assied près de lui sur le lit de roche qui s'élève entre deux colonnes en grès. *Leur* lit : c'est ici qu'elle a fait l'amour pour la première fois. Avec lui. Et c'est ici qu'ils se sont rencontrés. Si on y réfléchit, tout à commencé dans ce lieu.

Aucun d'eux n'en avait conscience, mais ils avaient tous deux investi cet endroit comme un refuge secret : Linda pour échapper à ses parents, anxieux et très envahissants durant ses années d'insolence adolescente, et Alessandro pour réaliser ses premiers clichés, imaginer ses premier cadrages, ceux qui ont fait de lui le photographe curieux et perfectionniste qu'il est devenu. Cet endroit caché et époustouflant, plongé dans une lumière surnaturelle mais renfermant aussi des recoins ténébreux et inquiétants, était magique. Et il l'est tout autant aujourd'hui, songe Linda.

Elle a envie de sourire tandis qu'elle repense à ce jour, à leur première « rencontre ». Allongée sur une couverture dans la pénombre de la grotte, occupée à feuilleter une revue de design prêtée par son oncle, elle avait été quasiment piétinée par Alessandro qui était entré dans la caverne à reculons, son œil dans le viseur de son tout premier Reflex. Elle avait crié, terrorisée, puis avait levé les yeux et rencontré les siens. Sans dire un mot, ils s'étaient d'abord échangé un sourire, avant de commencer à discuter.

Elle le connaissait de vue, ce garçon au visage anguleux et aux boucles folles. À l'école ils ne fréquentaient pas les mêmes personnes. Alessandro avait une réputation de rebelle (ses parents divorcés lui concédaient une liberté que les jeunes de son âge ne connaissaient pas) et on disait même que la police l'avait déjà pris la main dans le sac en train de voler. Ce jour-là, elle avait appris quel avait été l'objet du délit – un appareil photo, évidemment – et elle avait décidé qu'ils seraient amis.

Elle avait quinze ans ; lui, dix-huit. Et depuis ce moment, il en avait été ainsi : un lien très fort était né entre eux qui, l'année suivante, les avait unis avec une force qu'aucun d'eux n'aurait pu imaginer.

Cela faisait quelques semaines que Linda était avec un garçon de vingt ans, Roberto, mais ils s'étaient limités à échanger quelques baisers fougueux et quelques caresses qui leur semblaient à la limite de ce qui était permis. Elle savait que d'ici peu, ils seraient allés *au-delà,* mais elle voulait être prête pour sa première fois. Elle avait donc demandé l'aide d'Alessandro, qui l'avait emmenée sur cette plateforme de pierre et lui avait fait découvrir ce qui se trouvait dans cet *au-delà* qui l'effrayait tant.

Il avait pensé à tout, jusqu'à la musique, en récupérant auprès d'un ami une de ces chaînes stéréo qu'on utilisait sur la plage. Il avait pris la cassette des Gun's N'Roses avec la chanson *Don't Cry* : la caverne aurait servi d'amplificateur naturel. Il avait aussi rempli son sac à dos de bougies qu'il avait disposées autour de leur lit de pierre, dans la grotte, avant de les allumer pour former un cercle de lumière. Elle retrouvait les mêmes bruits, odeurs et couleurs aujourd'hui. C'était une de ces soirées chaudes d'été où tout semble possible, et Linda était terrorisée : elle ne parvenait à ressentir que ce frisson de peur excitante entre le cœur et l'estomac. Et pourtant elle le voulait. Le désir était là, fort et désobéissant, et elle était prête à faire exploser ce corps de femme qui avait éclos d'un jour à l'autre.

— Si je m'apprête à faire quelque chose que tu ne veux pas, dis-le-moi maintenant, lui avait murmuré Alessandro en l'asseyant sur ses genoux.

Elle avait hoché la tête puis, tout doucement, elle s'était laissée aller, en s'abandonnant à lui.

Alessandro, en lui embrassant le dos, avait déboutonné son jean et d'un geste assuré avait ôté son marcel bleu. Ils s'étaient retrouvés à demi nus, Linda recroquevillée comme une feuille sur lui, assise sur ses jambes musclées. Il n'avait pas enlevé sa culotte. Il avait laissé son sexe s'humidifier en avançant délicatement son doigt avec une infinie douceur. À la façon dont il bougeait sa main on aurait pu croire qu'il craignait de briser une fleur de cristal. Linda, quant à elle, était incapable de se figurer jusqu'où il irait. Elle avait senti à un moment un picotement, quelque chose s'enfoncer. C'était juste un doigt, elle ne pensait pas que cela pourrait suffire à franchir la frontière entre ce qu'elle avait été et ce qu'elle ne serait plus.

Alessandro avait ensuite fait glisser sa culotte, l'avait allongée par terre, sur une couverture, et l'avait pénétrée doucement, glissant à l'intérieur de son sexe déjà humide de plaisir. Les gouttes d'eau tombaient sur la voix d'Axl Rose, se mêlant au bruit de la rivière. De la poésie, partout. On aurait pu dire ce qu'on voulait de ce moment, mais on ne pouvait nier qu'il y avait eu de l'amour. Il était trop tôt cependant pour qu'ils puissent l'admettre, tous deux étant occupés aux batailles de leur âge. Ils s'étaient donné du plaisir, faisant peu de cas des interdits et des règles, d'où cela pouvait les mener, et ce moment avait été incroyable. Cette nuit les avait liés à jamais ; dans la transgression, mais aussi dans la tendresse, ces deux cœurs dorénavant se seraient toujours cherchés.

— À toi l'honneur de la première latte.

Alessandro la ramène soudain à la réalité, enfilant le joint dans ses lèvres entrouvertes.

Linda a une expression un peu hagarde, le retour au présent est un peu brutal.

— À quoi tu pensais ? lui demande Alessandro qui s'est aperçu du changement de son expression.

Linda cherche quelque chose à dire, mais rien ne lui vient : les sensations se bousculent en elle sans qu'elle parvienne à les déchiffrer.

— À rien, répond-elle enfin.

Alessandro allume le joint, Linda aspire une première bouffée avant de le lui rendre. Elle le regarde en pensant qu'ensemble ils sont bien, dans cette nuit de velours, qui promet beaucoup de choses. Elle aime aussi quand ils restent silencieux car, avec lui, elle se sent chez elle.

9.
Gourmandise

Il fait des allers-retours sous les arcades latérales de la villa. C'est une matinée parfaite : le ciel est clair, l'air chaud, sec et transparent, et une faible brise ébouriffe le feuillage des bouleaux et des hêtres rouges dans le parc. Ses vêtements sont parfaitement assortis à la beauté de ce scénario : une chemise blanche ouverte jusqu'au second bouton, les manches retroussées en trois revers réguliers au niveau de l'avant-bras, un pantalon en lin écru, et des mocassins en daim. Il a une façon élégante de se balancer sur ses jambes, de tourner les talons une fois arrivé au muret, pour ensuite revenir en arrière. Ses mouvements sont le reflet visible de sa personnalité : Tommaso est un homme qui a la classe, patron de son monde, fort d'une maîtrise de soi presque magnétique, qui suscite en chacun confiance, calme et approbation.

Mais depuis qu'il est rentré en Italie et que sa mission au consulat d'Abou Dabi a été confiée à Fabrizio Stucchi – un type qui, selon lui, n'a jamais compris grand-chose au droit international –, Tommaso Belli n'est plus calme du tout. Son sens profond des responsabilités ne lui accorde aucune trêve. Le fait est que chaque succession de mandat devient systématiquement un problème. Tommaso était déjà en Vénétie quand Stucchi a pris ses fonctions, il ne devrait donc pas, en théorie, être mêlé à la pagaille provoquée par le nouvel agent diplomatique au moment de son installation. Malheureusement, il n'arrive pas à avoir l'esprit tranquille, car Stucchi en a vraiment fait une belle : il a été à l'origine d'un terrible malentendu avec la *National Bank of Abu Dhabi*. Même si Tommaso est presque sûr que tout sera arrangé d'ici quelques jours, il ne parvient pas à éloigner l'idée que ce malheureux épisode puisse entacher sa carrière immaculée, surtout si l'on considère la réputation qu'est en train de se faire le Ministère dans les médias.

La tête chargée de pensées sombres, il a besoin de se raccrocher à quelque chose de familier. D'instinct, il porte son poignet à ses narines et respire l'eau de parfum Jubilation XXV d'Amouage, dont il s'est aspergé ce matin, en sortant de la douche : cannelle et davana indien, un arôme intense et unique, son préféré. Il observe ensuite le jardin. Il est satisfait du travail qui a été fait, c'était une bonne idée d'avoir fait ajouter, sur le parterre central, des rosiers Fairy

Queen et d'autres de la catégorie des polyanthas, la préférée de sa mère.

Voir les bourgeons de ces fleurs provoque en lui une petite secousse et il ne peut s'empêcher de penser à elle, Erminia, une petite femme au caractère fort et énergique, et en même temps si fragile et délicate : précisément comme ce type de roses, qui a toujours été sa passion. Sans Erminia, il ne serait jamais devenu l'homme qu'il est aujourd'hui. Sans son modèle de ténacité et de sacrifice – et avec un père concentré sur son travail et maladroit dans la gestion de ses multiples amantes qui, périodiquement, venaient troubler leur équilibre familial –, Tommaso aurait bien pu devenir un marginal.

Lorsqu'une rafale de vent charrie jusqu'à lui le parfum des polyanthas, le souvenir d'Erminia prenant soin de ses fleurs dans la serre de la villa familiale remonte immédiatement à sa mémoire. Avec ses petites mains nerveuses, elle savait faire des miracles, et c'étaient là les seuls moments où il se souvient de l'avoir vue sereine. Pour sa mère, fille de nobles vénitiens déchus et mariée très jeune à un entrepreneur prometteur, le reste du temps s'écoulait dans la monotonie de ses journées de riche épouse sans occupation, puis de mère hyper protectrice. Si toutefois on laisse de côté les pleurs et les grandes scènes durant lesquelles elle se défoulait des déceptions causées par les continuelles infidélités de son mari.

Pendant quelques instants Tommaso s'immobilise : il ne parvient pas à endiguer le cours de ses souvenirs. Il revit maintenant cette journée – il avait dix-huit ans – au cours de laquelle Erminia était partie pour toujours. C'est alors qu'il avait pris une décision : il ne souffrirait jamais comme elle. Il ne serait jamais dépendant émotionnellement de quelqu'un, il éviterait les peines de cœur. Et il y parviendrait avec la seule arme qui lui semblait à sa portée : le contrôle total de ses sentiments. C'est ainsi qu'il avait choisi de dissimuler son côté le plus faible et le plus passionnel, évitant les affrontements qu'il avait vécus indirectement, durant toute son enfance, à travers les disputes de ses parents. Dès lors, il n'avait fallu qu'un pas pour transformer son penchant naturel pour la diplomatie en une profession.

Une notification reçue sur son iPhone ramène Tommaso au temps présent : il extrait son téléphone de sa poche et consulte ses mails. Un message du consulat laisse entendre que la situation est stable. Il ne sait pas encore où sera sa prochaine mission, mais espère vraiment qu'elle lui permettra de rester en Europe, qui lui manque parfois terriblement. Puis, après avoir posé son téléphone sur la petite table ronde en fer forgé, il croise les mains derrière sa nuque et effectue quelques flexions latérales. Inspirant et expirant régulièrement, il respecte une symétrie fondamentale, très importante, ainsi qu'une cadence régulière et un bon rythme de respiration. La vraie raison pour laquelle il a commencé à exercer son métier, bien avant le salaire faramineux, est précisément son besoin impérieux d'équilibre et de méditation. Tout type de dissonance l'a toujours dérangé, depuis qu'il est petit : du jouet cassé au désordre d'une pièce, jusqu'aux mauvaises relations avec une femme, ou même entre deux États. Il a, depuis son plus jeune âge, cette inclination naturelle à la réparation, à la rationalisation, à la médiation.

À la quatrième inspiration, il ne résiste plus, c'est plus fort que lui : il appelle Julius Schwartz, son assistant lors de son premier mandat, à Berlin. Lui saura lui en dire plus sur cette « affaire Émirats ».

Schwartz répond à la cinquième sonnerie.

— Dites-moi, monsieur Belli, dit-il en décrochant, comme si c'était lui qui était en attente d'informations et non le contraire.

— C'est toi qui dois me dire, Julius.

Le ton de Tommaso est froid, péremptoire. Ils ont un rapport hiérarchique strictement professionnel, dans lequel les rôles sont clairement établis.

— Rien de nouveau. Tout est stable.

Bien qu'il vive en Italie depuis ses dix ans, Julius conserve un accent qui souligne ses origines bavaroises : il n'a jamais réussi à s'en défaire.

— Au contraire, réplique Tommaso, il me semble clair que l'absence d'évolution accentue l'instabilité de la situation.

— Je suis en contact permanent avec Pisanò et Pedroni, comme convenu, s'empresse de préciser Julius. Rien n'a filtré, ni dans les agences de presse, ni dans les réseaux privés.

— Et que dit Pisanò ?

— Qu'il faut être patient et maintenir nos positions.

— Le fait est que je n'ai absolument aucune position à maintenir, observe Tommaso, contrarié. Ils ont fait exactement le contraire de ce qu'ils auraient dû faire. Mettre Fabrizio Stucchi sur un hélicoptère militaire et le faire expatrier comme si c'était un fugitif était la solution la plus lâche qui existe, et la plus contreproductive, à la limite de l'illégalité.

Tommaso éprouve une certaine gêne à l'idée de dépendre d'un homme aussi médiocre que Guglielmo Pisanò. Il l'imagine, en ce moment même, barricadé dans son bureau du Palais Farnese, affalé dans son fauteuil, sa batterie de téléphones posée devant lui, en train de se perdre en considérations stupides, étrangères à toute logique diplomatique et même au simple bon sens.

— C'était la seule option raisonnable, monsieur Belli, tente de le rassurer Julius. Stucchi ne pouvait pas rester à Abou Dabi à attendre la tempête, si on considère que tempête il y aura.

— Elle arrivera, s'ils ne font rien pour l'arrêter.

— Le bureau légal fait tout son possible en ce sens. Et, quoi qu'il en soit, si je peux me permettre d'avancer un conseil tout à fait personnel, vous ne devriez pas vous en inquiéter dans la mesure où vous êtes complètement en dehors de cette affaire.

— D'accord, Julius, conclut Tommaso, nerveux. Je dois te laisser, mais continue à me tenir informé.

— Bien sûr. Ce sera fait.

Tommaso raccroche et regarde le coupé rouge passer le portail, parcourir l'allée et se garer avec un grand coup de frein juste à côté de sa Jaguar.

Linda descend et va à sa rencontre d'un pas rapide. Elle porte une robe très courte, asymétrique, avec de grand pois blancs et noirs, et des chaussures plates noires vernies. De sa main droite, elle tient son porte-documents vert fluo duquel dépassent des papiers disposés de façon chaotique. Tandis qu'elle marche vers lui, quelques feuilles s'échappent de son sac. Elle se retourne alors brusquement et se baisse pour les ramasser, ne prêtant pas attention au regard de Tommaso. Celui-ci ne parvient pas à détacher ses yeux d'elle et s'attarde un peu plus que convenu sur la courbe de ses fesses. Lorsqu'elle se relève, comme si de rien n'était, elle arbore une expression heureuse et confiante, celle de quelqu'un qui saisit la vie à pleines dents. Elle a travaillé nuit et jour sur ce projet, défiant les réserves et le scepticisme de Bosi qui, au lieu de l'encourager, n'avait fait que l'entraver avec ses critiques constantes et ses avertissements sadiques. Sans parler de ses collègues : Alice, toujours plus perfide, et Ludovico, qui ne lui adressait même plus la parole, n'avaient fait que lui mettre des bâtons dans les roues. Mais Linda n'avait pas lâché prise. Elle croit trop en ce projet, c'est un défi plus grand qu'elle mais elle n'a qu'une chose en tête : le relever.

Pour mettre au point ses dessins, elle a essayé d'interpréter les souhaits de Tommaso (un peu moins ceux de sa compagne, Nadine, plus difficilement déchiffrables), et de comprendre quel style lui correspondait le mieux. Elle a transféré sur le papier une réalité imaginée qui, bientôt, elle l'espère, revêtira une forme concrète. Il aurait été trop facile de réaliser une villa ouvertement classique, avec des meubles et des objets qui se seraient limités à raconter les années fastes de la noblesse vénitienne, celle dont l'opulence permettait que l'été elle abandonne les palais sur le Grand Canal pour se réfugier dans le luxe débridé des demeures de la terre ferme. Linda a préféré suivre un autre chemin, plus difficile, mais aussi plus excitant, qui convoque des atmosphères évocatrices, mais qui ne soient pas trop explicites et banales.

— Bienvenue, dit Tommaso en lui serrant la main.

— Excuse-moi pour le retard, tu m'attends depuis longtemps ?

— Non, ne t'inquiète pas. Je viens tout juste d'arriver, ment-il, car il ne lui ferait jamais remarquer qu'elle est en faute.

— Ah, heureusement, soupire Linda, retardataire chronique et consciente de combien cela peut être pénible pour les autres.

— On peut s'installer ici, sous les arcades, il fait un temps magnifique, aujourd'hui.

Tommaso déplace une chaise et l'invite à s'installer.

— Bien sûr, répond Linda, en s'asseyant.

Elle pose son porte-documents par terre et en extrait un dossier, deux catalogues et quelques feuilles éparses. Elle ferme à moitié les yeux, comme pour se laisser caresser par le soleil.

— L'idéal serait de pouvoir se relaxer un peu autour de la piscine..., dit Tommaso en déplaçant son regard vers l'arrière du jardin. Mais il faut attendre qu'elle soit prête.

Linda cependant l'ignore, elle est absorbée par le dossier qu'elle a déjà ouvert à la première page.

— Je suis vraiment curieux de découvrir tout ça, annonce Tommaso en se penchant sur la table et en jetant un œil aux divers papiers qui s'y trouvent.

Le moment est arrivé : Linda sait qu'elle joue tout dans ces minutes, voire dans ces secondes, cruciales. Elle a travaillé avec imagination, application et courage. Elle est très satisfaite du résultat, mais c'est lui maintenant qu'elle doit convaincre, car c'est malheureusement toujours le client qui a le dernier mot.

— Donc, dit-elle en éclaircissant sa voix, je voudrais préciser avant tout que mon travail naît toujours de la confrontation entre le lieu et ceux qui l'habitent. Mais je n'écarte jamais, au préalable, une solution qui représente une rupture de concept.

Elle écarte une mèche blonde qui retombe sur son front et continue :

— Je dirais même que les ruptures sont précisément mon fort. Quand je ressens l'exigence d'une piste nouvelle, différente, je me mets à chercher parmi les éléments contradictoires que je peux trouver, avant d'essayer de les fusionner en quelque chose d'harmonieux. C'est le cas pour ce projet, pour lequel j'ai voulu aller vers quelque chose de contemporain, mais d'un contemporain qui reste bien ancré dans la tradition.

— Intéressant, commente simplement Tommaso sans donner son point de vue.

Linda se satisfait, pour le moment, d'avoir capté son attention. Bien préparée, elle prend un ton professionnel et ses yeux de chatte semblent défier le monde.

— Une villa palladienne se prête à un traitement classique mais rigoureux, sans fioritures : on les attend et, par conséquent, elles sont en trop, explique-t-elle avant de marquer une pause étudiée. J'ai donc pensé à un traitement dans lequel prévalent les couleurs pastel, avec des contrastes de noir et de rouge primaire.

Elle feuillette le dossier jusqu'à la section contenant les dessins, et les montre à Tommaso.

— Un vestibule épuré et structuré, un simple plan d'appui, une lampe vénitienne qui tombe du haut plafond jusqu'à toucher la ligne du sol, précise-t-elle en parcourant les feuilles de son index à l'ongle rouge vif. La partie jour est divisée entre un espace salon et un espace bibliothèque. J'ai prévu un important assortiment de canapés en cuir, une bibliothèque en bois précieux sur l'ensemble de la paroi, un fauteuil de lecture qui crée un contraste chromatique, des tapis moelleux, et des tapisseries sur ces murs, poursuit-elle en tournant les pages et en reprenant son souffle de temps à autre. Une table ronde à côté de la baie vitrée en harmonie avec la piscine, à l'arrière du jardin, servira également d'élément charnière avec l'espace cuisine lui aussi entouré de larges baies vitrées laissant abondamment passer la lumière et les couleurs de la nature. J'ai pensé à des détails très contemporains pour ce qui est du frigidaire, des fourneaux et de l'évier et à des plans de travail en Corian qui permettent de jouer sur le côté chaleureux de l'ambiance.

Linda ne cesse de parler, elle est dans un déluge de mots.

— L'espace nuit, continue-t-elle, est un mélange entre style minimal et style baroque. Pour la suite parentale, j'ai imaginé une alcôve en cuir, la salle de bains privée aurait une baignoire encastrée, au ras du sol, et un dressing adjacent. Dans les salles de bains de service, je marierai des revêtements en marbre et des lavabos Art Déco avec des matériaux high-tech. Il faut ensuite valoriser les dégagements non utilisés de l'architecture de l'édifice. Ainsi, dans le couloir, deux placards muraux seront logés dans les niches et quelques meubles d'antiquaires, dans le style du XVIIIe siècle vénitien, finiront d'agrémenter le tout. On choisira des rideaux fluides et transparents. Rigoureusement blancs, évidemment.

Soudain, elle s'arrête et le regarde droit dans les yeux.

— Et, enfin, dit-elle en retournant le dernier feuillet, sûre de l'effet qu'elle va produire, le jardin d'hiver, au dernier étage, dans la vieille remise abandonnée. Structure en bois, plafonds et parois en verre. Le lieu idoine pour que tu cultives ta passion botanique.

Tommaso n'a pas encore prononcé le moindre mot. Il s'est contenté de parcourir les dessins avec une expression impénétrable et de l'écouter. Il prend maintenant le feuillet présentant le jardin d'hiver entre ses mains et l'observe. Linda a l'impression de voir une lueur s'allumer dans le bleu glacé de ses yeux.

— Alors, qu'est-ce que tu en penses ? demande-t-elle en le pressant un peu.

Ce silence la trouble profondément. Elle ne sait pas comment le gérer.

Tommaso pose sur elle un regard grave.

— J'en pense que c'est précisément ce que je voulais. Je n'attendais rien de moins de ta part. Le projet est approuvé. En *entier*, annonce-t-il en articulant distinctement le dernier mot.

Linda est aux anges. Elle voudrait lui sauter au cou tant elle est heureuse, mais quelque chose lui dit que Tommaso n'apprécierait pas le geste, et elle se retient donc, avec un énorme effort.

— Parfait, dit-elle seulement. J'ai donc réussi à te surprendre.

Tommaso sourit, enfin.

— Un jardin d'hiver. Très flagorneuse idée, mais ça fait son effet.

Linda lui sourit en retour. Elle le savait, c'était son atout majeur.

— Le projet est pour toi. Je demanderai à mes avocats d'établir les contrats avec Bosi dès demain.

— Nous n'avons pas parlé du budget total pour l'ameublement, les sols, les lumières..., lui fait-elle remarquer en lui indiquant la dernière page du dossier.

— Ça ne m'intéresse pas. Tu montreras le devis détaillé à mes collaborateurs. Ils pourront l'approuver sans problème, répond Tommaso.

Voilà l'énième preuve que l'argent est bien le dernier de ses soucis.

— Autre chose..., continue Linda en extrayant de son sac un catalogue qu'elle pose sur la table, à côté de la plaquette présentant le projet. J'ai pensé confier la réalisation du jardin à mon oncle, Giorgio Ottaviani. C'est un artisan incroyable et très méticuleux, tout le monde le connaît dans la région. Tu peux voir ici certains des travaux qu'il a réalisés.

Tommaso feuillette le catalogue, s'arrêtant quelques fois sur une page. Son visage affiche une expression satisfaite.

— Très original, commente-t-il.

Linda voudrait ajouter beaucoup de choses mais, en y réfléchissant, elle se dit qu'il est peut-être préférable de ne pas trop en faire.

— Il fait tout lui-même ? demande Tommaso.

— En principe oui. Quand il s'agit de créer des exemplaires uniques, il vaut mieux travailler seul. Quand quelqu'un sait correctement faire son métier, il n'y a rien de pire que les interférences extérieures, poursuit-elle spontanément en pensant aux Grimani, son épine dans le pied.

Tommaso referme le catalogue et la regarde comme s'il l'avait parfaitement entendue.

— Avec moi tu auras toujours carte blanche, Linda. Je te demande seulement de respecter les délais, pour le reste je te fais confiance, dit-il, le visage sérieux, sans l'ombre d'une ironie dans la voix.

Linda, quant à elle, amorce un sourire pour dédramatiser la situation.

— Tout sera prêt dans le temps imparti, tant que je dirigerai ces travaux. Tu peux en être sûr.

Tommaso lui serre la main, un peu plus fort qu'auparavant.

— À bientôt, alors, conclut Linda.

— À très vite.

Tommaso continue de l'observer tandis qu'elle rejoint son coupé. Elle avance d'un pas de fillette à qui on aurait acheté le jouet de ses rêves, en agitant son porte-documents comme s'il s'agissait d'un ruban. Satisfait, il sourit intérieurement – pour rien au monde il n'extérioriserait ce sentiment – et se dit qu'il a vraiment bien fait de la choisir pour ce projet.

C'est seulement lorsqu'elle repart en voiture, en sortant de la villa, que Linda commence véritablement à réaliser ce qui vient de lui arriver. Elle dévale les collines, roulant à une vitesse effrénée, puis file tout droit au milieu des champs de maïs de la plaine. Elle rit et hurle de joie, donnant enfin libre cours à la jubilation qu'elle a retenue jusqu'alors.

— Bon sang, mais oui ! Allez, allez, allez ! Cette fois je me fais quarante mille euros pour moi toute seule !

Elle tapote des doigts sur le volant, monte le volume de la vieille autoradio au maximum et chante à tue-tête *The Final Countdown* des Europe en levant les deux bras au ciel sur les lignes droites.

Un agriculteur qui était occupé à redresser une rangée de tomates soulève la tête pour la regarder passer, aussi abasourdi que s'il avait vu un OVNI. En guise de réponse, elle fait trompeter son klaxon en s'agitant comme une possédée et en criant « Youhouuu ! Quarante miiiille ». Elle va enfin pouvoir réparer le toit de la Maison bleue et réaliser tous ces petits travaux qu'elle repoussait depuis une éternité et peut-être même aussi faire un beau voyage à Bali !

Tout à coup elle sent une goutte s'écraser sur son bras nu et se rend compte que le ciel s'est couvert de nuages gris. Bien qu'elle soit presque arrivée chez elle, elle est contrainte, en moins d'un kilomètre, de s'arrêter et de relever la capote de la spider. En seulement quelques instants une pluie infernale s'est déchaînée, mais cela ne suffit pas à tempérer l'enthousiasme de Linda.

Elle imagine déjà, cependant, le désastre habituel qui doit se produire dans sa maison : la pluie est sûrement en train de battre contre les tuiles du toit et les vitres des fenêtres du salon, l'eau va se mettre à couler le long de l'angle de mur désormais exempt de plâtre et s'infiltrera dans tous les petits trous qu'aucun enduit n'a été en mesure de reboucher pour enfin se mettre à goutter sur le sol fraîchement nettoyé. Mais, à cet instant, cela ne l'intéresse pas. À cet instant, elle n'a pas même envie de maudire, comme à son habitude, tous les dieux du ciel et de la terre.

Lorsqu'elle arrive à la Maison bleue, elle ouvre la porte avec un large sourire ancré sur son visage, place un seau sous la fuite d'eau la plus importante et s'assied dans un fauteuil pour regarder la pluie tomber à l'intérieur avec ce bruit agaçant que, bientôt, si tout va bien, elle ne sera plus contrainte d'entendre.

Les jours qui suivent la signature du contrat, Linda se lance dans une folle course d'obstacles comprenant boutiques d'antiquaires, ateliers d'ameublement, revendeurs de matériaux de luxe, showrooms et marchés aux puces. Tommaso, comme annoncé, ne lui a pas mis de barrières budgétaires, elle peut donc se permettre d'acheter tout ce dont elle a toujours rêvé. Elle est finalement libre d'assouvir son appétit de belles choses qui, comme chacune de ses envies, est pratiquement inépuisable.

Les lieux qui la comblent le plus sont les boutiques d'antiquaires. Un jour, elle a parcouru pratiquement la moitié de la région, passant des heures parmi des bronzes de la Renaissance, des bustes, des mosaïques, des vitraux, des émaux de Limoges et de magnifiques coiffeuses vénitiennes du XVIIIe siècle. Vingt mille euros se sont envolés pour l'achat de trois pièces de la future bibliothèque : une lampe en verre de Murano, un fauteuil avec finitions laquées et une dormeuse, style Empire, en bois recouvert de feuilles d'argent. Juste avant d'achever sa tournée, elle repart du dernier magasin avec un vase en cristal Lalique qu'elle a payé un prix exorbitant.

Mais c'était seulement un début. Pour la salle à manger, elle a choisi des lampadaires et des chandeliers Baccarat ; pour le salon, deux fauteuils Roche Bobois tapissés de tissu Jean-Paul Gaultier, assortis à un lampadaire en fer, cristal de Bohême, strass Swarowski et porcelaine. La pièce maîtresse cependant a été *Kalì*, qui a fait la joie de Tommaso lorsqu'elle le lui a montré : un meuble multifonctions manufacturé en cèdre espagnol. Dans la partie centrale on y trouve une vitrine pour cigares, avec humidificateur dynamique, système de refroidissement thermoélectrique et illumination par LED. Une fois ouvert, il révèle une section bar, les quatre portes battantes latérales ayant été étudiées pour accueillir des bouteilles. La dernière surprise se cache dans la partie inférieure, où l'on peut installer un coffre-fort.

Elle était certaine que cela plairait à Tommaso.

Elle donne le meilleur d'elle-même pour ce projet, et est constamment à la recherche d'une nouvelle idée. Elle réfléchit à la justesse des volumes, à la juxtaposition inédite de matériaux et de formes qui, alliant innovation et tradition, expriment l'élégance, la créativité et la liberté.

Entre-temps, Giorgio a été embauché par un Tommaso enthousiaste et a déjà entamé les travaux pour le jardin d'hiver. Un jour, tandis qu'il travaille, il rencontre pour la première fois Nadine. Elle lui laisse l'impression d'une déesse orientale, moulée dans une robe blanche très élégante mais avec une coupe sévère, occidentale. Lui, au contraire, en tenue de combat, ressemble à un croisement entre un naufragé et un réfugié, avec ses sabots en cuir aux pieds, sa chemise à carreaux ouverte sur son torse nu, son froc en toile délavée, sa barbe d'une semaine et ses cheveux trop longs.

Gouge, ciseau à bois, maillet et scies diverses lui servent pour préparer le bois. Il n'utilise presque jamais de vis ou de charnières métalliques pour ses créations, il essaie même de réduire au minimum l'usage de la colle. Il aime allier le bois avec le bois, utilisant selon les cas des techniques diverses telles que les assemblages par tourillons, à enfourchement ou à queue d'aronde. De tels procédés demandent plus de temps et une étude attentive de chaque pièce, mais c'est la seule façon d'obtenir des résultats homogènes. Chaque fois qu'il tombe sur un meuble en bois vissé, voire grossièrement cloué, il éprouve une sensation de trahison, comme s'il était face à une profanation. Sans parler de la tristesse que suscitent en lui les bois agglomérés, contreplaqués ou les panneaux composites avec du plastique. Il ne s'agit pas que d'une question d'esthétique ou de fonctionnalité, il a une conviction beaucoup plus profonde : il est persuadé que chaque morceau de bois a son propre caractère, une âme singulière, qu'il est porteur d'une mémoire de l'arbre qu'il a été. Il faut comprendre et interpréter son irrégularité, ses nœuds, sa porosité, sa densité, le son qu'il produit quand on le touche, sa couleur, son poids, sa flexibilité, son odeur. C'est seulement ainsi que le bois collaborera pleinement avec le menuisier, il lui suggérera des formes, cédera à sa propre fonction. Giorgio n'a aucun doute là-dessus et il aimerait le faire comprendre à tous.

Nadine, quant à elle, semble très loin de ces hautes considérations philosophiques lorsqu'elle le salue.

— Bonjour, vous devez être le menuisier, n'est-ce pas ?

Elle s'adresse à lui de sa voix qui dégage une grandeur naturelle. Giorgio se retourne.

— Enchantée, je suis Nadine, la compagne de M. Belli.

— Ah, bonjour. Enchanté.

Giorgio va pour lui tendre une main couverte de cire et de poussière, mais Nadine se retire. Plus qu'un menuisier, il ressemble, selon elle, à un étrange personnage de cirque, et elle se demande pourquoi Tommaso a fait confiance à un type de ce genre.

— Vous m'assurez que cette structure sera solide ? s'enquiert-elle en le sondant avec des yeux inquiets.

Giorgio voudrait la rassurer.

— Bien sûr. Ayez confiance, madame. Vous êtes entre de bonnes mains.

— Je l'espère.

La déesse soupire et s'en va.

En descendant à l'étage inférieur, elle entend Linda hurler à l'un des ouvriers qui montent la cuisine :

— Sans clous ! Mais putain, comment je dois te le dire ?

Nadine ressent un frisson de gêne face à cette manifestation grossière et se dit qu'elle ne pourrait jamais formuler un ordre aussi dur et péremptoire : elle serait inhibée par la courtoisie formelle qui régit depuis toujours ses rapports avec les autres. Elle se rend compte que depuis toute petite elle a travaillé sur elle-même pour atténuer ses propres impulsions, plus ou moins passionnelles, et se demande si cela tient à sa nature de femme ou à son tempérament et à sa rigide éducation familiale. Et tandis qu'elle réfléchit, elle s'interroge pour la première fois sur le fait de savoir si elle aime ou non cet aspect d'elle-même ou si, au contraire, elle en est exaspérée, et si elle l'a accentué depuis que Tommaso est à son côté. Lui qui, sur ce point, lui ressemble. Plus ou moins.

Les jours s'écoulent, c'est bientôt le plein été, et Linda continue à diriger les travaux avec une nette détermination. Entre un problème et un autre.

Comme un rideau qui se lève lentement sur une scène, diverses réalisations prennent vie sous ses yeux, à mesure que le temps passe. On les dispose dans les pièces qui, peu à peu, revêtent cet esprit contradictoire dans lequel des styles pourtant variés dialoguent entre eux harmonieusement. Dans la villa, le baroque converse avec la modernité et l'art contemporain, les objets ne sont plus des choses inertes, appartenant au passé, mais reviennent à la vie grâce au contexte dans lequel ils ont été insérés et s'inscrivent dans le présent à part entière. Ainsi, dans l'antichambre, le sofa Le Corbusier, traditionnellement en cuir noir, a été tapissé d'un nouveau revêtement en satin vert émeraude qui lui confère un éclat nouveau. De même, le miroir du XVIIe siècle, avec son cadre doré, prend des airs d'avant-garde en étant placé au-dessus d'une console en acier inoxydable.

Parfois Linda tient compagnie à son oncle et ne lésine pas à lui donner un coup de main si besoin. Lorsque Giorgio achève de monter la structure du jardin d'hiver, Nadine en reste bouche bée. Pour une fois, elle se voit contrainte de réviser son jugement et d'abandonner les idées préconçues qui l'avaient incitée à considérer cet homme de manière injuste.

Les travaux dans la villa ont complètement absorbé Linda. Si bien que, dans le chaos des dernières semaines, elle n'a plus vu ni eu de nouvelles d'Alessandro. Il lui a écrit plusieurs fois, lui proposant de sortir, mais elle a toujours décliné, renonçant même au traditionnel rendez-vous du vendredi avec la bande.

Ce matin, vers midi – l'heure à laquelle elle se réveille d'ordinaire le samedi –, Alessandro lui a envoyé l'un de ses typiques SMS provocateurs :

> Soit tu es devenue une putain de stakhanoviste, soit ce Tommaso t'a lancé un sort.

Linda n'a pas répondu. Le langage direct d'Alessandro l'a fait sourire et peut-être aussi l'intuition qu'il a eue. Il est indéniable qu'elle l'a négligé ces derniers temps, et elle a une envie irrépressible d'y remédier.

C'est pourquoi elle se rend maintenant chez son ami avec deux bières à la main et une grande envie de le serrer dans ses bras. Elle ne l'a pas prévenu pour lui faire la surprise. De toute façon, elle est certaine qu'un samedi, à 15 heures, Alessandro ne peut se trouver que dans un seul endroit : sur son canapé en train de purger les toxines alcoolisées de la veille.

Elle gare la spider face à une petite maison jaune. Une bande de chats, la voyant arriver, se disperse sur le toit et dans les vignobles alentour. Elle sonne à la porte, mais personne ne vient lui ouvrir. Elle appuie de nouveau sur la sonnette, avec plus de conviction.

— Aaal' ! Ouvre, c'est moi ! hurle-t-elle.

Quelques instants plus tard, Alessandro apparaît sur le seuil de la porte : en tongs, torse nu, les cheveux ébouriffés plus que d'habitude et la braguette de son pantalon ouverte laissant voir un boxer bleu nuit.

— Oh, Linda, c'est toi ? Mais tu es dingue de sonner si fort ?

— Quel accueil, hein !

Linda lui effleure le torse avec le goulot d'une Heineken.

— Excuse-moi, c'est que je suis un peu..., commence Alessandro en se grattant la tête.

— Ouais je vois ça ! Je parie que tu es rentré à l'aube cette nuit…, lance Linda en lui faisant un clin d'œil.

— Non, répond Alessandro en se passant une main sur le visage. C'est que je ne t'attendais pas… maintenant.

Il affiche une expression étrange et ne semble pas vouloir la faire entrer.

— Bon d'accord, mais c'était pour te faire la surprise.

Linda s'approche de lui tandis qu'il recule avec difficulté.

— Allez, on se prend une bière !

— En fait…, entame Alessandro en se retournant vers le salon.

Mais soudain, d'un endroit indéfini de la maison, retentit une voix de femme.

— Al', mais c'est qui ?

— Oh putain, pardon ! Je n'avais pas compris… quelle idiote ! dit Linda.

C'est comme si on venait de la gifler en plein visage. C'était la voix de Valentina, pense-t-elle, et qui plus est à moitié ivre ou encore défoncée par quelque chose. Et ce qu'elle imagine trouve confirmation dans ce qu'elle ne peut que remarquer dans le salon : le top à paillettes abandonné sur le canapé, le même qu'elle a vu sur Valentina le soir de sa fête d'anniversaire, au Movida.

Alessandro ne sait pas quoi dire, l'embarras est palpable.

— Mon Dieu, excuse-moi, je n'aurais pas dû débarquer comme ça, bafouille Linda.

Elle lui colle les deux bières dans les mains, puis recule d'un bond.

— Mais non, attends une seconde.

Alessandro voudrait la retenir.

— Excuse-moi encore, dit-elle honteuse. À la prochaine, OK ? Salut.

Elle se retourne sans lui laisser le temps de répondre et court vers sa voiture.

Alessandro reste planté là, sur le seuil. Il ne trouve ni la force de rentrer rejoindre Valentina, ni celle de rattraper Linda.

La honte, la honte, la honte ! se répète Linda. Elle grimpe dans la spider et démarre à toute allure, sans savoir où elle va et sans se préoccuper des limitations de vitesse. Elle monte le volume de l'autoradio à fond et, tandis qu'elle file à toute allure sur la route, elle se dit qu'elle devrait simplement être contente qu'Al' fréquente Valentina, contente pour eux deux : ce sont ses amis. Il n'y a pas de raison que ça l'atteigne, absolument aucune raison. Et surtout, cette gêne qu'elle ressent au début de son estomac n'est que de l'embarras et *absolument pas de la jalousie*.

Sans même s'en rendre compte, elle prend le chemin qui la mène vers la villa de Tommaso. Et c'est presque naturellement qu'elle débouche dans l'allée.

Elle gravit les marches de l'entrée d'un pas rapide et entre dans la demeure. En dépit des fenêtres ouvertes, l'air est encore très chargé de vernis et de colle, on sent l'odeur des travaux à peine achevés ou encore en cours. Linda respire un grand coup, traverse le vaste salon et gagne la bibliothèque. En voyant les outils sur le sol, son instinct lui commande de faire quelque chose. Peut-être qu'ainsi elle parviendra à se soulager de ce subtil venin qui est entré insidieusement dans son sang.

Elle jette son sac dans un coin, se penche et saisit l'une des râpes. Elle prend ensuite une planche, la pose sur la table de travail et se met à la polir, comme elle a vu faire son oncle des dizaines de fois. Elle tient fermement la râpe et la passe sur le bois avec de longs mouvements énergiques. Elle dégrossit, gratte, racle ; de petits copeaux de bois tombent à terre comme des miettes. Elle commence à transpirer, ses joues rosissent. Elle retire sa chemise, la jette sur son sac et reste en maillot de corps et en shorts. Des gouttes de sueur tombent de son front, d'autres glissent dans son cou et se nichent dans le creux de ses seins. Mais Linda ne ressent aucune fatigue, elle continue à frotter le bois comme si elle était en transe.

Elle ne sait pas que dans l'embrasure de la porte, derrière elle, Tommaso l'observe depuis quelques minutes. Il avait tout de suite compris que c'était une femme de caractère, mais il ne suspectait pas à quel point. La voir ainsi concentrée sur un travail qui ne devrait pas être le sien, un travail d'homme, provoque en lui un étrange ralentissement. Un instinct viscéral le pousserait à la saisir par les épaules et à la serrer avec force. Mais, évidemment, il étouffe ce sentiment au moment même où il le ressent.

Linda attrape la planche et s'approche de la structure sur la paroi. Elle se laisse tomber à terre pour avoir un meilleur ancrage et, prenant un peu de recul, comme le ferait un mécanicien sous une voiture, tente d'insérer la pièce de bois sur les tasseaux appropriés. Elle utilise toute la force de ses bras, s'appuie sur les muscles de ses jambes, ferme à demi les yeux et serre la mâchoire, aussi concentrée que possible, mais la planche refuse de s'encastrer.

— Merde, grogne-t-elle. Il me faut du papier de verre. Il suffit parfois d'une fraction de millimètre pour que les pièces s'emboîtent, ajoute-t-elle tandis qu'elle se rend compte qu'elle pense tout haut, comme souvent lorsqu'elle travaille.

C'est au moment où elle se relève qu'elle sent une présence dans la pièce.

— Je n'imaginais pas que tu savais faire ce genre de choses, dit Tommaso lorsqu'elle se lève, et elle se retourne, stupéfaite.

On voit, à son regard, qu'il est fasciné. Linda nettoie son short en passant les mains sur ses fesses. Bien qu'elle ne veuille pas l'admettre, elle est visiblement embarrassée.

— C'est mon oncle qui m'a appris, précise-t-elle, le souffle court à cause de l'effort.

— Je vois que tu y prenais du plaisir.

Il sourit et avance de deux pas vers elle.

— Tu sais, de temps en temps j'aime bien me servir de mes mains et pas uniquement de ma tête.

— Moi aussi.

Tommaso est maintenant à seulement quelques centimètres de Linda. Il peut ressentir la chaleur qui émane de son corps transpirant.

Linda le regarde dans les yeux un instant. Elle ne les avait jamais vus d'aussi près : ils sont bleus, mais leur centre est noir et presque hypnotique.

Tommaso lui glisse deux doigts dans les cheveux, retire un copeau de bois resté coincé dans une mèche et le jette par terre.

— Merci, dit Linda en essuyant la sueur de son front. Je ne ressemble vraiment à rien.

— Mais non, pas du tout.

Tommaso se déplace sur un côté et, ce faisant, l'effleure avec son bras. La partie gauche du corps de Linda est parcourue d'un frisson : il la traverse tout entière et fait grimper sa température intérieure. Elle ne se l'explique pas, mais c'est ainsi. De l'électricité avec Lord Perfection. Qui aurait pu croire ça.

Tout à coup elle entend un bruit de talons qui provient de l'antichambre. Et une voix, unique en son genre, qui résonne parmi les parois fraîchement plâtrées :

— *Mon amour,* où es-tu ?

Tommaso se tourne dans la direction de cette voix, mais ne bouge pas.

— Nadine est là aussi ? demande Linda.

Il semble plus déçu que surpris par cette interruption. Ou peut-être est-ce seulement ce que Linda imagine. Parce que c'est ce qu'elle veut croire.

— Oui, nous passions par ici avec un couple d'amis et nous avons eu envie de leur montrer la villa, explique Tommaso.

Avec un timing impeccable, comme chacun de ses gestes, Nadine apparaît sur le seuil de la pièce, parfaite en tout point. Si on en juge la couleur de la robe Armani qu'elle porte, elle doit être accro au blanc : telle est la première pensée qui traverse l'esprit de Linda lorsqu'elle la voit. Elle, à côté, ressemble à une adolescente qui aurait fait une fugue pour aller à une rave.

— Bonjour, Linda. Je ne savais pas que tu étais là.

— Salut, répond-elle, étirant ses lèvres en un sourire forcé. En effet, ce n'était pas au programme.

Nadine lance un regard oblique à Tommaso.

— François et Julie ont leur vol pour Paris dans deux heures. Il faut y aller.

— Bien sûr.

Tommaso s'éloigne, vers la porte. Linda tente d'installer la planche sur la table de travail, mais son regard se déplace inévitablement dans une autre direction.

Nadine et Tommaso demeurent immobiles quelques secondes, sans rien se dire, sans même se regarder de façon directe. Nadine ne collecte que des signaux marginaux mais ils lui semblent aussi criants que de véritables manifestes. Elle va ensuite vers Linda et la salue d'un signe de tête.

Cette nuit-là, Tommaso trouve difficilement le sommeil : il ne cesse de se retourner dans le lit. Dans sa tête, défilent des images de Linda dans la villa : il la revoit descendre de son coupé, marcher, poncer le bois, se baisser, puis se tourner vers lui pour le regarder. Ce sont des clichés qui sont restés gravés dans sa mémoire, vivants et en trois dimensions. Il parvient presque à entrevoir ses formes à travers ses vêtements, à respirer sa légère odeur fleurie. Et ça ne va pas, ça ne va pas du tout pour quelqu'un qui a désespérément besoin de dormir, et qui doit le faire au côté d'une autre femme.

Ce dimanche matin, Linda va au marché aux puces d'Asolo, un des plus réputés de la région. Généralement, elle arrive toujours à dénicher quelques pièces intéressantes. Et puis cela en vaut la peine, ne serait-ce que pour s'immerger dans l'atmosphère de ce bourg perché sur les collines qui est un triomphe d'art, de charme et de couleurs.

Il est presque midi, un soleil de fin de juin tape sur les toits des maisons, la lumière réfléchie crée une fine pellicule blanche autour des murs taillés dans la roche ancienne. Linda se promène le long des ruelles pavées du centre historique, parmi une infinité de meubles, d'objets d'un autre temps, de bijoux anciens, de parchemins et de gravures d'époque. Furetant çà et là, ses yeux s'arrêtent sur un tableau sans cadre, exposé sur un trépied sur le côté d'un stand. Linda se fige et ne peut s'empêcher de le fixer, comme absorbée par une force surnaturelle plus forte qu'elle. La toile forme un carré d'environ un mètre sur un mètre, et le charme du sujet est extraordinaire : sept muses d'une beauté incroyable, nues et enchaînées, sont présentées à Minos, le féroce juge des *Enfers* dans *La Divine Comédie* de Dante. Sous chacune d'elles, une inscription latine en élégants caractères rouges cursifs : *superbia, ira, luxuria, avaricia, invidia, gula, acidia.*

Linda est complètement séduite.

— C'est merveilleux, s'entend-elle dire à voix haute.

Une représentation des sept péchés capitaux comme elle n'en avait jamais vu. Elle *doit* acheter ce tableau. Elle sait déjà à quel endroit précis elle le placerait dans la villa : dans la niche du couloir, à l'étage des chambres.

— Il est beau, n'est-ce pas ? intervient le vendeur derrière son stand. C'est une huile sur toile d'un peintre local datant du XVIIe siècle, explique-t-il avec un certain orgueil.

— À combien le vendez-vous ? demande Linda.

— Sept mille.

— Mais c'est une folie, s'écrie-t-elle en secouant la tête, faisant valser ses boucles blondes.

— Mademoiselle, je vous assure que ce tableau les vaut amplement, réplique le vendeur. L'état de conservation est pratiquement parfait. Regardez le grain de la couleur. Et le trait : il est évident que l'auteur descend de l'école de Giorgione.

— Même dans le cas où je serais particulièrement intéressée, je ne vous donnerai pas plus de cinq mille, annonce Linda, solidement plantée sur ses pieds.

— Il en est hors de question. Je pourrais descendre au maximum à six mille cinq cents, reprend le brocanteur. Et ce ne serait pas une petite remise !

Ils entament ainsi une négociation sauvage que Linda mène avec la détermination d'une authentique marchande ambulante qui aurait grandi dans un souk. Le vendeur, quant à lui, défend sa position avec obstination. Après une demi-heure de débats et d'argumentations, il n'y a pas moyen de le convaincre de descendre sous le seuil des six mille trois cents euros. Désormais, ce n'est plus une question de budget, car l'argent ne serait pas un problème : c'est devenu une question de principe, un défi entre elle et ce type rougeaud avec sa dent en or.

— Très bien, puisqu'il en est ainsi, on arrête là. Je m'en vais, finit par lancer Linda. Vous m'avez vraiment fatiguée.

Elle tourne les talons et disparaît derrière la petite place, en se disant qu'elle reviendra plus tard pour cette fois l'emporter, comme elle le fait toujours quand il s'agit de conclure des affaires de ce genre. Elle en profite pour faire un tour parmi les magasins d'Asolo et, une petite heure plus tard, revient sur ses pas.

Quand elle arrive devant le stand, la toile n'est plus là, et Linda se retrouve à fixer le vendeur avec un regard interrogateur.

— Et le tableau ?

— Vendu !

Le brocanteur écarte les bras et affiche un rictus satisfait, sa dent en or scintillant au soleil.

— Comment ça, *vendu* ?

Linda est furieuse.

— C'est moi qui l'ai acheté, dit une voix dans son dos.

Linda se retourne.

— Toi ?!

Face à elle se trouve Tommaso, en jean, polo bleu ciel et chaussures de sport.

— Oui, moi, dit-il en riant.

— En voilà une bonne..., commente Linda, affichant une expression incrédule et un peu contrariée. Et moi qui voulais le prendre pour ta villa !

— Je n'imaginais pas que nous étions en compétition. Je l'ai vu et il m'a plu.

— Et voyons un peu... combien tu l'as payé ?

Linda s'écarte un peu du stand, en lançant un regard torve au vendeur.

— Sept mille.

— Alors là, bravo ! Félicitations... tu sais que tu t'es fait entuber ?

— Ça m'est égal. Ça en valait la peine.

— Ce n'est pas comme ça que ça fonctionne, proteste Linda. Si tu m'avais laissée faire, j'aurais réussi à l'avoir pour bien moins !

Comme chaque fois qu'elle est sur le point d'entrer en guerre, elle hausse les épaules et avance la tête : on dirait un bélier en position de combat.

— Oh, allez, Linda...

Cette énergie agressive fait naître en lui un étrange mélange de sympathie et d'inquiétude.

— J'ai mis à ta disposition un budget considérable, quel sens ça a de rester ici à marchander ? Par ailleurs, je suis convaincu que ce tableau vaut chacun de ces euros.

Linda le sonde du regard : elle réfléchit pour savoir si elle lui donne tort ou raison. Tommaso, lui, sourit, amusé.

— Et si je t'invitais à déjeuner ?

Linda roule des yeux mais, dans le fond, elle sait très bien qu'elle a seulement envie d'accepter.

— Allez, je t'emmène au restaurant de la Villa Cipriani, dit-il en lui offrant son bras. Le propriétaire est un de mes vieux amis.

— Bon d'accord, répond Linda comme si elle lui faisait une gracieuse concession.

En attendant, elle profite du contact avec Tommaso, des muscles de ces bras si bien entretenus qui s'appuient contre sa peau tendue.

Quelques minutes plus tard, ils sirotent un Bellini sur la magnifique terrasse de la Villa Cipriani. Tommaso s'est fait attribuer la meilleure table. On respire un calme absolu face à tant de beauté déclinée en formes pures. Les couleurs du paysage sont à couper le souffle. Et à l'ombre de la véranda, la lourde chaleur de ce mois de juin est tempérée en une tiédeur agréable.

Linda a le regard songeur et paraît comblée. Elle ne peut éviter que cela se remarque.

— À quoi penses-tu ? lui demande Tommaso.

— Je pense à comment ça devait être de vivre ici du temps de Caterina Cornaro, la reine de Chypre, réplique Linda en levant les yeux vers le château de la Renaissance. Ou lorsqu'y séjournait Eleonora Duse, l'amante de Gabriele D'Annunzio.

Ce n'est pas exactement la première pensée qui lui est venue, mais elle a jugé que, celle-là, il était préférable de ne pas l'expliciter, surtout à cet instant.

— Je ne crois pas que ça ait beaucoup changé. Asolo a toujours été et sera toujours un parfait refuge pour le corps et pour l'esprit, répond Tommaso, avec l'air de celui qui connaît bien l'endroit. Les formes peuvent changer, mais l'âme d'un lieu reste immuable en dépit du temps.

Linda, pendue à ses lèvres, affiche l'espace d'un instant une expression ingénue, involontairement érotique : ses lèvres charnues entrouvertes, ses yeux verts perdus dans ceux bleus de Tommaso.

— Toi, tu es de ce coin, n'est-ce pas ?

— Je suis né ici, même si j'ai vécu la plus grande partie de ma vie à l'étranger. Mon père était diplomate… tradition familiale.

Le maître d'hôtel, suivi d'un serveur chargé d'un seau à glace, apporte à la table une bouteille de Soave. Elle attend que le seau soit installé sur son support et que le serveur soit parti, puis elle débouche la bouteille, alliant compétence et désinvolture. Elle verse un doigt du breuvage dans le verre de Tommaso, se retire et tient la bouteille inclinée en démonstration.

Tommaso fait tourner lentement son verre à pied, en le tenant par la tige, l'avance vers son nez, en prélève une légère gorgée, la garde un peu en bouche, puis déglutit.

— Délicieux, dit-il en guise de verdict.

Le maître d'hôtel remplit le verre de Linda, et seulement ensuite celui de Tommaso, puis enroule la bouteille dans le torchon et la place dans le seau avant de se retirer avec une petite révérence.

Une fois seuls, Tommaso et Linda font tinter leurs verres, puis boivent et sourient.

Ils commandent un risotto à la manière d'Asolo, agrémenté de pousses d'orties, ainsi qu'un tartare de saumon fumé accompagné de glace à l'avocat.

Linda dévore littéralement chaque assiette : elle a un appétit démesuré et modère déjà largement son tempérament. Sans compter que l'alcool accentue son exubérance naturelle, et la conduit à afficher des gestes et des expressions amusantes pendant qu'elle discute. Tommaso l'étudie, curieux et réjoui, tandis qu'une idée germe doucement dans son esprit.

— Les travaux avancent bien, tu ne trouves pas ? lance tout à coup Linda.

Tommaso élude la question. S'exposer n'est pas dans ses habitudes. Il répond par une autre interrogation :

— Combien de temps penses-tu qu'il faudra avant qu'ils ne soient achevés ?

— Eh bien, je dirais un mois, plus ou moins.

— J'espérais moins.

— Impossible, si tu veux que tout soit parfait. Et tu es de ceux qui aiment les choses parfaites, n'est-ce pas ?

— J'ai vu que tu effectuais un grand effort de supervision : les ouvriers filent droit avec toi.

Tommaso a de nouveau esquivé et n'a pas relevé la provocation. Linda ne veut pas le lui faire remarquer, elle est trop euphorique, et se contente donc de sourire : après tout, le compliment lui fait plaisir.

— Avec moi ils savent qu'ils ne peuvent pas faire n'importe quoi.

Tommaso ne parvient pas à détacher ses yeux d'elle. Les lèvres de Linda renferment une sensualité naturelle, une féminité primitive : il ne sait pas quelle est la part d'inconscience, chez elle, ni combien elle s'en sert comme arme de séduction. Il voudrait mordre cette bouche.

Le serveur apporte les deux desserts : un tiramisù avec feuille d'or et gélatine de champagne pour Tommaso et une pavlova au chocolat blanc et aux fruits rouges pour Linda.

— On comprend vite que tu as ton petit caractère..., dit Tommaso qui la taquine ouvertement, maintenant.

Linda hausse les épaules, elle est contente qu'il morde à son hameçon.

— C'est ce qu'on me dit souvent.

— Et pourquoi ? enchaîne Tommaso.

Linda ressent comme une brûlure sur la partie de son visage que Tommaso est en train d'observer.

— Parce que je suis trop têtue, trop critique, trop méticuleuse, trop agitée. Je parle trop, je lis trop, j'ai trop d'avis sur tout, parfois confus, parfois en contradiction les uns avec les autres. Ça suffit comme ça ? Ah et puis, je me couche toujours trop tard le soir.

— Tard, c'est-à-dire ? demande Tommaso.

— Ça dépend, répond Linda avec un clin d'œil. Tant qu'il y a quelque chose à lire, à penser... ou à faire.

Elle prend une cuillerée de son dessert et l'enfile dans sa bouche de manière un peu gauche.

— Mmh, délicieux, ça ! murmure-t-elle en fermant les yeux, comme si elle vivait un moment de pure jouissance.

— Je vois que tu aimes les desserts, dit Tommaso en se penchant en avant.

— J'adore ça. Je ne voudrais vivre que de sucre.

Linda se rend compte qu'ils sont peut-être un peu trop près, pourtant elle ne fait rien pour se reculer ou se déplacer.

— Goûte le mien, alors, lui dit-il en approchant de ses lèvres une cuillerée de son tiramisù.

Linda n'hésite pas, ce n'est pas son genre.

— Mon Dieu... c'est presque orgasmique ! lâche-t-elle avant de s'interrompre.

Elle y va peut-être un peu fort. Elle essaie de se rattraper, en modérant son ton :

— Je ne saurais pas lequel choisir entre le mien et le tien. Ils sont tous les deux excellents.

Elle n'a aucune idée de ce que Tommaso peut penser d'elle à ce moment-là : il la trouve probablement triviale et un peu effrontée. Mais, au contraire, il est enchanté et se dit que la dernière fois qu'il a dû vivre un moment pareil avec Nadine, aujourd'hui au régime sept jours sur sept, remonte probablement à leur premier rendez-vous.

Quand ils rejoignent leurs voitures respectives, Tommaso s'arrête chez le brocanteur pour récupérer le tableau mais, au lieu de le garder pour lui, il l'offre à Linda.

— Pour moi ? demande-t-elle surprise, les bras immobiles.

C'est véritablement un cadeau inattendu et elle n'est pas certaine de pouvoir l'accepter.

Tommaso installe alors lui-même la toile dans le coffre de la spider, en la liant fermement avec une corde au crochet de fermeture.

— Je pense qu'il te revient beaucoup plus qu'à moi.

Il la regarde ensuite droit dans les yeux et, en avançant son visage près du sien, ajoute :

— J'ai vu combien tu tenais à l'emporter et je suis convaincu que, dans le fond, tu aurais voulu l'avoir pour toi.

— Mais non, je voulais le prendre pour la villa, je te l'ai dit..., ment Linda qui ne sait pas très bien comment gérer cette sensation d'électricité que fait maintenant naître Tommaso en elle.

Elle-même ne sait pas ce qui lui arrive.

— Garde-le, insiste-t-il en prenant délicatement le menton de Linda dans sa main. Si je devais penser à un portrait de toi, c'est comme ça que je l'imaginerai. Tous les défauts du monde en une *parfaite* harmonie.

Linda sent tout à coup ses genoux fléchir. Elle émet une petite résistance puis redresse son visage de quelques centimètres vers celui de Tommaso, avant de s'arrêter. Ils regardent leurs lèvres, se respirent à une distance extrêmement proche. Leurs sens sont en alerte, la température monte, les battements de leurs cœurs adoptent un rythme plus soutenu.

Quelque chose est sur le point de se produire.

Ou du moins *aurait pu* se produire si le portable de Linda ne s'était pas mis à sonner.

— Merde !

Linda souffle, serre ses lèvres charnues et grommelle avec une grimace infantile qui rend Tommaso complètement fou.

— C'est Bosi, putain !

— Réponds, lui dit-il.

— Non, pas maintenant.

Linda l'attrape par le col et lui dépose un rapide baiser sur la bouche, sans vraiment penser aux conséquences irréversibles de son geste.

— Merci pour le tableau, dit-elle en ouvrant la portière et en montant dans la voiture.

Tommaso lève les yeux au ciel. Il ne sait pas quoi dire : l'exubérance de cette femme l'a conquis, définitivement.

— Merci à toi. Roule doucement.

— Bien sûr, dit Linda avec un clin d'œil avant de démarrer en trombe.

Une fois à la maison, seule, Linda accroche son nouveau tableau dans la chambre, face à son lit.

En sous-vêtements dans les draps de soie blancs, elle le contemple, étudiant une à une les sept muses qui ont revêtu l'apparence des sept péchés capitaux. Elle les trouve d'une beauté envoûtante.

Son portable sonne alors, de nouveau, sur sa table de chevet, en émettant deux notes de carillon.

— Fais chier, Bosi ! Je le sais que je dois t'appeler..., marmonne-t-elle en allongeant son bras.

Mais, surprise, le message n'est pas de Bosi. C'est Alessandro.

> Et donc ? Tu comptes disparaître pour toujours ou on peut se voir un de ces quatre ?

Oui, pense Linda, bientôt. Elle a autant envie de le voir que de ne plus le voir du tout. Elle ne comprend vraiment plus rien à ce qu'elle ressent.

C'est peut-être le vin, ou bien l'effet que lui fait Tommaso, mais, à cet instant, elle n'a qu'une envie : rester là et ne penser à rien.

10.
Colère

Elle a toujours aimé conduire, même plusieurs heures de suite. Appuyer sur l'accélérateur, agripper le levier de vitesse, observer le monde qui défile à travers les vitres, tout cela lui confère un sentiment de liberté que rien d'autre ne parvient à lui procurer.

Ce matin-là, elle roule vers la mer, et à son côté se trouve Alessandro. C'est lui qui lui a téléphoné après le fameux incident de parcours. Linda a accepté volontiers son offre, balayant d'un rire franc – comme ils le font toujours entre eux – la légère sensation de gêne qu'ils avaient éprouvée ce jour-là. Après tout, ce sont deux bons amis qui ne veulent que le bonheur l'un de l'autre. Il ne lui a pas suggéré Jesolo ou Lignano où tout le monde va. Non, il veut qu'ils aillent ensemble à Trieste, car il adore les rochers, les petites criques sauvages de galets, les rudes pierres du Carso. Une idée qui lui est venue comme ça, à l'improviste, et qu'il a proposée dans la foulée sans trop réfléchir et sans s'encombrer de préambules. Linda, de son côté, aurait dû passer contrôler certaines choses à la villa, mais elle n'a pas résisté : après deux semaines de travail acharné elle s'est convaincue qu'il n'y avait pas de mal à se concéder un petit plaisir en s'échappant une journée à la mer.

— On s'en fout, après tout, personne ne va mourir si pendant vingt-quatre heures je fais ce que j'ai envie de faire, avait-elle répondu à Alessandro au téléphone, ses pensées déjà au milieu des vagues salées.

Et les voilà maintenant tous les deux roulant vers le sud, sans aucun souci en tête.

Alessandro est affalé sur son siège en T-shirt et bermuda, un chapeau de paille vissé sur le crâne et les pieds posés au-dessus de la boîte à gants. Il trafique son Reflex, son inséparable compagnon : il pourrait renoncer sans problème à une femme, mais jamais à son appareil photo, pense Linda tandis qu'elle l'observe du coin de l'œil, sans qu'il s'en aperçoive. Alessandro fait défiler sur l'écran les photos prises ces derniers jours en Vénétie. Le fait d'avoir vécu si longtemps à l'étranger lui a permis de porter un regard neuf sur sa terre natale. Il a fait des photos fantastiques, et a eu une chance incroyable de bénéficier d'une telle lumière : les dieux de la météo étaient vraiment de son côté. Il se caresse la barbe avec un geste de satisfaction qui a quelque chose de racoleur.

Linda continue de l'épier discrètement : elle est curieuse et voudrait garer la voiture pour regarder les clichés avec lui. Les photos d'Alessando l'ont toujours énormément fascinée.

Elle tourne légèrement la tête vers lui, les mains fermement posées sur le volant.

— C'est le Ponte Vecchio[1], ça ?

— Oui, acquiesce Alessandro.

Il zoome sur l'image et la montre à Linda.

— Canon depuis ce point de vue.

— Eh oui, j'ai mis plus que les pieds dans l'eau pour pouvoir la prendre !

Puis, en faisant un geste vers le pare-brise, il ajoute :

— Attention à la route, *please*.

— Détends-toi ! répond Linda en se reconcentrant sur sa conduite. Comment ça se fait que tu sois allé à Bassano ?

— J'y suis allé avec Val', *ce matin-là...*

— Ah.

Linda rougit en repensant à la honte de ce fameux samedi, et espère que cela passe inaperçu.

— Elle devait interviewer un cycliste, un type dont je ne me rappelle pas le nom..., poursuit Alessandro. J'en ai donc profité pour faire quelques photos.

— Tu t'es amusé avec Val' ?

— Beaucoup, dit-il tandis qu'un petit sourire se dessine sur ses lèvres.

Linda le regarde de biais avec, sur le visage, une expression indéfinissable, et elle-même ne sait pas

1. Pont qui se situe dans la ville de Bassano del Grappa, en province de Vicence.

si cette stupide sensation qu'elle éprouve relève plus de l'étonnement, de l'embarras ou de la jalousie.

— Mais elle te plaît ?

Alessandro hésite.

— Je n'en sais rien..., dit-il enfin avec une légèreté déroutante. Je ne sais même pas s'il y aura une deuxième fois.

Linda observe la route. Elle se répète de nouveau qu'elle devrait être contente si Alessandro fréquentait Valentina ; malheureusement à cet instant elle ne parvient à manifester aucun signe de réjouissance. Parmi les pensées qui se bousculent dans sa tête, on trouve de tout sauf de la joie.

Rien n'échappe à Alessandro. Il étudie son profil avec un regard aussi perçant que des rayons X, sans craindre d'être surpris en train de la lorgner. Il trafique l'objectif de son Reflex et la prend en photo. Il vérifie immédiatement le résultat, juste assez pour avoir confirmation de ce qu'il cherchait : les traits de Linda crèvent l'écran, aujourd'hui comme dix ans auparavant.

Entre-temps, le golfe de Trieste se matérialise devant eux : c'est un paysage de carte postale qui, vu depuis le littoral, met véritablement du baume au cœur. Et ce, en dépit du ciel gris plomb.

Des flash-back ravivent la mémoire de Linda. Du temps où ils étaient adolescents, ils avaient tenté une fugue rocambolesque vers le grand Est. C'était l'été 99. Alessandro avait eu une altercation assez violente avec son père et était sorti en trombe de la maison avec l'idée de ne plus jamais revenir. Mais, avant de partir, il était passé chez Linda. C'était alors la seule personne qu'il aurait regretté de ne pas saluer. Quant à elle, elle n'avait pas eu le courage de le laisser seul dans un moment pareil, elle avait donc dérobé quelques billets dans le portefeuille de sa mère, jeté des vêtements dans un sac à dos et ils avaient filé vers la gare, pour ensuite monter clandestinement dans le premier train pour Trieste.

Linda se tourne vers Alessandro.

— Tu te souviens de cette fois... ?

Lui qui, en voyant le golfe, a pensé exactement à la même chose fait signe que oui.

— On était dingues, dit-il.

Alessandro secoue la tête et se met à rire.

— Un peu plus et on finissait en prison, commente Linda en riant à son tour. Toi et ta merveilleuse idée de te balader avec de l'herbe dans ton sac à dos.

— Comment je pouvais deviner que mon père avait alerté tout le monde et que la police nous cherchait ?

Linda lève les yeux au ciel.

— N'empêche, c'était génial. Quelle expérience...

— Oui ! On a vraiment été cons ! ajoute Alessandro tout sourires, mais avec un certain orgueil. Bon, même si on ne peut pas dire qu'on ait beaucoup changé...

En effet, personne n'aurait eu l'idée d'aller à la mer par un temps aussi gris.

Ils se garent sur la côte, juste avant la galerie naturelle qui traverse la montagne. Dès qu'ils sortent de la voiture, sans surprise, il se met à pleuvioter. Mais peu leur importe : ils échangent un regard complice et, pieds nus, dévalent le raide sentier pavé qui mène à la plage de sable de Canovella.

La pluie tombe dru, désormais. Chaude, elle s'abat sur eux et sur les arbres alentour avec un bruissement qui se mêle au souffle du vent. La brise du sud-ouest arrive par à-coups, elle projette sur leurs visages et dans leurs narines de l'eau de mer, du sel et des grains de sable.

Alessandro et Linda continuent de marcher, décidés, tels deux guerriers, tandis qu'autour d'eux les baigneurs remontent rapidement le chemin pour se mettre à l'abri. Ils entrent en collision avec une vieille dame, tout emmitouflée dans son paréo. Elle les regarde comme si elle avait croisé des Martiens et les apostrophe avec des phrases incompréhensibles en dialecte triestin, tout en se tapotant la tempe avec son index pour ajouter de l'emphase. Ils se prennent alors par la main et courent en riant au milieu des palmiers et des oliviers ; c'est un défi pur et simple à la menace qui gronde dans le ciel. Et, en effet, c'est le déluge.

Encore quelques pas et ils parviennent enfin sur la petite plage de galets, à présent déserte. Une furieuse envie de fanfaronner les traverse, l'adrénaline coule dans leur sang. Ils savent tous les deux qu'une fois arrivés jusqu'ici, ils n'ont pas d'autre choix que d'aller de l'avant. Après avoir défié le ciel, ils ne peuvent que défier la mer, bien qu'elle soit démontée à en faire peur.

Ils se regardent, les yeux dans les yeux, immobiles sur la grève, puis soudain éclatent de rire : ils sont redevenus les deux adolescents d'autrefois, proches, avec l'air frais qui les fouette au visage. Il ne leur faut qu'un instant. Ils ôtent impétueusement leurs habits, les laissent tomber sur le sable mouillé et, entièrement nus, ils courent plonger dans le bleu sombre et opaque de la mer.

Alessandro contemple le golfe de Trieste au loin, et le souvenir de la fugue se rapproche encore un peu plus : il voulait embarquer sur l'un de ces grands bateaux qui avaient toujours éveillé son imagination. Il se sentait l'âme d'un héros à la conquête d'un monde nouveau. Il n'avait pas réussi cette fois-là, mais il avait été contaminé par un virus incurable qui, depuis, le pousserait à partir, et à ne trouver la paix nulle part. Quelques années plus tard, il avait pris un bateau, et était parvenu à quitter la maison familiale. Depuis, il mène une vie de bohème. Mais il ne regrette rien et a appris à ne pas regarder derrière lui. Seulement, parfois, il lui arrive de penser qu'il existe une seule chose qu'il aurait aimé pouvoir toujours emmener avec lui : Linda.

Il la prend par la main, ils nagent ensemble, côte à côte. Ils se poursuivent, bravent les vagues, se laissent porter par le courant, jusqu'à manquer de souffle. Il n'y a personne d'autre qu'eux. Et, maintenant, comme lorsqu'ils étaient jeunes, ils se laissent dériver à la surface de l'eau en faisant la planche.

Sur le chemin du retour, Linda et Alessandro décident de rejoindre les autres à Trévise pour le classique apéro du vendredi.

Ils ont les cheveux en bataille, collés par le sel, et leurs vêtements sont encore humides, sans parler des tongs à leurs pieds. Mais ils n'en font pas grand cas, au contraire, ils marchent tellement sûrs d'eux qu'on dirait qu'ils en sont fiers.

Ils sont presque arrivés Piazza dei Signori lorsque Linda aperçoit Nadine qui sort d'un magasin avec, à la main, un sac Armani. Elle vient certainement de s'acheter sa tenue pour la soirée d'inauguration de la villa. Ce sera sans doute une de ces robes de déesse grecque, à la coupe classique. Ou peut-être que leur styliste – Tommaso avait évoqué l'existence de cette mystérieuse femme – lui a choisi quelque chose d'un peu plus excentrique...

— Oh, bon sang ! lance Linda grimaçant et baissant la tête. Voilà Nadine.

Elle voudrait faire semblant de ne pas l'avoir remarquée, mais il est trop tard. Nadine l'a déjà interceptée, et la salue d'un geste de la main.

— Qui ? ! demande Alessandro.

— La compagne du type dont j'aménage la villa, marmonne Linda. Salut, Nadine, quel plaisir de te voir, enchaîne-t-elle en affichant son plus beau sourire de circonstance.

— Salut, Linda.

Nadine, quant à elle, la toise de haut en bas puis déplace son regard sur celui qui accompagne Linda.

— Voici Alessandro, un très bon ami, annonce Linda avec un empressement excessif.

— Enchanté, dit Alessandro à son tour.

Il esquisse une sorte de signe de la main et observe Nadine avec intérêt. Elle, de son côté, le fixe avec un regard aguicheur. Linda se sent comme éclipsée par sa présence, Nadine est une des rares personnes qui parvienne à la rendre mal à l'aise.

— Nous revenons tout juste d'une virée à la mer, confesse-t-elle, comme pour justifier leur apparence négligée.

Nadine s'approche d'elle et remet en place une de ses mèches, en la dévisageant d'un air étrangement sensuel.

— J'aime beaucoup tes cheveux, dit-elle. Ils sont vraiment beaux, même décoiffés.

— Merci, répond Linda, stupéfaite.

C'était bien la dernière chose qu'elle s'attendait à entendre de sa part. Elle a soudain la nette impression d'avoir une coiffure complètement inappropriée, un nez trop encombrant et des pommettes trop hautes. Elle est gênée, mais s'efforce de ne pas le montrer : elle se sent moche, ce qui ne lui est jamais arrivé.

— Tout est bientôt prêt pour l'inauguration de samedi prochain, n'est-ce pas ? lui demande Nadine en se balançant sur ses Ferragamo blanches.

— Bien sûr, affirme Linda. Il ne manque plus grand-chose, quelques petits travaux de finitions, et tout sera bon.

— Très bien, conclut Nadine en enfilant ses lunettes de soleil opaques. Tu peux venir avec Alessandro, si tu veux.

— Merci, dit-il.

— Mais de rien, réplique Nadine, en le dévorant des yeux.

Nadine disparaît rapidement derrière eux, de son pas assuré de femme classieuse. Alessandro se retourne un instant pour la regarder. Superbes fesses, pense-t-il, on dirait un cœur impeccablement dessiné, trop parfait pour être vrai.

Entre-temps, le téléphone de Linda émet une sonnerie aiguë dans le sac en toile qu'elle porte en bandoulière. Elle l'attrape et lit le nom qui s'affiche sur l'écran : c'est Davide, *son* coach sportif. Ce n'est pas le moment et, hochant la tête, elle appuie sur le combiné rouge pour refuser l'appel. Elle n'a aucune envie de le revoir. C'est une histoire classée, qui n'a duré que deux nuits. Deux nuits qui n'ont aucune vocation à se transformer en trois.

— Les amis ?

La voix de Carlo Bitto, le tombeur de femmes, s'élève de la table sous la Loggia.

— Eh ! s'exclame Linda, ouvrant grand les bras depuis le centre de la place.

Elle se retourne vers Alessandro et sourit. Une tournée de spritz, voilà précisément ce qu'il leur faut.

Le jour suivant Linda arrive très tôt à la villa. C'est un beau matin de fin de juillet. D'un pas agile, elle gravit les marches blanches de l'escalier qui mène à l'entrée. Elle a dans les jambes une énergie folle, une certaine tiédeur lui réchauffe le cœur, elle pense à la magnifique journée qui l'attend.

Elle entre dans la villa, avec l'envie de se laisser submerger par toute cette beauté qu'elle est parvenue à créer. Voir ces pièces qu'elle a fait naître, ces espaces qui se sont animés provoque en elle une émotion qui n'a pas de prix. Après deux mois de complications et d'angoisses chroniques, elle a presque le sentiment d'un miracle. L'effort épuisant que représente le suivi de chaque détail, le fait d'être à la fois metteur en scène et acteur – car chaque espace doit aussi être interprété – l'ont confrontée à un stress qu'elle est certes habituée à gérer, mais qui lui a fait passer quelques nuits blanches. Désormais, tout est bien réel, et elle est fière de son travail.

Elle traverse le salon central la tête haute, gonflée par la satisfaction. Ses yeux brillent de bonheur tandis qu'elle effleure à peine le sol. Mais il lui suffit d'atteindre le seuil de la salle à manger pour que cette onde d'enthousiasme s'évanouisse d'un coup.

— Non ! s'exclame-t-elle en se prenant le visage entre les mains.

Un éclair de terreur passe dans ses yeux, comme si elle se trouvait devant une scène de film d'horreur.

— Mais comment est-ce possible ? demande-t-elle en s'arrachant les cheveux.

La cause de sa panique soudaine se tient en rang face à elle : cette série de chaises Rococo tapissées de velours jaune moutarde, alors qu'elle avait bien spécifié au tapissier qu'elle souhaitait un tissu rouge carmin. Une couleur vive, choisie précisément pour s'écarter du traditionnel rouge vénitien des villas classiques.

— Mais comment diable peut-on confondre le jaune et le rouge ?

Elle est sidérée et complètement hors d'elle. Elle parle très fort, comme chaque fois que quelque chose ne va pas comme elle veut.

— J'aurais pu concevoir qu'on se trompe entre un vermillon et un carmin, mais ce jaune moutarde ! s'écrie-t-elle en agitant les mains en l'air. Comment peut-on mettre ce jaune affreux sur ces chaises ? On dirait qu'un oiseau a chié dessus !

Pourtant Egidio Vallin, le tapissier, est indéniablement le meilleur de la région. Elle le connaît depuis des années et il n'a jamais fait le moindre faux pas dans tous les travaux qu'elle lui a commandés. Elle ne parvient pas à s'expliquer une erreur si grossière. Et il avait fallu que ça tombe maintenant, à une semaine de l'inauguration officielle de la villa. Il ne manquait plus que ça !

Elle s'ébroue comme une jument féroce, extrait son téléphone de son sac, tourne furieusement les pages de son répertoire. Ses yeux sortent de leurs orbites, elle sent monter en elle une rage qu'elle ne contrôle pas.

— Oui ? répond une voix calme et sereine.

Intolérablement sereine. En l'entendant, Linda s'agite encore plus.

— Monsieur Vallin, c'est Linda Ottaviani, commence-t-elle et, sans lui laisser le temps de répliquer, en vient directement au fait : Pouvez-vous m'expliquer pourquoi diable les chaises de la villa Belli ont été tapissées de jaune moutarde ?

— C'est la couleur que vous m'avez demandée, répond, placidement, le tapissier, un peu secoué néanmoins par le ton vif de Linda.

— Non, j'avais indiqué à votre assistant que je voulais du *rouge carmin* ! s'empresse-t-elle de corriger, son visage virant précisément de cette couleur.

Ses mots sont prononcés d'une voix rauque, on dirait presque des grognements.

— Ça me paraît bizarre, réplique-t-il. Je ne pense pas que mon assistant invente des couleurs… Vous vous êtes peut-être mal compris.

— Non, peut-être qu'*il* a mal compris, s'échauffe Linda.

Elle est tendue comme une corde de violon et, en effet, elle vibre presque tandis qu'elle parcourt inlassablement le périmètre autour de la table comme un lion en cage. Elle est parcourue d'adrénaline, et rester immobile lui est impossible.

— Mais ce n'est pas un problème, ajoute-t-elle immédiatement, en adoptant un ton de fausse tranquillité, car vous allez me refaire chacune d'entre elles en rouge carmin. La bonne couleur. Et je vous donne trois jours maximum, pas un de plus.

— Mais bien sûr ! s'exclame le tapissier. Je n'ai absolument aucune intention de refaire le travail. Vous savez combien de temps il m'a fallu pour récupérer le tissu, et le monter ? Sans parler des coûts de matériel : l'étoffe, le fil, les clous et toute la colle que j'ai utilisée… il n'en est pas question !

— Je n'en ai rien à foutre de combien vous y perdrez, hurle Linda, si fort qu'elle en a mal aux cordes vocales et aux tympans. Le produit n'a pas été livré conforme avec ce qui avait été établi, par conséquent il n'a pour moi aucune valeur. Vous allez me refaire ça tout de suite, c'est bien clair ?

— Il n'en est pas question. Et sur ça, je suis catégorique, affirme le tapissier en défendant sa position. Si vous vous êtes trompée en vous mettant d'accord avec mon assistant, je ne vois pas pourquoi...

Il n'a pas le temps d'achever sa phrase que Linda contre-attaque :

— C'est vous qui vous êtes trompés ! hurle-t-elle comme une folle, faisant trembler les fenêtres des vitres.

Les veines de son cou se gonflent et son visage se congestionne. Des gouttes de salive se dispersent dans la lumière de la pièce.

— Je vois que nous ne nous sommes pas compris, mademoiselle Ottaviani, dit le tapissier qui commence lui aussi à s'échauffer. Je n'ai fait absolument aucune erreur.

— Pardon ? ! réplique Linda, définitivement hors d'elle. Et vous avez même l'audace de nier que c'est entièrement votre faute ? Vous devriez avoir honte !

Elle raccroche d'un coup sec, à bout de nerfs.

— Qu'il aille se faire foutre ! Il ne sait pas faire son travail et décharge ses responsabilités sur moi ? Quel connard d'incompétent !

Dans un accès de rage, Linda tape du poing sur la table en bois massif.

— Aïeeee, hurle-t-elle immédiatement, sans se contenir.

Une grimace de douleur lui déforme le visage.

— Putain, qu'est-ce que ça fait mal !

Elle contracte ses mâchoires, les yeux fermés et saisit sa main amochée avec l'autre : un filet de sang s'écoule au niveau des articulations de ses doigts. Elle essaie de les bouger, mais cela lui fait encore plus mal. Elle se plie en deux.

À cet instant, Tommaso entre dans la pièce. Il s'est précipité depuis l'étage supérieur, en l'entendant crier au téléphone. Il se maudit de ne pas être arrivé à temps pour l'empêcher de se fracasser la main. Il s'approche d'elle, prudent.

— Que se passe-t-il ?

Linda lève les yeux.

— Il se passe que cet abruti de tapissier s'est trompé de couleur.

Elle agite sa main valide en direction des chaises. Elle tremble, tout entière, respire difficilement et tape des pieds.

Tommaso, au contraire, affiche une attitude exactement contraire. Il maintient son habituel *self-control* et pose sa main sur l'épaule de Linda.

— Calme-toi, Linda, lui dit-il, d'un ton rassurant.

— Non, je ne me calme pas !

Elle est indignée, et se met à pleurer, complètement hystérique.

— Allez, viens, lui dit-il en l'accompagnant jusqu'au petit canapé d'angle.

— Attends-moi ici, je vais prendre de quoi te soigner.

— Mais non, ce n'est pas la peine, proteste-t-elle.

Tout à coup, on ne dirait plus la même personne, son visage a même repris quelques couleurs.

— Si, au contraire. Je t'ai dit de m'attendre ici et, pour une fois, c'est toi qui vas obéir aux ordres de quelqu'un, lui dit Tommaso en lui lançant un regard sévère. N'est-ce pas ?

Puis il se glisse hors de la pièce. Ses pas résonnent dans le couloir.

Linda voudrait hurler et se libérer de tout cet enchevêtrement d'émotions mais, au lieu de cela, ferme les yeux et appuie sa tête contre la paroi. Elle ne peut pas accepter d'avoir perdu cette bataille qui ne lui semblait pas si difficile. Mais ce tapissier va le lui payer cher, de cela elle est plus que certaine.

Une minute plus tard, Tommaso est de retour avec une bouteille de désinfectant, du coton et un rouleau de gaze, qu'il a trouvé dans la trousse de premiers secours de la salle de bains de service. Il s'assied à côté de Linda, et lui prend la main avec une délicatesse qu'elle n'a connue chez aucun autre homme. Son contact la réchauffe et la rassure. Il imbibe le coton de désinfectant et l'appuie avec douceur sur sa blessure.

— Ça te brûle ?

— Un peu, mais c'est supportable.

Peut-être parce que la main de Tommaso est chaude, ou peut-être parce que la sentir sur la sienne lui fait du bien, et lui provoque en même temps une secousse dans le bas-ventre. Elle ne sait pas se l'expliquer, mais il y a dans ce geste quelque chose d'érotique.

Tommaso la regarde de ses profonds yeux gris-bleu. Et Linda fond.

— Je ne comprends pas pourquoi tu t'es mise dans un état pareil, lui dit-il en penchant légèrement la tête.

— Parce que je suis comme ça, répond Linda en haussant les épaules. Je ne parviens pas à garder en moi ce que je ressens, que ce soit positif ou négatif.

Tommaso est à la fois charmé et curieux.

— D'accord, mais ce n'était pas la peine d'aller jusqu'à se blesser, reprend-il en enroulant la gaze autour de sa main.

— C'est que je ne me contrôle pas. C'est comme si une autre Linda prenait le dessus, explique-t-elle avec un ton rebelle.

La façon dont Linda réagit aux stimulations extérieures fait sourire Tommaso. Ça lui rappelle quelqu'un, peut-être même lui quand il était petit. Avant que sa mère ne l'abandonne. Avant qu'il ne décide qu'il aurait le contrôle total de chacun de ses sentiments.

Il bloque la gaze en faisant un nœud.

— Ça serre ?

— Non.

Tommaso la fixe droit dans les yeux.

— C'est peut-être mieux si je me charge de l'appeler, ce tapissier.

— Tu penses que tu vas réussir à le faire changer d'idée ? demande-t-elle en grinçant des dents.

Rien qu'en entendant de nouveau parler de lui, un frémissement de rage remonte en elle.

— Laisse-moi essayer, la tranquillise Tommaso, avec cette inclination de voix si particulière qui semble tout apaiser.

— Si vraiment tu insistes, je t'en prie...

Linda lui tend le téléphone avec le numéro du tapissier déjà affiché sur l'écran. Tommaso le prend, s'éclaircit la voix et effleure le rectangle vert pour lancer l'appel. Puis il s'éloigne de quelques pas.

Linda l'observe en restant assise. Elle ne parvient à capter que des fragments de conversation, largement suffisants pour qu'elle comprenne le sens général de la discussion. Tommaso a cette façon élégante et ouatée de se mouvoir, on dirait une panthère prête à bondir, et il parle de ce ton qui lui est si propre : diplomate et persuasif, cela pourrait presque être lassant. Et pourtant cela fonctionne, si elle en juge par les bribes qu'elle réussit à capter. En l'écoutant, elle constate avec amertume qu'elle n'est vraiment pas faite pour résoudre les conflits. Lui, au contraire, semble avoir fait de la conciliation son mantra, en plus d'être sa très rentable profession. Il est véritablement maître en la matière quand il s'agit de négociation. Et puis il est si stable et ferme. Il renvoie toujours l'image de quelqu'un qui sait parfaitement ce qu'il fait ou dit, et qui ne perd jamais le contrôle de la situation.

Voilà, il a réussi. Il revient vers elle, un petit sourire satisfait sur ses lèvres. Il a convaincu le tapissier de recommencer le travail. Incroyable ! Il est très probable que, la même personne qui, seulement quelques minutes plus tôt, était hostile et tranchée avec elle, s'est montrée disponible et ouverte au dialogue avec lui.

Tommaso raccroche. Il se retourne vers Linda avec un sourire triomphal.

— Tout est réglé, annonce-t-il en lui restituant le téléphone. Nous aurons les nouvelles chaises en temps et en heure.

Accepter quelques compromis plutôt que d'entrer directement en conflit est parfois plus efficace : personne ne le sait mieux que lui.

Une fois que Linda s'est remise au travail, Tommaso est monté au dernier étage de la villa pour se réfugier dans le jardin d'hiver. Cet endroit est devenu son petit coin de paradis : ici le calme règne, souverain, le tapage du monde extérieur n'existe plus, la beauté est présente partout à travers les formes extraordinaires des plantes qui sont autant d'authentiques œuvres de la nature.

Cela doit faire maintenant plus de deux heures qu'il est ici, il en a perdu la perception du temps. Il attrape les ciseaux de jardinage et commence à tailler la Black Baccara, une des plus belles variétés de roses anglaises qui existe : d'un rouge foncé, avec des rainures noires et un touché de velours. Tommaso affiche une expression concentrée, les muscles de ses bras sont tendus sous sa chemise blanche, et ses yeux sont attentifs. Il regarde parfois autour de lui, respire l'énergie qui se dégage de ce lieu, et pense que Linda a vraiment été incroyable en pensant à transformer ce recoin oublié de la villa en jardin d'hiver. Il est également conquis par la façon dont elle l'a fait aménager : le plafond avec ses poutres apparentes, des lanternes en guise de lampes, les poteaux portants en marbre blanc, les plates-bandes entourées de murets en pierres sèches, mais aussi un meuble à outils en noyer massif, une table en fer forgé et un canapé tapissé d'un tissu en brocart bleu. Et puis, au milieu de la pièce, elle a fait installer une petite fontaine taillée dans la roche qui diffuse de la vapeur et une douce lumière dorée, créant ainsi une très agréable atmosphère zen.

Il repose le vase contenant le rosier Black Baccara sur le rebord en marbre de l'une des fenêtres, puis se concentre sur un plant de Médinilla dont il s'aperçoit, en contrôlant le terreau, qu'il a besoin d'être un peu rafraîchi. Avec un vaporisateur, il asperge la plante par de délicats à-coups, recouvrant les fleurs et les feuilles de minuscules gouttelettes.

À cet instant précis, Linda apparaît, derrière lui, sur le pas de la porte. Elle n'avait jamais osé envahir le royaume secret de Tommaso en sa présence. Et l'idée d'être en ce lieu, maintenant qu'il s'y trouve, provoque en elle une légère excitation. Elle le contemple discrètement, depuis l'entrée : il dégage un charme fou avec cet air solide, ses bras musclés et cette chute de reins si parfaite qu'on dirait qu'elle a été sculptée. En le regardant, elle ne peut s'empêcher d'avoir des pensées déplacées – sans pour autant envisager de les réaliser...

Linda toussote pour signaler sa présence.

Tommaso se retourne.

— Ah, c'est toi..., dit-il en l'observant avec intérêt, un mélange entre curiosité et désir.

— Oui, répond Linda en avançant de quelques pas. J'allais partir mais avant je voulais passer te dire au revoir.

Pendant qu'elle travaillait en bas, il lui avait semblé percevoir la présence de Tommaso : une sensation très étrange qui l'avait poussée à finalement monter dans le jardin d'hiver, presque comme s'il l'avait appelée.

— Comment va ta main ? demande Tommaso en faisant un geste du menton.

— Mieux, dit Linda en la portant devant son visage. Beaucoup mieux.

— Et le tapissier ?

— Il vient de partir. Il m'a assuré qu'il ramènerait les chaises dans trois jours, avec les bons revêtements.

Elle a encore du mal à croire à ce qu'elle vient de dire.

— Parfait.

— À propos, je voulais te remercier, dit Linda en baissant le regard.

Lorsqu'elle relève les yeux, ils brillent de reconnaissance.

— Si tu n'avais pas été là...

Tommaso esquisse un sourire. Certaines expressions de Linda le ravissent littéralement. Elles sont spontanées, incontrôlées, et pleines d'une grâce naturelle qu'il n'a connue chez aucune autre femme.

Linda observe la Médinilla toute parsemée de gouttelettes scintillantes. Elle est fascinée par les couleurs et les formes, par ces grandes feuilles ovales sillonnées de nervures blanches, ces fleurs roses pendantes et leurs pistils qui semblent faits de sucre.

— Elle te plaît ? s'enquiert Tommaso.

— Beaucoup, réplique Linda en souriant, ce qui a pour effet de creuser une fossette dans sa joue droite.

— C'est une plante tropicale, originaire de l'île de Java, précise Tommaso.

— C'est un chef-d'œuvre, commente Linda, enchantée.

Le vert de ses yeux est plus brillant que jamais.

— Dans son habitat naturel, elle peut atteindre jusqu'à deux mètres et demi de hauteur, poursuit-il. Mais ce ne sont pas des plantes faciles : elles nécessitent beaucoup de patience et il faut suivre des règles précises d'entretien, si on veut les voir fleurir.

Ce ne sont certes pas la patience et les règles qui manquent chez Tommaso, pense Linda avant de laisser, tout à coup, échapper une question :

— Et toi, comment fais-tu pour toujours garder ton calme ?

— Ce n'est pas difficile. Il suffit de connaître et d'être capable de prévoir ses propres émotions, explique Tommaso comme s'il avait fait de cela une philosophie de vie. Finalement, tout est une question de mental, tu sais, ajoute-t-il en tapotant sa tempe de ses doigts.

— Peut-être…, dit Linda en fronçant les sourcils. Mais moi, vraiment, je n'y arrive pas.

Elle pousse un long soupir, rien que le fait d'en parler la fait s'impatienter.

— Non, mais je veux dire… comment fais-tu pour contrôler une émotion qui naît profondément en toi ? C'est comme une tempête, ou un tremblement de terre : quand ça arrive, ça ne te prévient pas et surtout, tu ne peux pas l'arrêter.

Elle agite les mains en l'air en disant cela. De nouveau, son côté le plus passionnel fait surface.

Tommaso profite des expressions qui émanent d'elle, son manque total de retenue le fait sourire.

— Mais tu peux toujours apprendre à en reconnaître les signaux et à la calmer, ou du moins à te mettre à l'abri, avant qu'il ne soit trop tard.

Voilà le nœud du problème : la suprématie de la raison sur le cœur. Linda est frappée et, même si elle ne partage pas cet avis, la façon qu'a Tommaso de parler la fascine. Elle a l'impression qu'il possède une sorte de supériorité spirituelle, vis-à-vis d'elle, et vis-à-vis de tout le monde, comme si son contrôle de soi extrême faisait de lui un être humain plus évolué, différent des autres.

— Tu peux dominer tes passions, si tu le veux vraiment, continue-t-il en la fixant avec une attention déconcertante. Les émotions en soi et pour soi n'existent pas, ce sont seulement des créations illusoires de notre esprit.

Tandis qu'il parle face à Linda, il est, étrangement, de moins en moins convaincu par ce qu'il dit.

— Tu as toujours été comme ça, toi ? lui demande-t-elle.

Tommaso acquiesce. Le flux qui relie leurs regards est palpable, désormais.

— J'ai appris à me contrôler depuis que je suis tout petit.

Il ment, il sait très bien depuis quand il a commencé à adopter cet état d'esprit.

— Je me suis toujours imposé une discipline de fer, pour pouvoir atteindre les objectifs que je m'étais fixés, mais aussi pour prendre mes distances avec ma mère, pour ne pas devenir comme elle.

Soudain, son expression s'assombrit. Il appuie son dos contre le rebord de la fenêtre centrale.

Linda fait un pas vers lui.

— Pourquoi, comment était ta mère ?

— C'était une femme extraordinaire. Mais elle a souffert toute sa vie à cause des autres, et elle est restée à la merci de sa propre fragilité, explique Tommaso en levant les yeux, comme s'il partait à la recherche d'un souvenir. Elle avait un caractère très instable, elle était trop émotive, et changeait d'humeur si vite que j'en étais toujours déconcerté.

— Un peu comme moi, en fin de compte.

— Oui, mais sans ta force vitale, sourit Tommaso.

Il la sonde avec une étrange urgence. Linda lui plaît, il en prend encore davantage conscience, et il ne peut rien y faire. Elle est différente des autres femmes qu'il a connues : elle est libre, sans règles ni limites. Mais d'une liberté réelle : qui ne s'appuie pas sur une transgression de façade. Elle est certes un peu excessive par moments, et dépasse parfois les bornes, mais cette personnalité si franche et sincère l'ensorcelle complètement.

— C'est ta façon de me dire que je suis une catastrophe ?

Linda s'approche encore un peu plus, elle est maintenant à quelques centimètres à peine de son visage.

Tommaso détache quelques instants ses yeux d'elle, et se tourne vers la porte. Une mystérieuse intensité altère le rythme de son battement cardiaque, qui devient anormalement rapide. Soudain, il saisit Linda par un poignet, l'attire contre lui, puis attrape le second.

— Oui une catastrophe des plus dévastatrices, murmure-t-il.

Un tourbillon de pensées s'affole dans sa tête, trop rapide pour qu'il puisse l'arrêter. Au diable toute sa théorie sur le contrôle des émotions. Confronté à cette femme, ce n'est qu'un château de sable au beau milieu d'un tsunami.

Linda ressent un frisson qui parcourt sa colonne vertébrale jusqu'à sa nuque, et plus haut encore, jusque sous ses cheveux. Elle se colle à lui, sa peau brûle, elle bout intérieurement.

— Linda Ottaviani... tu sais que nous ne devrions pas, n'est-ce pas ?

Tommaso secoue la tête, recule un peu. Il la regarde, incertain : à quel jeu sont-ils en train de jouer ? Et surtout, quel est son rôle dans tout cela ? Il voudrait ramener son cœur à une pulsation normale, mais il n'y parvient pas : une irrépressible tension érotique les relie. Il ne peut pas la nier.

— Tommaso Belli, l'homme aux principes..., dit Linda en riant, excitée, et sans crainte.

Puis, en un instant, les mots deviennent tout à fait superflus. L'atmosphère s'électrise, chargée de désir et d'un besoin primaire. Leurs envies sont les mêmes, tous leurs sens sont en alerte. Il n'y a pas de place pour les doutes.

Linda appuie ses lèvres contre les siennes, enfonce sa langue dans sa bouche, fort.

Tommaso passe par quelques secondes d'étourdissement complet qui lui coupent le souffle et font flancher ses jambes. Puis, l'excitation provoquée par ce baiser convoque d'autres sensations de jouissance plus profondes, encore plus difficiles à contenir.

Ils se plaquent l'un contre l'autre, se frottent avec urgence, tandis que la main de Tommaso descend jusqu'à l'ourlet de la robe de Linda, la soulève et remonte sur la peau nue de ses jambes fermes, avance encore jusqu'à ce que son majeur se mette à vibrer contre la culotte de soie humide.

Linda écarte les cuisses, agite sa langue contre celle de Tommaso, glisse une jambe au milieu des siennes, et la frotte contre le pantalon en lin souple, jusqu'à arriver là où elle le sent dur et frémissant.

Tommaso retire sa chemise, la laisse tomber sur le sol. Il est intoxiqué par l'adrénaline qui monte en lui, les muscles de son torse sont tendus, et ses réflexes nerveux beaucoup plus rapides que ses pensées. Il arrache la robe de Linda avec une ardeur qu'il peine lui-même à reconnaître comme étant sienne, la prend dans ses bras et l'allonge sur le canapé.

Quant à elle, elle desserre la ceinture de son pantalon, en déboutonne la braguette, et le fait glisser un peu plus bas sur ses jambes. Son boxer de marque luxueuse est tellement bien repassé qu'il pourrait s'en servir comme tenue de soirée sans que cela fasse scandale. L'indice ultime qui classe cet homme dans une tout autre catégorie que ceux qu'elle a vus en sous-vêtements jusqu'à présent : c'est le boxer de quelqu'un qui sait vivre au sommet de l'élégance, d'un homme qui connaît *parfaitement* les femmes et sait comment les embrasser, les caresser et bouger ce doigt en avant et en arrière, ni trop fort, ni trop lentement, précisément comme il le fait à cet instant, avec la juste impulsion et la juste intensité. Puis, d'un coup, Tommaso écarte l'élastique de sa culotte, glisse sa main en dessous et, de façon délicate mais autoritaire, pénètre avec dextérité dans la chaleur humide de son sexe.

C'est pour lui un jeu charnel, dangereux, mais impossible à refréner. Il se sent envahi par une onde d'émotion qui balaie toute résistance de sa raison. Il n'est plus lui-même, il retire sa culotte et, avec sa langue, s'aventure sur son clitoris. Les possibles conséquences de ses actes ne lui importent plus : tout ce qui compte, c'est la vibrante et subversive intensité de ce moment, la passion sans limite qui l'envahit. C'est un courant plus fort que sa volonté, qui ravive des pans endormis de sa nature, des impulsions enfouies sous des strates et des strates d'attitudes parfaites par des années de détermination.

Linda libère son sexe et le regarde, sans pudeur : c'est un des plus beaux qu'elle ait jamais eus sous les yeux. Long, lisse, une œuvre d'art. Et surtout, il est dur. Très dur.

Ils halètent, d'un même souffle, se plaquent, se frottent, se fouillent avec toujours plus de fougue. Tommaso la pénètre avec un élan puissant. Elle se laisse envahir et, sous son corps, lui demande avec ses yeux de ne pas s'arrêter. Il adopte un rythme décidé. Ils gémissent, hurlent leurs prénoms, font résonner leurs voix en des sons toujours moins articulés. C'est un crescendo de cœurs qui battent, de souffles qui s'appesantissent, de chairs qui claquent. La lumière dorée et la vapeur dégagées par la fontaine les entourent, le parfum des roses se mêle à celui de leurs corps.

Linda est sur le point de se laisser emporter, de prendre feu : elle respire de plus en plus fort, rejette sa tête en arrière, tend chacun de ses muscles, de la cheville jusqu'à la nuque, jusqu'à se faire mal.

Elle explose enfin sous son corps, en même temps que lui ; plusieurs vagues de jouissance les mènent à un orgasme puissant qui bouleverse les sens mais réchauffe aussi leurs cœurs.

11.
Envie

— C'est parfait, Dana, c'est exactement ce que je voulais ! Tu lis vraiment dans mes pensées... en fait tu es une sorcière, admets-le...

Linda se regarde dans la glace accrochée à la paroi de l'atelier de couture. Elle sourit, satisfaite, avant de faire un tour sur elle-même pour avoir une vision d'ensemble.

Trouver la bonne robe a été un parcours du combattant. Elle a écumé tous ses magasins préférés à Trévise, mais pas moyen de dénicher quelque chose d'un peu particulier, qui s'approche au moins un minimum de l'idée qu'elle avait en tête : une tenue classe mais originale. Elle ne voulait pas porter une robe de cocktail classique pour un événement tel que l'inauguration de la villa Belli. Ainsi, après une épuisante tournée des magasins du centre-ville, Linda a décidé d'acheter le tissu et de faire réaliser sa robe selon un dessin qu'elle a fourni à Dana, la couturière russe capable de créer les choses exactement telles qu'on les lui demande.

C'est précisément chez Tessuti & Tessuti, le paradis de la coupe et de la couture, qu'elle a rencontré par hasard Marcella. Linda se dirigeait vers la caisse, un rouleau de crêpe cady sous le bras, quand elle l'a vue déboucher du rayon mercerie, occupée à pousser un chariot débordant de tissus fantaisie. Mais elle a peiné à la reconnaître tant elle n'avait pas l'apparence très soignée que Linda lui connaît habituellement. On aurait pu croire qu'elle sortait tout droit d'un épisode de *Desperate Housewives*, mais ressemblant beaucoup plus à une ménagère et avec l'air bien plus désespéré que les protagonistes de la série. Linda lui a trouvé une mine presque défaite. Elle avait une expression abattue, un visage très pâle, des cernes, et ses racines indiquaient qu'elle avait besoin de refaire sa couleur. Sans parler de la robe à fleurs qu'elle portait… parfaite pour les grands ménages de printemps.

— Marcella !

Linda est immédiatement allée à sa rencontre avec un élan d'enthousiasme, s'appliquant à dissimuler le trouble qu'elle ressentait en la voyant ainsi.

— Salut, ma chérie…, répond son amie avec le sourire forcé de celle qui aurait souhaité ne pas être vue. Comment vas-tu ?

— Moi, bien. Et toi… ?

— Mmh, assez bien, disons. Mais qu'est-ce que tu fais ici ?

— J'ai pris ce tissu pour m'en faire une robe.

Linda lui met sous le nez le rouleau couleur pourpre.

— Magnifique ! commente Marcella en caressant le rebord du tissu d'un air rêveur.

— Je n'ai rien trouvé qui me plaise en faisant les magasins, donc j'ai pensé à me faire confectionner une robe sur mesure. Et je l'ai dessinée.

— Superbe idée, acquiesce Marcella. C'est pour une occasion particulière ? demande-t-elle ensuite, affichant une curiosité évidente.

— Oui, c'est pour la soirée d'inauguration de la villa que j'ai aménagée. Tu te souviens ? Je crois t'avoir parlé de la villa Belli...

— Mais oui, bien sûr ! Ça doit être un endroit magnifique...

Le visage de Marcella semble avoir repris des couleurs rien qu'en entendant cette nouvelle. Et Linda perçoit une pointe de jalousie dans sa voix.

— On dit que le propriétaire est vraiment bel homme. Et puis, s'il est diplomate, ce n'est pas l'argent qui doit lui manquer...

— Je confirme le tout, commente Linda un peu vague, avant de changer immédiatement de sujet.

Elle a toujours eu du mal avec les potins.

— Et toi, qu'est-ce que tu dois faire avec tout ça ? demande à son tour Linda en jetant un œil au contenu du chariot de son amie.

— Des nappes pour notre maison à la mer, répond Marcella en poussant un soupir presque désespéré. Mes tables ne sont pas standard. Et puis des draps également car les lits aussi n'ont pas les bonnes mesures, ajoute-t-elle en levant cette fois les yeux au ciel. Tu sais comment est Umberto, il aime que les choses soient parfaites...

— À propos, comment va-t-il ? Vous allez partir un peu en vacances, n'est-ce pas ?

— J'espère ! Il faut seulement qu'il décide quelles semaines il fermera son cabinet, dit-elle, visiblement agacée. Même si parler de « vacances » est un peu exagéré..., ajoute-t-elle avec une grimace. Avec les enfants, on ne sera pas exactement au top de la relaxation.

— Ah, je te comprends..., ment Linda, à mille lieues d'imaginer la charge de travail que représentent deux enfants en bas âge. Et tes petits diables, comment vont-ils ?

— Bien ! Tu penses... de vrais pachas. Mais aujourd'hui, Dieu merci, je les ai laissés chez leur grand-mère, explique-t-elle avec soulagement.

Elle marque ensuite une longue pause et regarde Linda droit dans les yeux. Puis, comme si elle était dans un confessionnal, elle finit par craquer et confie :

— Je les aime plus que tout au monde, mes deux petits monstres, mais écoute-moi bien, ma chérie : ne te précipite pas pour avoir des enfants. Je te jure qu'entre les petits et les exigences d'Umberto, à la fin de la journée, je n'en peux plus. Et parfois je voudrais seulement m'enfuir.

À vrai dire, pour l'instant, Linda n'a même pas ne serait-ce que pensé à avoir une famille, et elle a vraiment du mal à imaginer la situation que vit Marcella.

— Excuse-moi mais Umberto ne te file pas un coup de main ? demande-t-elle, un peu scandalisée.

— Mais bien sûr... et comment ! réplique Marcella en agitant nerveusement une main en l'air. Il est tellement concentré sur son travail que j'ai parfois l'impression qu'il m'oublie complètement.

— Ne dis pas ça, je n'y crois pas une seconde.

Marcella hoche la tête avant de lui murmurer à l'oreille :

— Je dirais même plus, ça fait un bout de temps que, au mieux, on le fait une fois tous les deux mois.

— Oh mon Dieu, je ne peux pas y croire.

Linda s'est couvert la bouche de sa main, choquée. Et c'est à ce moment précis qu'une idée lui traverse l'esprit.

— Marce', je me disais... pourquoi tu ne prendrais pas un peu de temps pour toi ? Tu pourrais aller à la salle de gym où j'étais inscrite, lance-t-elle avec un ton volontairement suggestif. Tu pourrais te détendre un peu. Faire du sport, ça aide, tu sais, ajoute-t-elle avec un clin d'œil afin de dissiper tout soupçon.

— Mais comment faire ? répond Marcella, en secouant la tête, perplexe. Avec les petits et tout le reste, je ne vois pas quand je trouverais le temps...

— La salle est ouverte de 8 heures du matin à 10 heures, le soir, objecte Linda qui avait anticipé cette remarque. Tu ne vas pas me dire que tu ne peux pas te ménager une petite heure pour toi, quelque part ?

— Peut-être...

En un éclair, Linda a déjà sorti son téléphone et commencé à parcourir son répertoire.

— Écoute, je te laisse le numéro de Davide. C'est mon coach sportif, explique-t-elle avec un sourire plein de malice. Appelle-le, et il va te préparer un *joli petit programme.*

— Merci ! répond Marcella, reconnaissante, en enregistrant tout de suite les coordonnées. Je crois bien que je vais le contacter.

Puis, avec un sourire plus effronté, elle ajoute :

— Et je te ferai un compte-rendu détaillé, chère amie...

Maintenant que Linda est dans l'atelier de Dana en train d'admirer son rouleau de crêpe de soie transformé en robe de soirée, elle se dit que c'était vraiment une idée de génie de donner le numéro de Davide à Marcella. Elle ne sait pas très bien pourquoi, mais elle a la nette impression que ces deux-là vont se plaire.

— Oh, Dana, tu ne pouvais pas faire mieux ! s'exclame Linda, surexcitée.

En effet, la couturière a accompli un véritable exploit. Réaliser, en seulement deux jours, une robe déstructurée, avec un jupon drapé et une traîne ainsi qu'un corsage brodé de dentelle n'est pas exactement à la portée de tous.

— Tu es ma Vivienne Westwood, la reine de toutes les couturières !

— Ma chère, je n'ai fait que suivre ton dessin, réplique Dana modestement.

L'appellation est un peu exagérée, le dessin en question n'est qu'un rapide croquis que Linda a griffonné sur un bout de journal arraché. Il s'agissait plus d'une intuition que d'une véritable marche à suivre.

— Si je peux me permettre un conseil, j'ajouterais ça, dit-elle en posant sur les épaules de Linda une étole en tulle noire qui rappelle les broderies du corsage.

— Oui, je suis tout à fait convaincue, répond Linda. Mais maintenant je file car je suis très en retard. La fête commence dans près d'une heure.

Elle défait la fermeture éclair et glisse hors de la robe.

— Vas-y, vas-y ! Mais je compte sur toi, je veux des photos de ta tenue et de l'événement. Comme ça je les afficherai ici, dans l'atelier, comme on le fait pour les divas ! Et reviens vite me voir.

— Ça, je n'y manquerai pas... et je te ferai, comme toujours, une super pub !

Linda l'embrasse affectueusement sur la joue et se dépêche de partir.

Alessandro gare sa Mini en donnant un coup de frein sec, soulevant une nuée de poudre blanche devant la Maison bleue. Il se met ensuite à klaxonner comme un fou, puis descend de la voiture, et siffle deux ou trois fois pour se faire entendre un peu plus. Il est finalement arrivé, avec *seulement* cinquante minutes de retard. Linda se dépêche de sortir, ferme la porte derrière elle, dévale les deux marches du perron en manquant de trébucher avec ses talons de douze centimètres. Elle rejoint Alessandro, l'air furieux.

— Tu trouves que c'est une heure pour arriver ? On est super en retard ! hurle-t-elle.

— Du calme ! Ils vont attendre...

Il ressent comme un nœud dans la gorge en la voyant dans cette robe rouge : elle est à couper le souffle.

— J'ai voulu laver la voiture pour l'occasion, mais le temps a filé... Bon sang, t'es vraiment une bombe habillée comme ça ! ajoute-t-il en la dévorant des yeux.

— Merci, répond Linda en riant de sa familiarité.

Entre-temps Alessandro l'a déjà prise en photo avec son iPhone. Linda regarde la Mini étincelante, puis s'approche de lui pour l'observer de près.

— Et toi, montre-moi, un peu.

Alessandro bombe le torse et sourit en fanfaronnant.

— Je te plais ?

C'est la première fois que Linda le voit en costume. Elle le trouve magnifique, on dirait un mannequin.

— Ça peut aller, dit-elle avec nonchalance.

Elle affiche une expression indifférente, alors que, en réalité, elle l'examine centimètre par centimètre, avec délice.

— Comment ça, *ça peut aller* ? réplique Alessandro, piqué.

— Idiot, lui lance Linda en lui donnant un petit coup affectueux sur la poitrine. Ça te va hyper bien. Tu es beau comme un dieu !

— Ah, voilà ! Je me disais aussi…, dit Alessandro en retrouvant son air effronté.

— Où est-ce que tu as déniché ce costume ? Ce n'est pas ton genre.

— Je l'ai loué, répond Alessandro en sortant une petite cravate de la poche de sa veste. Je suis un homme plein de ressources ! Tu me fais le nœud ?

— Viens par là.

Linda lui passe la cravate autour du cou et la noue à la bonne hauteur, elle ajuste également le col de sa chemise de soie rouge.

— On dirait presque qu'on s'est mis d'accord sur les couleurs.

— Non, ma chère, c'est juste que je suis capable de lire dans tes pensées. Tu as déjà oublié ?

Alessandro touche le front de Linda avec deux doigts positionnés en fourche.

— Bien sûr, et à distance en plus !

Linda s'amuse à se moquer de lui mais elle sait très bien qu'ils sont reliés par une sorte de connexion invisible.

— Viens, allons-y, il est vraiment tard.

— *Madame*[1], dit Alessandro en lui ouvrant la portière et en l'aidant avec la traîne de sa robe.

1. En français dans le texte.

Il prend place à son tour, met le contact et démarre en trombe, la vitre du toit ouverte et les fenêtres baissées.

Lorsqu'ils arrivent à la villa, il est déjà 22 h 30. L'invitation indiquait que les festivités débuteraient à 22 heures. Les collines aux alentours se perdent dans la chaude obscurité de l'été ; les étoiles, dans le ciel, dessinent des constellations.

Alessandro gare la Mini juste derrière le portail. Ils parcourent à pied l'allée qui mène à l'entrée, bordée de lumignons, tandis qu'au-dessus de leurs têtes oscillent des lanternes de papier qui projettent sur le sol des auréoles de lumière rouge. Il y a déjà beaucoup de monde, des femmes très élégantes en un carnaval de mousselines, de soies, de taffetas, de satins ; des hommes, presque tous en smokings ou en costumes trois-pièces.

Ils aperçoivent Bosi, vêtu d'un complet blanc, qui se plaint auprès d'Ivanka, moulée dans une robe tube lamée et au ras des fesses. Il a trébuché contre l'un des lumignons remplis de cire bouillante et se l'est à moitié renversé dessus. Ivanka s'est baissée pour contrôler les dégâts sur sa jambe. Elle essaie de soulever doucement le tissu blanc en le détachant de la peau brûlée.

— Mon chéri, quel désastre..., miaule-t-elle.

Il ne manque plus qu'elle se mette à lui lécher le mollet. La situation est embarrassante.

— Allez, Ivy, laisse tomber. Je vais arranger ça dans la salle de bains, lui dit-il en la repoussant.

— Mais, bon sang, qu'est-ce qui t'est arrivé ? lui demande Linda en passant à côté de lui.

— Rien, rien, répond Bosi en essayant de se donner une contenance. Ivy, relève-toi, allez.

Il attrape Ivanka par l'épaule.

— Monsieur Bosi, dit Alessandro en le saluant d'un signe de tête avant de dépasser le couple.

Puis il s'adresse à Linda, à mi-voix :

— Quel personnage, ton chef... Et c'est de lui que tu reçois tes ordres ? ajoute-t-il avec un ricanement un peu méchant.

— Al', moi je ne reçois d'ordres de personne. Tu devrais le savoir... Il me fait juste de la peine quand je l'entends brailler à l'agence, le pauvre !

— Et je parie que, quand il s'agit de monter dans les aigus, tu l'emportes largement.

— En effet. En tant que soprano j'aurais cassé la baraque, mais j'ai choisi la voix du design, mon cher. Les scènes devront se passer de moi ! conclut-elle en poussant une sorte de vocalise étouffée.

— Idiote !

Sur les marches menant à l'entrée, d'autres lumignons, plus petits, ont été disposés deux par deux. Du salon de la villa s'élève une musique presque tribale, avec des basses très fortes, comme si un tambour obstiné faisait vibrer l'air chaud. Postés à l'entrée, deux vigiles habillés de noir, avec des oreillettes, contrôlent l'arrivée des invités sur des iPads. Nadine a fait les choses en grand.

Quand Linda s'annonce, ils la saluent avec déférence, ne pointent même pas son nom sur la liste, comme s'ils la connaissaient déjà. Ils ont dû être avertis, même si, dans ce cas, ce n'est certainement pas l'œuvre de la maîtresse de maison.

Linda adresse un sourire complice à Alessandro et le prend par la main tandis qu'il la seconde dans le spectacle de leur théâtrale entrée.

Une fois à l'intérieur, ils se mêlent à la foule qui circule et se croise entre les différentes pièces.

Une nuée de serveurs vêtus de saris argentés navigue parmi les invités, présentant des plateaux chargés de coupes de champagne, de tartines au crabe, au homard, aux crevettes, aux cèpes, au caviar rouge et noir, à la poutargue de mulet et aux truffes blanches. Tous les clichés du luxe, servis avec classe et élégance.

Alessandro et Linda prennent chacun une coupe et une tartine avant de s'asseoir sur un petit canapé pour observer la faune humaine qui peuple la pièce. Ils reconnaissent trois hommes politiques assez connus, venus avec leurs compagnes respectives ou leurs maîtresses attitrées, ainsi qu'une actrice française, vraisemblablement amie de Nadine, qui converse avec un célèbre entrepreneur du bâtiment et un écrivain de polars.

Deux filles se toisent méchamment d'un bout à l'autre de la pièce car le hasard a voulu qu'elles portent la même robe bleu électrique.

Linda cherche Tommaso des yeux. Elle est tendue. Elle ne l'a pas revu depuis qu'ils ont fait l'amour dans le jardin d'hiver, et elle ne sait pas à quoi s'attendre ; en vérité, elle ne saurait même pas quoi lui dire. Il ne s'agit pas d'embarras, elle n'est pratiquement jamais mal à l'aise, mais disons que se retrouver au même endroit que la compagne de l'homme avec qui elle a couché n'est pas la situation la plus sereine qu'elle ait jamais vécue. Jusqu'à présent elle avait réussi à ne pas laisser son esprit revenir sur l'événement, tout occupée qu'elle était par les préparatifs de la soirée et par la fin des travaux, mais ici, dans *leur* villa, il est difficile de ne pas être un minimum troublée, même pour un esprit libre comme le sien.

Tommaso, en personne, l'interrompt dans ses pensées, débouchant par une porte derrière eux.

— Bienvenue, dit-il en guise d'accueil, avec le ton de l'hôte parfait. Puis il salue Linda en lui faisant la bise. C'est alors qu'Alessandro distingue un léger rougissement sur les joues de son amie, qui ne dure que l'espace d'un instant, mais personne ne la connaît aussi bien que lui. Il ne dit rien et garde ce petit signe dans un coin de sa tête. De toute évidence, elle ne lui a pas tout dit.

— Voici Alessandro, un ami, dit Linda tout en scannant Tommaso de la tête aux pieds : très sexy dans son smoking noir à boutons dorés, il a tout le charme d'un homme en uniforme.

— Tommaso Belli, se présente-t-il en serrant la main d'Alessandro et en arborant son sourire le plus lumineux.

Alessandro lui rend son salut et lui adresse un signe de la tête.

— J'ai l'impression que tout se passe très bien, non ? demande Tommaso à Linda, cherchant son approbation.

— Tout est parfait, confirme Linda.

Elle hoche la tête, mais ne peut s'empêcher de relever un certain détachement.

Sentant qu'on le tire légèrement par le bras, Tommaso fait volte-face.

— Monsieur le député, quel plaisir de vous avoir ici.

Il se tourne de nouveau vers Linda et Alessandro pour s'excuser, avant de disparaître avec le type, une grosse pointure, de toute évidence. Ils traversent la pièce et rejoignent Nadine, très belle dans sa robe sirène aux tons *nude*, qui sublime ses formes impeccables.

Linda les observe de loin et tente de définir le sentiment qu'elle éprouve : de l'envie ? de la jalousie ? Non pas qu'il lui manque quoi que ce soit en ce moment, mais en voyant Nadine et Tommaso ensemble, si élégamment *parfaits*, au centre de l'attention de tous, elle a comme un nœud au ventre.

Elle détourne le regard de ce spectacle pour le poser, avec une sorte de magnétisme primaire, sur Alessandro, qui reste silencieux mais semble perdu dans un tourbillon de pensées. Linda ne veut pas lui parler de Tommaso maintenant, mais il devine qu'elle lui cache quelque chose.

— Mon oncle aussi devrait être là, lui fait remarquer Linda.

— Giorgio ?

— Oui, mais je ne le vois pas.

Alessandro tend le cou pour mieux regarder.

— Il n'est pas là-bas ?

Linda l'aperçoit et ouvre la bouche, surprise.

— Il est venu avec Fausto !

Elle le reconnaît grâce à la crinière de boucles emmêlées qui tombent sur ses épaules.

— Le pianiste, remarque Alessandro.

— Tu le connais ?

— Et comment ! Il est célèbre ! répond-il comme s'il était un grand fan. Mais c'est un ami de Giorgio ?

— Oui. En fait, c'est un peu plus qu'un ami, dit Linda presque dans un murmure. Mais si tu balances quelque chose, je te jure que je te tue, le menace-t-elle en dissimulant un sourire.

— Tu penses bien ! J'ai l'air d'un type qui colporte des ragots ?

— Non, toi non, bien sûr... c'est juste que tu sais combien je tiens à mon oncle.

Elle agite la main pour saluer Giorgio et Fausto et leur fait signe de les rejoindre. C'est alors que Tommaso, depuis le centre de la pièce, lui lance un regard. Et, d'un coup, ses émotions refoulées et jamais admises s'écroulent comme un château de cartes. Linda ne peut s'empêcher de lui jeter à son tour une œillade, avec toute l'intensité dont elle est capable.

Leurs regards se croisent, pénétrants, une onde de chaleur se propage dans le cœur de Linda tandis qu'une vive tension électrise le corps de Tommaso.

Alessandro, qui a tout vu, lui donne un petit coup de coude.

— Il te plaît, lui, n'est-ce pas ? s'enquiert-il de but en blanc.

Linda écarquille les yeux.

— Qui ça, lui ?

— Mais comment ça, qui ? Tommaso ! Allez, même un aveugle s'en rendrait compte.

Les joues de Linda sont brûlantes. Quand ils étaient au lycée, ils se confiaient sur leurs béguins respectifs, mais pourquoi est-ce si difficile maintenant ?

— Allez, tu peux me le dire à moi ! insiste Alessandro en lui pinçant les hanches.

— Bon d'accord, confesse Linda. Oui, il me plaît assez.

— Et si on en juge à la façon dont il te fixe, tu lui plais aussi, observe-t-il, tout à coup beaucoup plus attentif.

Il regarde Tommaso, puis revient à Linda. Une idée lui traverse l'esprit, à l'improviste.

— Dis-moi, toi et lui vous n'avez pas... ? murmure-t-il, en souriant, avec le ton de celui qui a pris un enfant la main dans le sac.

Linda rentre la tête dans ses épaules, puis détourne le regard, en cherchant désespérément quelque chose qui puisse la sauver. Et voilà justement une bouée qui arrive. Juste à temps pour la sauver de l'embarras.

— Tonton ! s'écrie-t-elle en se jetant dans les bras de Giorgio, qui entre-temps les a rejoints.

Elle n'a jamais été aussi contente de le voir. En costume trois-pièces sombre et nœud papillon, c'est une vision étrange et en même temps impeccable. À l'image de toutes ses créations.

— Alessandro ? demande Giorgio en se tournant vers le garçon à côté de sa nièce.

— En chair et en os, réplique l'intéressé en lui serrant la main et en lui tapotant l'épaule. Ça fait un bout de temps...

— Je suis vraiment content de te voir. Linda me tient toujours au courant de tes voyages, dit Giorgio qui rayonne d'une joie sincère. Ah, et voici Fausto.

Il le présente comme s'il s'agissait d'un ami de longue date. Pendant quelques minutes ils continuent à parler, rire et boire, puis Fausto lance :

— Et si on allait danser, nous aussi ?

— Oh oui ! s'exclame Linda, enthousiaste.

Elle abandonne son étole sur le canapé, tandis que les hommes se défont de leurs vestes.

Ils rejoignent le centre de la pièce, où un petit groupe déchaîné s'est déjà rassemblé autour d'une Ivanka provocante. La célèbre DJ autrichienne Dominique Jardin – hautement désirée par Nadine et grassement payée par Tommaso – gesticule depuis son estrade pour rameuter plus de personnes sur la piste.

C'est sur un remix de *Mundian To Bach Ke* de Panjabi MC que Nadine fait irruption parmi la foule et commence à se déhancher juste devant Alessandro. Giorgio et Fausto ont, quant à eux, rejoint le groupe rassemblé autour d'Ivanka. Linda est contrainte de s'écarter, malgré elle, si elle ne veut pas courir le risque d'être piétinée par les talons vertigineux de la panthère du Liban, qui est maintenant en train de se déchaîner comme le ferait une championne de danse du ventre. Linda sent une onde de gêne profonde naître dans son ventre. Elle est toute rouge et vibre d'indignation, même si elle ne s'explique pas pleinement pourquoi. Une sensation d'épuisement l'envahit, un peu à cause de l'alcool qui lui monte à la tête, et un peu du fait de l'inévitable esprit de compétition qui s'est déclenché en elle. Et qui se déclenche chaque fois qu'elle est face à une rivale digne de ce nom. Elle voudrait arracher la robe de Nadine et tirer Alessandro par un bras mais, au lieu de cela, elle s'effondre sur un petit fauteuil et reste là à regarder. Il n'y a rien à faire, avec Nadine elle a perdu d'avance.

Alessandro, en attendant, participe, amusé, au ballet de la grande dame. Il ne peut qu'accompagner ses mouvements, en tentant de suivre ses pas rythmés. Il ne s'aperçoit pas du tout de l'irritation de Linda : ce qui se passe avec la maîtresse de maison ne lui déplaît absolument pas. Nadine a un regard magnétique, ses yeux noisette sont soulignés de khôl et maquillés de fard à paupières noir. Et puis elle a ces cheveux lisses et brillants sur lesquels il ne peut s'empêcher de fantasmer : il voudrait les sentir sur son corps, les caresser, plonger son nez dedans pour jouir pleinement de ce parfum envoûtant.

— Tu danses bien, mais j'imagine que tout le monde doit te le dire, lui murmure Alessandro.

— Merci. Je sais, répond Nadine en lui effleurant la joue avec son index. Mais venant de toi, le compliment a une autre saveur.

Elle a une bouche provocante.

Alessandro lui sourit. Il a comme un bourdonnement dans les oreilles.

Il continue à danser sans vraiment être en rythme, simplement pour rester dans son jeu. Il soulève doucement les bras devant lui, en fixant les lumières, puis les replie derrière sa tête. Il fait ensuite glisser ses mains sur sa chemise à moitié ouverte et s'arrête au niveau de son bassin en un mouvement fluide et irrésistible, du moins le pense-t-il.

Ça marche. Avant même que le morceau ne soit achevé, Nadine saisit un de ses poignets et lui glisse quelque chose à l'oreille. Linda, qui n'a rien manqué de la scène, et voudrait ne pas croire ce qu'elle a vu, donnerait cher pour savoir de quoi il s'agit. Nadine entraîne maintenant Alessandro vers la porte qui donne sur l'arrière de la villa. Lui se retourne un instant, peut-être pour chercher Linda, puis se laisse emporter dans l'obscurité. Linda voit leurs silhouettes s'éloigner et disparaître entre les arbres du parc.

— Connasse, ne se retient-elle pas de chuchoter, tous les muscles de son corps tendus par la contrariété.

Mais elle ne devrait pas éprouver un tel sentiment. Cela n'a pas plus de sens aujourd'hui que l'autre jour avec Valentina.

C'est alors qu'elle entend le murmure de Tommaso :

— Tu es magnifique ce soir, dit-il en lui effleurant délicatement le cou. Encore plus que d'habitude, si c'est possible.

Linda se retourne, le souffle coupé. Lui aussi doit avoir été témoin de la scène, il était là, à quelques pas, quand Nadine s'est jetée comme une tigresse sur Alessandro.

— Merci… Mais tu n'as rien d'autre à dire ?

Tommaso sourit, un peu crispé. Il prend deux coupes de champagne sur un plateau et lui en tend une.

— À propos de quoi ?

— Tu les as vus toi aussi, ne fais pas semblant.

Linda garde la coupe dans ses mains, Tommaso y goûte à peine.

— Il y a une entente tacite entre elle et moi, explique-t-il, avec une expression difficile à définir : son ton est léger mais il est terni par la lueur sombre que l'on aperçoit dans ses yeux.

— C'est-à-dire ? demande Linda en secouant la tête, sidérée. J'aimerais comprendre, s'il te plaît.

Elle avale une longue gorgée de champagne. Elle le sent couler dans sa gorge, froid, sec, fort.

— Je ne suis pas quelqu'un de jaloux. Et je ne pourrais pas être avec une femme jalouse, précise-t-il avec un regard assez dur et un peu inquiétant. De toutes les passions humaines, la jalousie est celle qui fait le plus de dégâts. Nadine est une femme, adulte et réfléchie, et elle est libre de faire ce qu'elle veut de son corps.

Et pourtant, en voyant Linda arriver au bras d'Alessandro, quelque chose s'est agité en lui, il est bien forcé de le reconnaître, au moins vis-à-vis de lui-même.

— Je ne peux pas croire que ça ne te gêne pas un minimum de savoir qu'en ce moment elle fait ce qu'il lui plaît avec mon ami, lui lance-t-elle, inquisitrice.

— Tu te trompes, je suis tout à fait serein. L'important c'est qu'elle soit discrète et qu'elle ne me mette pas mal à l'aise. Et sur ça, je n'ai aucun doute, insiste Tommaso avec un ton désormais très froid.

En réalité, ses pensées ne sont pas, à cet instant, tournées vers Nadine, mais vers Linda. Il ne parvient vraiment pas à comprendre ce qui l'attire tant chez elle : la chaleur et l'ironie de son regard ? Ses expressions amusantes et naturelles ? Sa manière d'être, et cette aura presque magique qui l'entoure ?

— Et toi, ça te convient comme ça ? demande Linda, le visage décomposé.

— Il est déjà arrivé que l'on aille voir ailleurs, mais tout est resté enfoui dans l'intimité de notre couple.

Linda prend appui sur la colonne et regarde le sol. Elle ne sait pas comment réagir à cette révélation. Peut-être, et elle s'en rend compte seulement à cet instant, que ce n'était pas si imprévisible chez un homme comme Tommaso. « Je ne suis donc qu'une parmi tant d'autres ? » ne peut-elle s'empêcher de se demander.

Tommaso lui effleure le menton, et soulève son visage du bout de ses doigts.

— Mais je ne veux pas parler de ça maintenant, dit-il avec une voix profonde.

Linda le regarde dans les yeux, et sent un frisson monter en elle. Bon sang, il lui plaît vraiment, elle ne peut pas y remédier.

— Moi non plus je ne veux pas en parler, dit-elle en l'attrapant par la ceinture.

Tout est dans ce contact : dans leur façon d'être l'un face à l'autre, ici et maintenant ; dans leur envie de plus, leur besoin de plus. Il y a entre eux comme une urgence primaire et inévitable. Tommaso la plaque derrière une colonne, enfile une main sous sa robe, entre ses cuisses.

— Je veux faire l'amour avec toi, lui souffle-t-il au creux de l'oreille.

Avant qu'elle ait pu dire quoi que ce soit, il lui a déjà bâillonné la bouche avec un baiser.

Ils sont dans le salon principal, celui des réceptions, qui est alors rempli de monde. La pièce est parcourue d'une rangée de colonnes épaisses. Pas suffisamment larges, cependant, pour les cacher. Mais, au fond, aucun d'eux ne ressent la moindre nécessité de se cacher.

Alessandro est légèrement ivre, mais pas assez pour ne pas enregistrer les détails du lieu où l'a entraîné Nadine. La dépendance privée de Madame présente tout le confort possible. L'endroit est intime, stratégiquement illuminé par des spots encastrés dans le sol, diffusant une lumière bleu ciel. Un intense parfum fleuri aux notes de myrrhe flotte dans l'air et crée une ambiance à la fois chaleureuse et charmante. Une musique arabisante s'échappe d'enceintes dissimulées dans la pièce. Sur une série d'étagères sont soigneusement disposés des flacons de crème, des jarres, des bocaux en verre aux formes raffinées contenant des lotions de soin pour le corps, des spatules et d'autres accessoires de beauté en cèdre. On se croirait dans un petit spa. Si le jardin secret de Tommaso est la botanique, celui de Nadine est, sans aucun doute, la cosmétique, déclinée sous toutes ses formes.

Et voilà qu'en un instant ils sont devant le lit à baldaquin, encerclés par une étendue de soie bleu nuit. Nadine commence à le déshabiller, ouvre un à un les boutons de sa chemise rouge, puis le pousse sur le lit. Elle se penche sur lui et lèche doucement son téton gauche, dessinant des cercles concentriques avec la pointe de sa langue. Alessandro ferme les yeux, en extase face à l'érotisme incroyable de ce moment. Au bout de quelques minutes, il se rend compte que Nadine a cessé son petit jeu et se tient debout, face à lui, en le regardant avec une insistance vorace. Elle laisse lentement tomber son élégante robe Armani sur le sol, envoie valser ses sandales en daim et reste vêtue uniquement d'un ensemble de sous-vêtements couleur ivoire avec empiècements en macramé vert jade. Une chaîne très fine entoure sa taille et un pendentif en émeraude tombe précisément sur son nombril. Son ventre est plat et son physique semble sculpté par de nombreuses heures passées à la salle de sport, autant que par des traitements esthétiques coûteux.

L'excitation d'Alessandro est à son comble à la vue de ce corps si outrageusement parfait, avec cette couleur exotique et ces proportions sculpturales. Il retire sa chemise et commence à se délester de son pantalon. Nadine s'avance pour l'aider ; ses mains sont délicates et sûres. Il se dit que cela fait un bout de temps qu'il n'a pas eu l'occasion de coucher avec une femme comme elle, ou peut-être même ne lui est-ce jamais arrivé. Mais Nadine ne lui laisse pas le temps de réfléchir : elle a déjà baissé son pantalon et son boxer en coton noir. Elle saisit son érection d'une main et, telle une chatte, monte sur lui, enfile dans sa bouche son gland turgescent et se met à le lécher. Cette femme sait parfaitement comment le sucer et le faire jouir. Alessandro hésite un instant à poser une main sur sa tête pour accompagner ses mouvements. Mais il comprend qu'il ne peut pas le faire, ils ne sont pas encore suffisamment intimes. Nadine absorbe entièrement son sexe dans sa bouche, le suçant depuis la base avec de longs mouvements lents, tandis qu'avec sa main droite elle caresse ses abdominaux qu'il continue de contracter.

— J'aime les hommes comme toi, murmure-t-elle.

Avec sa langue, elle remonte de son membre en érection jusqu'à son torse poilu. Alessandro ne s'épile pas comme Tommaso : la sensation, pour elle, est complètement différente. Puis, elle revient vers le bas, effleurant plusieurs fois son sexe avec ses seins, et se remet à le sucer, enchevêtrant sa langue autour de son gland.

Alessandro a les yeux à moitié fermés et, sur son visage, se dessine une expression de jouissance qui dépasse tout ce que l'on peut imaginer. Lorsqu'il la voit avancer sa main vers son entrejambe, il comprend que le moment est venu pour lui de prendre part activement à ce jeu : on dirait qu'elle a une très forte envie de jouir, elle aussi. Ainsi, il se dresse d'un coup, à genoux sur le couvre-lit, la saisit par la nuque, et l'embrasse à pleine bouche.

Nadine le regarde, presque surprise. De toute évidence, elle ne s'attendait pas à être embrassée. Alessandro l'étend sur le lit, se penche entre ses jambes, les écarte, très légèrement, avec ses mains, puis fait remonter sa langue entre ses cuisses fermes et lisses. Nadine soulève les bras, les ramène derrière sa tête et, tout en creusant son dos, miaule d'excitation. Alessandro arrive plus haut et écarte le tissu de sa culotte, ses yeux explorent alors le sexe de Nadine, magnifique, intégralement épilé. Il en respire le parfum : de l'encens, là encore. Il approche sa langue et le sent s'ouvrir, chaud et humide. Elle se cambre un peu plus. Alessandro lui arrache sa culotte puis agite sa langue plus profondément et, avec un doigt, commence à caresser son clitoris. Nadine gémit. En elle, il découvre encore plus de chaleur : elle est de plus en plus humide, et son goût se fait plus salé. Il continue à explorer l'étendue de son plaisir jusqu'à ce qu'elle lui soulève la tête, en le tirant doucement, mais d'un geste décidé, par les cheveux. Sans lui sourire, Nadine écarte encore davantage les jambes et le laisse presser la pointe de son pénis, dur, contre ses lèvres mouillées. Alessandro pousse à peine, entrant doucement en elle. Mais elle se retire, allonge un bras vers un tiroir d'où elle extrait immédiatement un préservatif. L'assurance de Nadine le déconcerte un peu. Elle retire l'emballage et s'avance vers lui. Un puissant arôme de mangue se diffuse dans l'air. Elle hésite un instant, puis se penche en avant pour le prendre en bouche encore une fois avant d'approcher le petit disque de la pointe de son sexe. Elle le déroule lentement tandis qu'avec sa langue elle descend plus bas, jusqu'à ses testicules, faisant encore monter l'excitation. Elle le fixe un instant droit dans les yeux avec le regard de celle qui sait parfaitement ce qu'elle fait, puis elle se retourne, sans rien dire. Alessandro voit son dos cambré et comprend comment Madame désire être prise. Il s'avance vers ce cul fantastique et appuie son sexe contre son nid mouillé qui s'ouvre alors qu'il glisse à l'intérieur d'un seul coup. Elle lui demande de bouger et de ne pas s'arrêter. Il continue à la prendre, puis il serre avec force ses hanches entre ses mains et la fait glisser sur son sexe, en avant et en arrière. Elle, qui avait auparavant appuyé ses coudes sur le coussin de soie, se baisse en allongeant les bras devant elle, tandis que son dos se creuse toujours un peu plus vers le lit. Alessandro soulève une main, serre l'un de ses seins, puis remonte jusqu'au cou, jusqu'à la nuque et augmente l'ampleur de ses coups de reins au fur et à mesure. Il sent que Nadine est sur le point de céder, mais elle semble en vouloir encore. Ou peut-être est-ce simplement lui qui en veut encore. Il double la cadence, continue à la prendre par-derrière jusqu'à ce qu'il vienne. Tout disparaît dans un vertige de gémissements et de sueur, il ne saurait dire si Nadine a joui avec lui.

L'aube commence à poindre lorsque les derniers invités s'en vont.

En voyant la piscine au moment où il sort de la villa, Alessandro a une sensation de déjà-vu.

— Mais nous... on a déjà été ici..., dit-il à Linda, désorienté.

— Oui, répond-elle en souriant.

Mais son sourire est un peu tendu, à cause de ce qu'elle sait être advenu – elle en est certaine – seulement quelques heures auparavant.

Dans l'esprit d'Alessandro, le souvenir d'eux deux, adolescents, fuyant en pleine nuit après avoir plongé dans cette piscine, se fait de plus en plus net.

Cette fois encore on pourrait croire qu'ils se dérobent, mais peut-être plus vis-à-vis d'eux-mêmes que des propriétaires de la villa.

Un étrange silence les entoure dès qu'ils montent en voiture. Ils sont à la fois proches et distants, toujours amis et pourtant différents comparé à d'habitude.

La faible lueur du jour qui se lève commence tout juste à éclairer le ciel mais, dans l'habitacle, l'obscurité de la nuit perdure. Alessandro allume l'autoradio. Dans le lecteur que Max a installé il y a deux jours se trouve encore le CD de Rino Gaetano, un vrai mythe pour lui. Les premières notes de *Tu, forse non essenzialmente tu* rendent le silence qui s'est installé entre eux encore plus poignant.

Pour la première fois depuis qu'ils se connaissent, ils sont mal à l'aise, tous les deux. Alessandro a les yeux rivés sur la route, Linda regarde par la fenêtre, recroquevillée, les pieds sur le siège. Ils devraient parler, rire, et se moquer l'un de l'autre, se raconter ce qui s'est passé dans la villa, mais ils sont déjà loin, sur la route du retour. Et ce qui s'est produit, comme c'est toujours le cas lorsqu'ils passent une soirée ensemble, ne pourra jamais être oublié.

12.
Luxure

Refaire le toit de la Maison bleue n'est pas une mince affaire, surtout compte tenu de la chaleur tropicale de cette fin de juillet et du vent incessant qui ébranle tout.

Giorgio Ottaviani travaille en silence, toujours très concentré. Lorsque Linda, quelques jours auparavant, lui a montré les terribles infiltrations sur les parois du salon, il a été très clair, et évidemment disponible :

— Ma chérie, il faut absolument réparer ça tout de suite ! Le toit est la première chose à laquelle il faut penser quand on restaure une vieille maison, et j'ai quelque chose à te proposer, a-t-il dit avec un ton de tendre reproche.

Linda a compris qu'il aurait été impossible de le contredire. Un fort sentiment de curiosité est alors monté en elle quant à savoir ce que son oncle pouvait bien avoir en tête. Giorgio, en effet, ne fait pas les choses à moitié quand il se met à l'œuvre et il y injecte toute sa créativité, qui lui est si caractéristique. C'est ainsi qu'est née la folie de peindre les tuiles en rouge et en bleu ciel.

Maintenant Giorgio est là, sur le toit, à raccommoder, déplacer, poser, ajuster, en composant un dessin géométrique original : une tuile rouge, une bleue, de nouveau une rouge, puis encore une bleue, etc. Il s'est construit un harnais en se passant une corde autour de la ceinture, qu'il a fixée à une poutre intérieure, sur le plafond. S'il glissait ou avait un moment d'absence, il serait en sécurité, la structure en bois étant particulièrement solide. Et puis il ne pèse pas un quintal, son physique est encore plutôt athlétique pour son âge.

Linda l'observe d'en bas, près de la poulie, et lui lance de temps en temps un sifflement pour vérifier que tout va bien.

— Tonton, ça va ? Tu as besoin que je t'envoie d'autres tuiles ?

— Non, pas pour l'instant. Je te dirai quand j'en aurai besoin.

— OK, mais ne t'épuise pas trop. Je compte sur toi. Tu sais que je me sens responsable de ta santé, mon petit vieux…, lui dit-elle avec un clin d'œil.

Elle est parfois véritablement sidérée par la résistance de son oncle à la fatigue physique. Elle se demande bien où il va puiser toute cette force.

— Avec cette chaleur, je crève déjà ici, je n'ose pas imaginer comment c'est là-haut…

— Tout va bien, la rassure Giorgio.

Et pourtant il est parfaitement conscient qu'il n'a plus l'énergie d'un jeune homme, que son cœur bat parfois plus vite que la normale, mais il se fiche pas mal des recommandations du médecin à la suite de son dernier examen cardiaque. À vrai dire, à cet instant, son corps et sa tête sont surtout habités par les sensations de la nuit dernière, passée avec Fausto. Il a dû dormir une heure, deux maximum, mais il n'est pas fatigué. Il est encore étourdi par l'écho des émotions qu'il a éprouvées, et ce vacarme des sens renouvelle son inspiration artistique.

Tout à coup, un vrombissement sonore retentit dans la rue et une nuée de poussière blanche se met à graviter dans l'air. C'est Alessandro, sur une Harley Road King noire, sans casque ni veste. Il s'arrête net à quelques mètres à peine de Linda.

— Mon Dieu, et celle-là tu la sors d'où ? demande-t-elle en ouvrant les bras, les yeux grands ouverts.

— C'est Max qui me l'a prêtée, répond Alessandro en descendant de la moto. J'ai juste fait un tour pour la tester, je n'avais jamais conduit un engin pareil.

— Elle est canon, en tout cas, remarque Linda en caressant la selle.

— Tu es en phase grands travaux ?

Alessandro l'observe dans sa tenue d'action : un short délavé, un marcel taché, et ses cheveux ramassés à l'aide d'une grosse pince.

— Eh oui, le toit menace de s'effondrer, explique Linda en regardant vers le haut.

Un coup de marteau se fait d'ailleurs entendre et Alessandro lève la tête à son tour.

— Ah mais c'est Giorgio, là-haut.

Il hurle afin de se faire entendre et agite les bras pour le saluer. Giorgio se retourne à l'improviste, vacille un instant puis se plante bien sur ses deux pieds pour ne pas perdre l'équilibre.

— Eh, salut Alessandro !

— Tu as besoin d'un coup de main ? s'empresse-t-il de demander.

— Il n'y en a plus pour très longtemps, mais si tu insistes… je ne dis pas non, répond Giorgio en lui indiquant l'échelle. Allez, monte, comme ça on termine plus vite.

— J'arrive ! dit-il en retirant son T-shirt blanc. Je meurs de chaud, commente-t-il, une fois torse nu.

— Tu enfiles un harnais de sécurité, avant ! intervient Linda.

Et pendant ce temps, ses yeux s'arrêtent sur son cul bien mis en valeur dans ce jean déchiré qui semble avoir été dessiné exprès pour ses fesses. Elle s'attarde ensuite sur ses pectoraux musclés, qui rappellent sa vie d'aventurier.

— Mais bien sûr ! J'ai eu l'occasion de faire bien pire, tu sais, dit-il alors qu'il est déjà sur la troisième marche de l'échelle.

Il grimpe avec agilité. Il passe ensuite une corde sur la poulie et la fait descendre de façon à ce que Linda puisse lui envoyer de nouvelles tuiles.

Lorsque la charge arrive en haut, ils se donnent à fond tous les deux, en une sorte de compétition masculine de force et de résistance. Alessandro se déplace avec facilité, comme s'il avait été ouvrier toute sa vie. Il pose les pièces avec une vigueur qui se veut uniquement fonctionnelle, mais qu'en réalité il exagère un peu, compte tenu du fait que Linda l'observe. Au bout d'une demi-heure de travail, il s'arrête pour s'essuyer le front du revers de la main. Il regarde en bas, et demande :

— Alors ? Comment est ce dessin ? C'est ce que tu voulais ?

Elle lève les yeux en cachant le soleil de sa main.

— C'est magnifique ! s'exclame-t-elle.

— Encore dix minutes et on a terminé, dit Giorgio sans se retourner.

— Tu es génial, tonton ! Je n'avais pas de doutes ! crie-t-elle.

Peu après, les deux bosseurs descendent admirer le travail.

— Ça ne pouvait pas être mieux ! constate Linda, euphorique.

— Oui, je dois admettre qu'on a fait du bon boulot..., remarque Giorgio en se passant deux doigts sur le menton.

Il est satisfait. Il s'appuie alors sur le siège de la moto, il a le souffle court et son cœur est éprouvé. Linda le regarde avec inquiétude. S'il devait lui arriver quelque chose, elle ne se le pardonnerait jamais.

— Maintenant, tonton, tu vas à l'intérieur et tu te reposes un peu sur le canapé. Alessandro et moi on se charge de ranger les outils.

— C'est vrai, Giorgio. Tu as déjà fait beaucoup, renchérit Alessandro.

Giorgio lève les mains en signe de reddition.

— OK, OK, je vais un peu au frais, concède-t-il en se dirigeant vers la porte d'entrée.

C'est alors que Linda reçoit un SMS. Elle saisit son téléphone dans la poche de son short et lit le message.

> Je passe te prendre à 19 heures. Je t'emmène dans un bel endroit. Je n'accepte aucun refus.

C'est Tommaso. Un sourire se dessine sur les lèvres de Linda tandis qu'elle lui répond dans la seconde.

> Où ?

Tommaso lui écrit, un instant plus tard.

> Je n'accepte pas non plus les questions.

Linda est curieuse. Ses yeux brillent, et elle pince les lèvres tandis qu'elle effleure l'écran tactile.

> J'adore les surprises.

Alessandro, qui a observé la scène en silence, ne parvient pas à se retenir :

— C'était lui ?

Les jours précédents, il avait longuement parlé avec Linda de l'*affaire* Tommaso, et il avait été direct comme lui seul sait l'être : il n'aurait jamais pensé qu'une femme comme Linda, indépendante et avec du cran, comme il l'a toujours considérée, se laisse séduire par les charmes du pouvoir. Entre les lignes, c'est ainsi que l'avait interprété Linda, il l'avait donc traitée d'arriviste, de femme légère. Elle avait vu rouge, s'était sentie blessée et lui avait répondu que ce n'était absolument pas l'argent et tous ses dérivés qui l'avait rapprochée de Tommaso, mais qu'elle avait été attirée pour d'autres raisons que, bien sûr, un vagabond comme lui ne pourrait jamais comprendre. À ce stade, le ton était largement monté, mais seulement chez Linda. Alessandro était resté serein et ne s'était pas montré troublé. Mais s'il était évident que les insultes de Linda étaient dictées par la colère d'une femme blessée, ses justifications sur sa passion pour Tommaso ne l'avaient pas totalement convaincu. La dernière chose qu'il voulait, cependant, c'était passer pour le juge de sa plus chère amie, il avait donc conclu en disant qu'il s'était peut-être trompé et n'avait plus jamais abordé la question.

La voix d'Alessandro ramène Linda à la réalité. Elle approuve en hochant la tête.

— Il dit qu'il veut m'emmener dans un bel endroit, mais il ne me dit pas où.

— Et toi, qu'est-ce que tu lui as répondu ?

— J'ai dit que j'étais d'accord.

— En fait, cet homme ne te laisse pas d'issue...

— Disons que je lui permets de ne pas m'en laisser.

Linda affiche une expression satisfaite. Tommaso et elle se voient de plus en plus souvent, mais elle ne sait pas encore comment interpréter leur relation. Elle est seulement certaine d'une chose : quand elle est avec lui, elle se sent bien. Même si, de toute évidence, elle est pour la première fois de sa vie dans le rôle de l'amante. Et comme le lui a rappelé son oncle Giorgio, la seule autre personne à qui elle s'est confiée hormis Alessandro, être l'amante n'est jamais une position confortable.

— À propos... Toi, tu n'as plus revu *madame* ? demande Linda avec un air entendu.

Tandis qu'elle pose la question, elle se dit que Tommaso n'a rien raconté à Nadine de ce qui s'est passé entre eux, même s'il est probable qu'elle se doute de quelque chose. Quoi qu'il en soit, elle ne devrait pas faire d'histoires si, comme le lui a expliqué Tommaso, ils sont déjà allés voir ailleurs l'un et l'autre sans qu'elle en soit gênée, sa seule condition étant que cela ne compromette pas leur projet de mariage. Ce n'est peut-être pas un hasard, toutefois, si ces derniers jours précisément, elle a relancé Tommaso sur les préparatifs de leurs noces, alors qu'ils n'en avaient pas parlé depuis longtemps... Mais Linda considère que ce ne sont pas ses affaires. Elle ne doit pas y penser. Au fond, elle ne sait même pas ce qu'elle attend de Tommaso.

— Oh, non. Nadine a seulement été une rencontre *intéressante*, disons, mais je n'ai pas le temps pour ces trucs-là en ce moment. J'ai autre chose en tête, ajoute-t-il avec un air un peu préoccupé.

— À savoir ?

— En tout cas pas une femme.

— Toi, tu me caches quelque chose, je le sais..., dit-elle en le regardant avec des yeux menaçants.

— Mais arrête, Linda. J'ai l'air de quelqu'un qui cache quelque chose ?

Alessandro est clairement en train de dévier la discussion.

— Allez, rangeons tout ça, comme ça Giorgio sera content, propose-t-il en retirant la corde de la poulie.

Linda a bien une idée de ce que ce peut être cette *autre* chose qu'il a en tête. Elle n'insiste pas, mais espère sincèrement qu'elle se trompe.

Ils roulent depuis une heure et demie. La Jaguar XK a frôlé les cent quatre-vingt-dix kilomètres-heure, sur l'autoroute, et Linda, qui pourtant aime la vitesse, a écarquillé les yeux chaque fois qu'elle a réussi à jeter un œil au compteur. Tommaso, lui, est calme et détendu, il saisit le volant et défie la route avec la désinvolture du pilote accompli. Cet homme parvient toujours à la surprendre en lui révélant une nouvelle facette de sa personnalité. Et puis, elle ne peut s'empêcher de le penser, il est beau à en mourir, et sa beauté est objective, elle ne laisse pas de place au doute, même à présent, en version décontractée, vêtu d'un simple polo bleu et d'un pantalon en coton kaki. Mais ce qui l'ensorcelle le plus ce sont ses yeux gris-bleu, un mélange fatal de mystère et de magnétisme, et puis ce profil droit, presque nordique, sa mâchoire légèrement creusée, son visage toujours rasé de près, sur lequel jamais un poil ne dépasse. Il a une classe, une allure qui la font fondre.

— Tu ne veux toujours pas me dire où tu m'emmènes ? lui demande Linda en se balançant sur son siège.

Bien qu'elle n'arrive pas à imaginer la destination finale, elle est complètement surexcitée.

Tommaso détache le regard de la route, l'espace d'une seconde.

— Dans peu de temps, tu le découvriras toute seule.

Il pose une main sur son genou, comme pour l'engager à rester sage.

— Mais je crève de curiosité ! répond-elle, agitée.

— C'est justement ça qui est bon, non ?

Tommaso profite de son enthousiasme.

Linda continue à le titiller.

— Même pas un petit indice ? insiste-t-elle en faisant appel à toutes les armes de séduction qu'elle connaît.

Mais la tentative d'obtenir ce qu'elle veut en prenant des airs de chatte ne porte pas ses fruits. Tommaso défend son territoire avec obstination.

— Secret d'État, renchérit-il avec sa voix de velours.

Ils parcourent une longue portion d'autoroute vers le nord, traversent une vallée, un fleuve, quelques tunnels. La curiosité de Linda ne cesse de monter, en même temps que son adrénaline. À la sortie d'un tunnel, elle reconnaît le panneau vert qui indique la sortie « TARVISIO », la dernière en Italie, mais Tommaso ne lâche pas l'accélérateur et dépasse le panneau national blanc indiquant « AUSTRIA – ÖSTERREICH ».

— On va en Autriche ?

Linda se redresse sur son siège et regarde par la fenêtre, euphorique.

Tommaso sourit, les réactions de Linda l'amusent vraiment beaucoup.

— Officiellement, nous sommes déjà en Autriche, précise-t-il en redevenant sérieux.

— C'est trop bien ! s'exclame-t-elle dans un élan.

— Attends de voir avant de le dire.

— Quel que soit l'endroit où tu m'emmènes, je suis déjà heureuse.

Linda observe le paysage, comme enchantée. Le ciel commence à s'assombrir, mais pas assez pour gâcher le panorama. La Jaguar quitte l'autoroute et emprunte une route secondaire, bordée de hêtres et de sapins. Tommaso s'arrête un instant sur le bas-côté pour permettre à la capote de la voiture de s'abaisser en toute sécurité. Il regarde Linda avec complicité, caresse ses cheveux puis repart avec une légère accélération. Devant leurs yeux, s'étend un décor couleur émeraude mû par une légère brise et dans lequel l'harmonie des architectures contribue à créer l'enchantement d'un monde féerique. Les petites maisons avec des grappes de fleurs aux balcons servent presque de contrepoids au charme dramatique et imposant des montagnes.

Tout d'un coup, une déchirure d'un bleu intense casse la monotonie de la vallée. Linda se penche par la fenêtre.

— C'est un lac ?

— Oui, c'est le Wörthersee, annonce Tommaso avec un parfait accent allemand. C'est le plus grand lac de la Carinthie.

Il semble bien connaître les lieux.

Non loin, sur un promontoire rocheux, s'élève un petit château habsbourgeois, peint d'un jaune chaud et ravivé par les dernières faibles lueurs du crépuscule. Tommaso emprunte un petit chemin qui grimpe vers les hauteurs.

— On va dans ce château ?

Linda est abasourdie. Toute cette situation fait monter en elle une frénésie incontrôlable.

— Deviné ! répond Tommaso avec une pointe d'orgueil. Et j'ai bien l'intention de t'enfermer dans les oubliettes et de jeter la clef si tu me mets en colère, donc fais très attention et prends garde à ne pas me contrarier…, ajoute-t-il avec un clin d'œil.

Linda sourit, elle est excitée comme un enfant lors de son premier jour d'école.

Après quelques minutes, ils descendent de la voiture. Le château se reflète, fier, dans les eaux du lac, en un merveilleux jeu de lumières. Autour d'eux règne une quiétude surnaturelle, on entend simplement le bruit du vent qui agite les branches des arbres et ricoche sur les parois des montagnes. Les forces de la nature semblent les maîtresses de cette scène. Linda observe le paysage, désormais presque nocturne, avec une perception extrêmement aiguë de sa propre insignifiance : elle se sent comme un petit point de bonheur au milieu de ce paradis.

Ils parcourent en silence un petit chemin couvert de gravier. Plus ils avancent et plus la couleur du ciel se fond dans la végétation : les distances semblent s'annuler, l'espace devient plus dense. À un certain moment, le cri d'un animal s'insinue entre le souffle du vent et le bruit de leurs pas.

Linda s'arrête brusquement, ses sandales en cuir glissent sur les graviers, tandis que ses sens sont en alerte.

— Qu'est-ce que c'était ?

— Sûrement un hibou, suggère Tommaso, pour l'apaiser.

Mais Linda ne semble pas du tout chercher à être rassurée, elle est simplement curieuse. Le cri retentit de nouveau.

— Ou une chouette, ajoute-t-il.

— On dirait plutôt un animal terrestre… j'ai l'impression que tu ne t'y connais pas en faune comme tu t'y connais en flore, ou je me trompe ? réplique Linda amusée, avec un air de défi.

— Si tu le dis… mais, dis-moi, tu n'aurais pas un peu *peur*, par hasard ?

Linda ne lui répond pas mais ricane et hausse les épaules en fanfaronnant.

Entre-temps, le grand portail du château s'ouvre devant eux, tout illuminé par de petits spots blancs.

— C'est un hôtel ? demande Linda.

— Plus ou moins, répond Tommaso avec un clin d'œil. C'est une adresse confidentielle où nous serons bien.

Il n'y a pas de voitures, de toute évidence il n'y a pas d'autres hôtes. Linda a l'impression d'entrer dans un conte de fées, elle se sent presque un peu mal à l'aise, comme si sa présence était inappropriée. Elle n'imaginait pas que Tommaso l'emmènerait dans un endroit si select. Si elle avait su, elle aurait mis une robe décente et non pas une mini-jupe et un chemisier en soie.

— Tu aurais pu me prévenir quand même, j'aurais pris d'autres vêtements.

Elle regarde Tommaso, un peu piquée, mais surtout avec des yeux rêveurs, plein de gratitude.

— Ce n'est pas nécessaire, crois-moi, la rassure-t-il avant d'afficher un petit sourire diabolique. Nous ne resterons pas longtemps habillés.

Linda sent un courant chaud la traverser, chaque molécule de son corps est un condensé de bonheur et d'excitation. Elle s'agrippe au cou de Tommaso.

— Merci pour tout ça, lui murmure-t-elle à l'oreille en mordillant son lobe.

Elle l'embrasse sur la bouche. Tommaso savoure ses lèvres pleines, caresse ses fesses et résiste avec difficulté à ne pas pousser sa main au-delà. Linda le ravit totalement, d'une façon telle qu'il ne se souvient pas d'avoir déjà ressenti cela. Et, à cet instant, il doit convoquer toute sa maîtrise de soi pour ne pas dérailler. Quand il est avec elle, se dit-il alors instinctivement, il peine vraiment à se reconnaître.

Ils entrent dans le hall. Le petit château à l'intérieur est un hôtel très accueillant, aménagé de manière luxueuse et recherchée, sans pour autant trahir le charme de la structure de la Renaissance. Linda est sans voix et continue à ouvrir grand les yeux sur chaque détail que rencontre son regard. Ils sont accueillis par une très belle blonde aux formes généreuses. Elle est vêtue d'un tailleur bleu et blanc ajusté et ses cheveux sont relevés en une haute queue-de-cheval.

— Monsieur Belli, dit la blonde en serrant la main de Tommaso et en saluant Linda d'un signe de tête.

Son italien semble parfait, autant que ses dents blanches et brillantes.

— Bonsoir, Karen.

Tommaso la salue avec un geste de la main très galant et un ton confiant. Peut-être un peu trop. Il est à l'aise et l'on devine rapidement qu'il a déjà été ici.

— Les clefs de la suite royale, comme vous l'avez demandé, annonce Karen en lui tendant une petite enveloppe en papier parcheminé contenant la carte magnétique.

Tommaso prend l'enveloppe et la range dans la poche de son polo.

— Merci beaucoup. J'imagine que tout est prêt, dit-il.

Karen effleure deux fois l'écran tactile de l'ordinateur.

— Vous me confirmez avoir choisi le pack Deluxe ?

— Oui, évidemment.

Elle agite une main ouverte face à l'écran de l'ascenseur. Deux notes de violon s'élèvent des enceintes.

— Parfait, dit-elle. Vous pouvez montez dès à présent, si vous le souhaitez.

— Très bien, répond Tommaso en prenant Linda par la main. Allons-y, *baby*.

C'est la première fois qu'il l'appelle ainsi, cela lui a semblé naturel, tendre et sympathique en même temps. Linda gonfle la poitrine, émue. Elle n'est pas du genre à aimer les petits noms, mais dans la bouche de Tommaso, ce *baby* a un goût tout particulier. Elle veut l'embrasser, et elle le fait, juste là, devant Karen. Elle ne peut pas se retenir. Elle prolonge ce baiser tout le long du trajet en ascenseur, et Tommaso semble apprécier.

Ils entrent dans la suite royale : deux étages réunis par un escalier en colimaçon avec vue sur le lac. C'est un endroit chaleureux, meublé dans le style vénitien, avec des mélanges de soies, de brocarts, de velours, déclinés dans diverses nuances de rouge et d'or.

Sur une table sont disposés avec élégance un plateau d'argent garni de fruits frais, une structure pyramidale chargée d'amuse-bouches sophistiqués, deux coupes en cristal de Bohême, et un seau de glace accueillant une bouteille de Perrier-Jouët Belle Époque.

Tommaso saisit la bouteille et remplit les verres, avant de se tourner vers Linda.

— Alors, ça te plaît ici ?

— Quelle question ! C'est fantastique !

Il lui tend une coupe.

— C'est rien que pour nous deux, dit-il en regardant autour de lui. Je veux que cette nuit soit inoubliable, poursuit-il en avançant son verre jusqu'à toucher le sien.

— Elle l'est déjà.

Linda boit une gorgée, à l'unisson avec Tommaso, qui repose ensuite sa coupe sur la table et déboutonne son col.

— Chaud ? demande-t-elle avec un sourire malicieux.

— Non, pas du tout..., répond Tommaso avec un air nonchalant. Je commençai seulement à me préparer pour le spa.

— Alors je vais t'aider.

Linda fait glisser son polo avec un geste décidé. Elle baisse son regard sur son torse lisse et musclé, et sent déjà monter en elle une irrésistible attraction. Elle perçoit l'excitation qui l'envahit, lui aussi.

Les yeux de Tommaso sont d'un bleu encore plus intense que d'habitude. Il appuie ses lèvres sur le front de Linda, effleure son cou et la base de son oreille avec sa langue, tout en passant ses doigts dans ses cheveux.

— Comme tu es attentionnée, murmure-t-il, en un jeu qui devient de plus en plus érotique.

Linda défait la ceinture de son pantalon.

— Je ne le serai jamais assez..., répond-elle.

Sa voix est profonde tandis qu'elle baisse le zip de sa braguette.

— *Baby*, tu es fantastique.

Il l'embrasse sous le lobe de l'oreille, en serrant plus fort sa main dans ses cheveux, puis tire avec douceur sa tête en arrière. Avec sa bouche, il caresse son cou. Puis il se met derrière elle, devant le miroir qui court sur toute la paroi. Avec délicatesse, il défait les boutons de son chemisier et dégrafe son soutien-gorge. La peau de Linda est immédiatement traversée d'une constellation de frissons, ses tétons deviennent durs comme des pointes de diamant.

Tommaso fait glisser la fermeture éclair de sa mini-jupe en jean. Puis, tout en continuant d'embrasser son cou, il enfile ses pouces dans les poches et la fait coulisser le long de ses jambes. Il se plie jusqu'au sol, et entoure ses genoux de ses bras. En remontant, il fait courir sa langue le long de ses cuisses et lui mord les fesses, la faisant sursauter. Il appuie son visage contre le sien, pose sa main chaude sur son ventre. Ensemble ils regardent leur reflet dans le miroir, en silence, car à cet instant ils n'ont plus besoin de mots.

Tommaso veut lui enlever sa culotte. Linda l'en empêche.

— Non, laisse-la, lui dit-elle dans un murmure.

Pendant ce temps elle a approché la main de Tommaso et la presse juste là, entre le tissu et son sexe humide : c'est une sensation qui lui fait perdre la tête.

Tommaso se libère de son pantalon et reste en boxer. Ce même boxer parfait qui avait rendu folle Linda la première fois qu'ils avaient fait l'amour. Il attrape ensuite deux peignoirs dans le placard de la salle de bains, et en tend un à Linda.

— Viens, descendons. Le meilleur reste à venir.

Il appuie sur un bouton doré incrusté dans la paroi. S'ouvrent alors les portes d'un ascenseur privé, entièrement revêtu de miroirs ornés de cristaux Swarowski. Tommaso tape un code et en quelques secondes ils se retrouvent directement dans la *Romantik Raum*, un spa réservé pour deux, comprenant une salle de massage, un hammam, un sauna aux herbes aromatiques, un lit à eau et une piscine extérieure privée donnant directement sur le lac.

Dès qu'ils accèdent au hammam, une agréable lumière rose et bleu éclaire la pièce, tandis qu'une douce musique orientale sert de fond sonore. L'air est chaud et chargé du parfum des huiles essentielles. Linda le laisse envahir ses narines, comme une caresse, elle le sent descendre jusqu'à son ventre.

Tommaso pose son peignoir sur une étagère en marbre avec incrustations de quartz. Linda l'imite et, ensemble, ils rejoignent l'assise en demi-lune couverte de pierres précieuses. La lumière bleue se reflète sur les cristaux et dessine des arabesques sur les parois en roche saline.

Ils ont chaud et commencent à transpirer, la température de la pièce frôle les cinquante degrés. Les odeurs de leurs corps se mêlent à celles des vapeurs aromatiques. Il y a le parfum sophistiqué de Tommaso qui rappelle les antiques essences tahitiennes, et l'odeur troublante et salée de Linda qui n'aime pas se parer de fragrances.

Tommaso avance sa main et caresse la cuisse de Linda.

— On est si bien ici.

Il parle d'une voix basse, profonde, ses pectoraux se soulèvent et se baissent, perlent de sueur à chaque respiration.

— Oui, tout est parfait, ici avec toi.

Linda fait courir un doigt le long de son torse, ramasse une goutte de sueur, enfonce son index dans sa bouche et fixe Tommaso avec des yeux de feu. Il est parcouru d'un tremblement, un frisson court sous sa peau brûlante. Linda déglutit, elle sent ce goût salé descendre le long de sa gorge. Puis, d'un coup, une question lui échappe :

— Tu es en train de tomber amoureux ?

— Qu'est-ce que tu en penses, toi ?

Tommaso a un sourire, un peu forcé, qui pourrait vouloir dire tout et son contraire, puis incline un peu sa tête en arrière, les pupilles dilatées.

— Moi je pense que tu ne veux pas me répondre.

Elle sourit, elle aussi, mais elle n'en est pas moins sérieuse.

— Oh, Linda.

La sueur coule maintenant le long de ses tempes, sur son cou, jusqu'au centre de son torse avant de tomber sur son nombril.

— Comment le dire ? reprend-il. Je sais seulement que c'est beaucoup plus.

— Beaucoup plus que quoi ?

Elle a conscience de son insistance, mais elle ne veut volontairement pas le laisser tranquille.

— Beaucoup plus.

Pour la première fois depuis qu'elle le connaît, Linda perçoit une forme d'embarras chez lui. Elle vient de lui poser la seule question, peut-être, capable de le mettre mal à l'aise.

— Beaucoup plus que quoi ? insiste Linda, qui n'a plus l'intention de s'arrêter.

Ils respirent très près l'un de l'autre, leurs souffles, leurs odeurs, leurs chaleurs se mélangent.

— Bientôt tu comprendras.

Il l'embrasse avec une force qui ne lui ressemble pas, enfile sa langue entre ses dents, comme s'il voulait tout emporter d'elle, lui voler jusqu'à sa respiration.

Linda se lève, avance de quelques pas jusqu'à la fontaine de glace au centre de la pièce. Une sorte de picotement traverse la fine soie de sa culotte lorsqu'elle imagine Tommaso regarder ses fesses : car elle le sait, elle est certaine qu'il les dévore des yeux. Elle se cambre un peu pour leur donner du relief et se déhanche légèrement. Elle détache un morceau de glace du bassin de la fontaine et revient vers lui. Elle s'agenouille devant Tommaso, et presse le morceau de glace contre sa bouche.

— Lèche-le, murmure-t-elle.

Il ouvre la bouche, recule légèrement la tête, tandis qu'elle continue d'appuyer la glace contre ses lèvres.

— Bravo, Linda, voilà ce qu'il fallait..., dit-il, dans un soupir.

Sa voix est devenue rauque, il est bouillant.

Linda, elle, est toujours plus électrique, c'est une boule d'énergie à l'état pur. Elle adore cette position de domination, elle adore le tenir à sa merci. Il lui plaît tellement, bon sang.

— N'essaie pas de bouger, lui dit-elle. Je n'en ai pas fini avec toi.

D'une main, elle serre son poignet, beaucoup plus fort que nécessaire, pour lui faire comprendre qu'elle n'est pas en train de jouer. Cette envie de l'avoir en son pouvoir et de ne pas le laisser partir semble sortir de nulle part. Elle passe le morceau de glace le long de son cou, sur ses tétons, le fait glisser entre ses pectoraux. Plus elle serre son poignet, plus Tommaso tremble et brûle et plus Linda se liquéfie, comme la glace qu'elle tient dans sa main. Elle sent qu'elle est mouillée, entre ses jambes. Le temps est comme suspendu : la sensation est incroyable. Cette attente la plonge dans un délire qui se propage dans tout son corps. Son sang coule, chaud, dans ses veines, bat dans ses oreilles.

Tommaso plie de nouveau la tête en arrière, son cou est fort, c'est le cou d'un dieu grec, sculptural, et pourtant si vivant, chaud, palpitant. Ses abdominaux se contractent et se relâchent, mais restent toujours parfaitement dessinés. Le sexe, avec lui, est incroyable, et puis... elle sait qu'il y a quelque chose de plus.

La glace, désormais, brûle dans la main de Linda, et sur le torse de Tommaso. Tout brûle, leurs corps semblent réchauffer encore davantage la pièce : il n'y a plus de différence de température entre dedans et dehors.

— Tu me tues, là, Linda.

Tommaso a cette vibration dans le bas du ventre qui l'étourdit toujours plus, réveille tous ses nerfs, accélère les battements de son cœur, résonne dans ses tympans. Sa peau brûle, il est essoufflé.

Linda monte alors à califourchon sur ses cuisses, et le cœur de Tommaso est sur le point d'exploser lorsqu'elle pousse son bassin en avant, jusqu'à toucher son sexe dur. Elle le sent à travers sa petite culotte, presque comme si elle était nue. La soie fine, toujours plus mouillée, décuple même la sensation. Elle éprouve la force de son érection tandis qu'elle se frotte contre lui, en avant et en arrière. Elle perçoit les battements de leurs cœurs, à l'unisson.

Elle embrasse son torse, son cou, ses épaules, sa bouche et, entre-temps, elle l'enfourche comme si elle exécutait un rodéo, ses cuisses serrées contre les siennes, ses yeux verts qui plongent dans ses yeux gris-bleu, qui regardent au fond, ce qu'il y a au-delà : l'attirance, le désir, la possession. Ils sont tous les deux surpris de cette symbiose, de ce frémissement continu qui les anime. Linda et Lord Perfection, voilà la seule pensée un minimum censée qu'elle réussit à avoir à cet instant. Elle est sur le point de se faire posséder par Tommaso, par la perfection en personne.

De nouveau, elle s'agenouille face à lui, fait glisser son boxer et le prend dans sa bouche en l'enveloppant d'un large coup de langue. Elle le lèche ardemment, avec des mouvements amples et appuyés. Elle crée ensuite une sensation de vide dans sa bouche, en serrant ses lèvres sur son sexe, et commence à mouvoir sa tête de haut en bas. Elle pivote également de droite à gauche, pour augmenter son plaisir, tout en lui donnant des petits coups avec sa langue.

Tommaso serre la mâchoire, il se dit que personne ne lui a jamais fait une fellation pareille, avec autant de maestria, de ressources et d'élégance. Il est en adoration et éprouve un tel plaisir qu'il ne peut plus le contenir. Il pousse une sorte de râle puis, soudain, d'un geste saccadé il se jette en arrière en appuyant sur ses jambes. Il tremble de la tête aux pieds, mais trouve encore la force de la prendre par la nuque, de la tirer vers lui, d'arracher sa culotte et de la faire monter sur ses jambes. Elle s'appuie sur lui, frotte encore un peu son sexe mouillé et brûlant contre son membre dressé, puis s'empale dessus tout en suçant l'un de ses doigts. Elle sait qu'il aime continuer à faire fonctionner son imagination, et c'est quelque chose qu'elle aime tout autant.

Elle bouge de haut en bas, de l'avant vers l'arrière. Tommaso la prend par les hanches et la fait glisser sur son érection. Un plaisir physique immense les envahit, se propageant dans tout leur corps. Il ne cesse de croître, se transformant en un délire de passion incontrôlée, en une énergie qui fait voler en éclats leurs limites, jusqu'à ce qu'ils explosent en un orgasme violent. Absolu.

— Linda, je t'adore.

La voix de Tommaso n'est qu'un souffle. Il la serre fort dans ses bras.

— Moi aussi, je t'adore.

Elle s'écroule sur lui, se laisse envelopper par son corps chaud et musclé.

Ils ont à peine le temps de reprendre leur souffle qu'ils sont déjà immergés dans le lit à eau qui communique avec la piscine extérieure en pierre de lave. Ils se laissent bercer par la douceur des ondes artificielles qui agitent des pétales de rose et des particules dorées. Ils arrivent dehors, dans le bassin à ciel ouvert, où Tanja et Mark, leurs masseurs personnels, disposent quelques lanternes et une série de flûtes, remplies d'hydromel, d'eau de coco et de jus de sureau.

Un quart de lune se détache dans le ciel noir, les étoiles brillent avec une telle intensité que Linda en est surprise. De la vapeur s'élève depuis le bassin qui s'éclaire de lumière tour à tour rouge, indigo et turquoise. Linda et Tommaso glissent en silence dans l'eau chaude, effervescente. Le vent souffle sur leurs visages et dans leurs cheveux tandis que de petites flammes évanescentes s'agitent derrière les vitres des lanternes. Chaque petite rafale charrie l'odeur de la forêt alentour, celle des buissons sauvages et des fleurs estivales. Linda a perdu tout contact avec le monde extérieur, elle se sent suspendue dans une autre dimension, insondable, comme si ses pieds ne touchaient plus le fond, comme si elle était immergée dans la légèreté de la nuit elle-même. Elle est heureuse, peut-être comme jamais elle ne l'a été auparavant. Elle ne pense à rien, ni aux conseils de son oncle, ni à l'opinion désagréable d'Alessandro, ni à Nadine qui d'ordinaire la fait sentir si péniblement imparfaite. À cet instant, seul Tommaso existe. Tommaso qui prend son visage entre ses deux mains et l'embrasse, doucement mais intensément. Elle le serre contre elle, lui rendant son baiser avec toute la passion dont elle est capable.

L'attention que Tommaso lui porte est si chaude et dense qu'elle remplit l'air d'une vibration magnétique. Le savoir à son côté provoque en elle un sentiment de liberté frénétique, totalement hors de contrôle. Il est si différent des autres hommes qui ont tenté de la séduire. Ce n'est ni un homme-paillasson, pendu à ses lèvres et la plaçant sur un piédestal, ni l'un de ces types arrogants et vaniteux capables de jouir de leur propre virilité et de la soumission qu'ils infligent. Ils seraient à baffer, tous autant qu'ils sont ! Tommaso, lui, semble presque venir d'une autre planète, il sait courtiser avec élégance et galanterie sans pour autant donner l'impression d'être sorti d'un stupide conte de fées, de ceux que les mères racontent à leurs filles, alimentant ainsi l'espoir ridicule qu'un jour un prince en cotte de mailles arrivera sur son cheval blanc pour demander leur main.

Du point de vue de Tommaso, Linda est extrême, dans tous les sens du terme : imprévisible, pleine de vitalité et, en même temps, derrière les apparences, délicate et parfois fragile comme une petite fille. Il ne faut pas s'étonner si elle tend presque toujours à l'excès, si elle n'affiche pas toujours un équilibre exemplaire : mais c'est là ce qui fait tout son charme. C'est précisément sa spontanéité qu'il aime par-dessus tout. Elle fait *exactement* ce qu'il lui plaît, sans arrière-pensées et sans grandes réflexions préalables. Comme en ce moment lorsqu'elle frotte son dos contre son torse, et ses fesses contre son sexe, avant de s'éloigner, d'un coup, pour rejoindre le bord de la piscine. Elle attrape une flûte, et la soulève au-dessus de sa tête.

— Tu veux ? demande-t-elle.

Tommaso acquiesce d'un signe de tête et la regarde, admiratif. De là où il se trouve, à deux mètres de distance, il lui lance :

— Tu sais que tu ressembles à la femme d'un tableau ?

— Quel tableau ? demande Linda, à la fois flattée et perplexe.

— *A Mermaid* de John William Waterhouse, répond Tommaso avec son anglais parfait.

Linda réfléchit à ce nom, séduite par la culture éclectique de Tommaso, tandis qu'elle avance vers lui avec les deux flûtes à la main.

— C'est l'un des préraphaélites, non ?

— Bravo, dit Tommaso.

— C'est bien ce qui me semblait, en effet. J'aime beaucoup les atmosphères romantiques des préraphaélites, je les connais plutôt bien, mais je ne me souviens pas de ce tableau. Il est comment ?

— Il représente une sirène, un des sujets féminins les plus charmants de l'histoire de l'art, selon moi, répond Tommaso. Elle est naturelle et délicate, mais aussi énergique, noble, à la fois solaire et ténébreuse, limpide, et pleine de force vitale.

Linda ne dit plus rien, peut-être est-elle gênée. Elle baisse la tête. Elle tend la flûte à Tommaso, et boit une gorgée en même temps que lui, savourant le goût fruité et acidulé de l'hydromel ainsi que le contraste entre le froid qui traverse sa gorge et la température de l'eau. Il y a, entre eux, une proximité étroite que l'obscurité dissimule et qui n'est révélée que par les lueurs fluctuantes des lanternes.

À un certain moment, Tanja, postée derrière une porte, annonce d'une voix ouatée :

— Si vous le souhaitez, Mark et moi sommes prêts pour le massage en duo.

Tommaso se tourne vers Linda.

— Ça te dit de te faire masser ? demande-t-il à voix basse, en lui passant doucement une main dans les cheveux.

— Si on reste tous les deux, bien sûr que ça me va, répond Linda.

Tommaso fait un signe à Tanja qui dispose alors deux peignoirs sur une chaise longue, devant eux.

Ils s'extraient du bassin, pour plonger dans l'obscurité de la nuit. Linda bouscule légèrement Tommaso, qui a déjà enfilé son peignoir. On n'y voit rien. Il l'enveloppe de ses bras et elle se niche contre son torse.

Tommaso prend ensuite le second peignoir et le dépose sur ses épaules.

— Et voilà. Tu as froid ? questionne-t-il en frictionnant un peu ses bras, d'une voix qui à elle seule réchauffe.

— Non, réplique Linda.

Elle tremble pourtant, mais c'est un tremblement intime, qui naît au plus profond d'elle-même, d'une sensation qu'elle pense n'avoir jamais éprouvée.

— Et tu me mens ! Je t'avais pourtant demandé d'être sage, ici... autrement tu finis dans les oubliettes, tu te souviens ?

Tommaso rit et la serre fort entre ses bras, contre lui.

Elle cesse un instant de respirer, puis avale une grande bouffée d'air. Ce n'est pas un simple câlin, c'est la fusion de deux âmes, une somme de battements de cœur. Linda a la sensation de pouvoir s'y perdre, elle perçoit nettement que dans cette étreinte se trouve quelque chose de grand, quelque chose qui attend encore de pouvoir s'exprimer pleinement.

Peu après, ils sont dans la salle de massage, étendus sur deux lits, côte à côte, bercés par une mélodie orientale particulièrement relaxante. Tanja masse Tommaso, tandis que Mark prend soin de Linda. L'huile parfumée glisse sur leur peau, étalée doucement par des mains expertes. Ce massage détend leur âme, ouvre leur esprit, et semble vouloir dépasser chaque limite de leurs corps. Linda et Tommaso peuvent apercevoir leurs silhouettes se refléter sur le carrelage luisant, faiblement éclairé par la lueur des bougies.

Lorsque Tanja et Mark s'éloignent sur la pointe des pieds, Tommaso tourne la tête vers Linda et replace une mèche derrière son oreille.

— Je n'aurais jamais pensé dire une chose pareille à une femme, mais quand je pense que dans deux heures nous devons nous dire au revoir, je suis envahi par une tristesse qui me fait presque mal… ma petite.

— C'est pareil pour moi, répond Linda dont le cœur est réchauffé par les mots de Tommaso. Mais il faut qu'on reparte si tu dois être à Rome demain matin. À quelle heure est ton vol ?

— Je n'y vais pas en avion, dit-il.

Tommaso s'approche d'elle, ou peut-être est-ce elle qui s'approche de lui, ou peut-être encore qu'ils viennent l'un vers l'autre au même instants.

— On m'envoie une voiture diplomatique à 10 heures. Je voyage avec le député Galli, reprend-t-il avec un air qui ne respire pas la joie. Nous devons discuter d'un important projet financier pour la Communauté européenne.

— Alors il vaut mieux que l'on commence à remonter.

Linda est sur le point de se lever mais Tommaso pose ses mains sur ses épaules et la ramène vers lui. Ils restent ainsi pendant un long moment qui semble se dilater, à l'infini. Pendant ce temps, chacun d'eux ne parvient à apercevoir de l'autre que quelques fragments : une lueur dans les yeux, une pommette, un morceau de front qui se détache dans la lumière des bougies. Puis ils se serrent fort. Leurs lèvres se touchent, chaudes, s'entrouvrent, leurs langues glissent l'une sur l'autre. Leurs respirations se mélangent, en cette nuit profonde et agitée qui les unit et les dissimule à l'abri de tout et de tous.

Linda n'a presque pas dormi. Peu avant l'aube, Tommaso l'a raccompagnée chez elle et, sur le seuil, ils se sont embrassés encore une fois ; un baiser dont aucun d'eux ne saurait dire combien il a duré. Puis Tommaso est reparti vers sa voiture avec une expression chargée de regret, un regret mêlé à de la colère de ne pas pouvoir la garder près de lui plus longtemps, et à de la nostalgie de la savoir trop loin de lui.

Elle s'est retournée mille fois dans ses draps, tout au long de ce qui restait de la nuit, tandis que des fragments de phrases, de gestes, de sensations défilaient dans sa tête et faisaient battre son cœur. La voix de Tommaso, ses yeux gris-bleu, ses mains, ses lèvres, son souffle, ses bras... Et puis, le temps d'un flash, Nadine et sa perfection, Nadine et son assurance, Nadine, la compagne officielle. Mais cela n'a duré qu'un instant, cette vision gênante s'est rapidement dissoute, laissant remonter les traits de Tommaso à la surface de sa mémoire. Elle a eu beau essayer toutes les positions, aucune ne convenait. Elle était incapable d'apaiser les mouvements de son corps et de son esprit. Vers 7 heures, alors qu'elle était sur le point de s'endormir, son portable s'est mis à sonner sur la table de chevet. En voyant le nom d'Alessandro s'afficher sur l'écran, elle n'a pas pu s'empêcher de décrocher.

— Allo ? dit Linda avec une voix qui aurait pu rappeler un animal surpris dans son terrier.

— Salut... c'est moi. Je sais qu'il est tôt.

La voix d'Alessandro tambourine dans sa tête.

— Mais je dois te demander un service, urgentissime, poursuit-il.

— Si je peux..., répond Linda dans un état de demi-conscience, encore embrumée par le sommeil.

— Tu peux m'accompagner à l'aéroport de Venise, cet après-midi ?

— Pardon ? dit-elle, soudain tout à fait réveillée.

— Je dois partir.

— Comment ça *je dois partir* ?

Linda a bondit sur son lit, puis s'est laissée tomber, sans force, sur le coussin.

— Oui, pour le Viêtnam. J'ai mon vol à 17 heures.

— Hein ? Et tu me le dis comme ça ?

Linda a bredouillé autre chose, mais Alessandro ne lui a pas laissé le temps de finir, tout focalisé qu'il est sur ce départ improvisé. Tout à coup elle a une intuition, mais elle ne veut pas y croire : elle pressent, mais espère vraiment se tromper, que son ami a décidé de retourner dans l'œil du cyclone.

— Allez, je t'explique tout ça plus tard. Sois tranquille. Il suffit que tu passes me chercher à 14 heures.

— Al', je ne sais pas dans quel merdier tu es en train de te fourrer cette fois, mais OK, je suis là pour toi. Comme toujours. À plus tard.

Elle a véritablement eu une grande difficulté à sortir ces mots de sa bouche.

— Génial ! Je savais que tu serais au top cette fois encore ! Merci, vraiment, a-t-il répondu, surexcité, au point de paraître suspect.

Linda a éteint son téléphone avant de le jeter quelque part sur le lit. Épuisée, elle a enfoncé sa tête dans son coussin et a sombré dans le sommeil avec en tête un tourbillon de pensées troubles dans lesquelles les visages d'Alessandro et de Tommaso se superposent de façon inquiétante.

La lumière entre maintenant à flots dans la pièce malgré les volets, et le vent fait pression sur les vitres. Quelle heure peut-il être ? 9 heures ? 10 heures ? Elle devrait se lever – d'ailleurs, bon sang, elle devait passer voir Bosi, ce matin – mais elle est tentée de rester encore un peu au lit à attendre que le courage vienne toquer à sa porte. Elle ouvre les yeux mais ne parvient pas immédiatement à se libérer du flou qui l'entoure. Courage. Un, deux, trois. La voilà debout, enfin. Et c'est presque un miracle.

Tommaso n'a pas non plus réussi à fermer l'œil. Il se rase, à présent, dans la salle de bains de service. Rester dans la chambre à côté de Nadine qui dort encore l'angoissait de manière insupportable. Il est sûr qu'elle a elle-même passé la nuit dehors, mais il ne saurait pas dire avec qui. Il est assez consterné par la distance qui s'est installée entre eux en seulement quelques jours, sans qu'ils aient le temps de se mettre à l'abri. Il passe la lame sur la mousse, la secoue dans le lavabo, la rince sous le jet du robinet. Il se dit que leurs corps et leurs gestes sont plus ou moins les mêmes que ceux qui créaient entre eux, quelques années auparavant, une irrésistible alchimie : que s'est-il passé, alors, entre-temps ? Où a donc fini cette attraction ? Et l'attention à l'autre, l'amusement, la confiance, la curiosité et même l'estime ? Il ne le sait pas, il ne le comprend pas, mais, à ce moment-là, il a autre chose en tête. L'ancienne horloge à bascule du vestibule indique 9 h 30. Il faut qu'il s'active et qu'il se réveille s'il ne veut pas se faire surprendre encore engourdi à l'arrivée de la voiture et du député.

Ce qui s'est passé avec Linda l'a complètement bouleversé. Il était sûr de sa capacité à garder une certaine distance, non pas dans un sens d'ascèse, mais dans l'optique de parvenir à éviter tout attachement sentimental. D'autant plus que, de ce point de vue, il est déjà suffisamment embarrassé, voire écœuré, par la déception que lui cause son histoire avec Nadine. Celle-ci n'est plus qu'un mélange pathétique de réflexes mécaniques, de comportements contrôlés et clichés. Mais, avec l'arrivée de Linda dans sa vie, les barrières qu'il s'était construites durant toutes ces années de long travail effectué sur lui-même avaient commencé à céder. Et ce dès le début, dès les premiers mots qu'ils s'étaient dits, les premiers regards qui avaient été échangés. La joie provoquée par ce léger trouble l'a emporté avec une intensité à laquelle il n'était pas du tout préparé. Son équilibre est maintenant compromis, à tout point de vue. Et il a permis que cela arrive. Mais comment est-ce possible, se demande-t-il, maintenant qu'il est trop tard, qu'une chose pareille se produise chez quelqu'un qui ne cherchait rien de tel, qui peut-être n'y croyait même plus ? Lorsque se brise la digue de défenses émotionnelles qu'on a mis une vie à construire, peuvent surgir alors des choses que l'on croyait enfouies, cachées dans les replis les plus profonds de son cœur. Et maintenant, Tommaso ne sait plus s'il veut éviter ce déferlement ou si, au contraire, il éprouve l'urgence que tout se concrétise, le plus vite possible. Il n'est plus sûr de rien, il a juste envie de retourner auprès d'elle, au lieu de monter dans cette voiture bleue et d'affronter un long voyage ennuyeux jusqu'à Rome. Il lui suffit de repenser au corps de Linda sur le sien, à cette puissante proximité, à cet échange d'émotions, de pensées, de souffles, pour que sur sa peau courent les mêmes frissons et que son cœur se mette à battre d'une étrange façon.

Ça suffit. Il faut qu'il redevienne lui-même. Mais qui est-il réellement à présent ? On vient de sonner à l'interphone et il doit encore s'habiller. Tant pis, ils l'attendront, peut-être pour la première fois.

À 14 heures précises, Linda arrive devant la petite maison d'Alessandro. Lui l'attend déjà dehors, assis sur un bloc de granit, vêtu d'un T-shirt noir et d'un pantalon militaire, des rangers aux pieds et son Reflex autour du cou, protégé par son étui. Son gros sac de baroudeur est posé par terre. Sans descendre de la spider, elle lui indique de la main le coffre, à l'arrière. Alessandro se redresse d'un bond, attrape son sac à dos, le jette dans la voiture et s'installe à côté d'elle, plus vite que l'éclair.

— Il faut tracer car je n'ai pas réussi à faire le check-in depuis la maison à cause de cette putain d'escale que je dois faire à Londres, dit-il en un souffle après lui avoir collé un baiser sur la joue.

— En attendant, reste calme. Et attache ta ceinture, *please* !

Linda passe la première et appuie à fond sur l'accélérateur. Alessandro s'appuie sur le siège, mais demeure un peu rigide.

— Calme-toi aussi, alors..., dit-il en faisant un signe de croix dès qu'il voit le compteur bondir en quelques secondes de trente à cent kilomètres-heure et plus.

Il éclate ensuite d'un rire bruyant, un peu nerveux en réalité.

— Je me calmerai seulement quand tu m'auras raconté en détail comment tu t'es mis en tête de retourner au Viêtnam, répond Linda en secouant la tête en signe de désapprobation. Il faut vraiment être dingue !

Puis, en lui décochant un petit coup de poing sur la jambe, elle ajoute :

— Et moi je suis encore plus dingue que toi à rentrer dans ton jeu.

Mais elle sait très bien que c'est dans l'ordre des choses.

— Je vais prêter main-forte à mon ami blogueur qui a été condamné, explique Alessandro. Je n'arrive plus à rester ici les mains dans les poches.

— Très bien ! J'imagine que tu t'es assuré de ta sécurité, n'est-ce pas ?

Plus qu'un reproche, on perçoit surtout de l'inquiétude dans la voix de Linda.

— J'ai reçu un communiqué provenant de sources sûres. Je sais qu'il y aura un mouvement de protestation en sa faveur.

Alessandro s'enflamme, il parle comme s'il était déjà là-bas, en train de hurler des slogans contre la police vietnamienne pour faire libérer un homme qui a agi seulement au nom du Bien. Le voilà, l'idéaliste jamais en paix avec lui-même, toujours occupé à chercher ce qui est juste et ce qui ne l'est pas dans tout ce qui l'entoure. Il est fait ainsi, il a un sens de la justice si fort que parfois tout le reste passe au second plan : les liens affectifs, l'amour, sa sécurité personnelle. Face à chaque conflit, qu'il soit grand ou petit, il a besoin de prendre position.

— En tout cas, fais-toi tuer surtout, je compte sur toi. Car ici, en Italie, sans trépidantes nouvelles de toi, on s'ennuie ferme.

Linda est agitée, elle a un nœud à l'estomac dont elle ne parvient pas à se défaire.

— Idiote ! Tu sais que je suis un type prudent...

— Non Al', dit-elle en frappant d'une main sur le volant, je ne plaisante pas : cette fois je suis sérieusement inquiète.

— Mais il n'y a pas de raisons, tente-t-il de la rassurer.

— Oh que si, il y en a. Tu as déjà risqué ta vie une fois et maintenant tu retournes tout droit dans l'antre du lion ?

— Il ne m'arrivera rien. Sois tranquille. Tu te fais un film toute seule, dans ta tête.

Alessandro ricane. Il ne sous-estime pas la situation, simplement il voudrait désamorcer un peu la tension.

— Vraiment, conclut-il.

Linda pousse un soupir, puis sourit. Elle passe ses doigts sur le tableau de bord pour tenter d'allumer la radio.

— On met un peu de musique, allez, comme ça j'arrête de jouer la maman casse-couilles...

— Je m'en occupe, concentre-toi sur la route.

Alessandro saisit sa main et la pose avec douceur sur le levier de vitesse. Il se met ensuite à farfouiller dans la boîte à gants où sont entassées pêle-mêle de vieilles cassettes que Linda n'écoute probablement plus depuis des années. Il ne sait même pas si elles fonctionnent encore. Il choisit une compilation des Beatles, qui sonne tout à fait bien. Pendant quelques instants, ils écoutent les paroles en silence. Lorsque arrive le refrain de *Come Together*, cependant, ils ne résistent pas et se mettent à chanter à tue-tête. C'est un morceau qui a toujours eu une place toute particulière parmi leurs préférés. Ils chantent toujours plus fort – Linda qui chante juste se moque d'Alessandro pour qui c'est moins le cas –, ils se défient du regard en riant pour éloigner les pensées négatives. Linda se balance d'avant en arrière, en gardant les mains sur le volant, Alessandro agite ses mains comme s'il était face à une batterie invisible.

— Cette chanson, je la télécharge tout de suite sur mon iPhone, comme ça je l'écouterai là-bas en pensant à toi.

— Oh, mon grand romantique..., dit Linda en se tournant un instant vers lui pour lui sourire.

Mais Alessandro affiche un air sérieux. Il la regarde comme s'il voulait imprimer son visage sur sa rétine et la transformer en photo. La plus belle de toutes.

Tout à coup, une étrange atmosphère s'installe entre eux, chargée de promesses jamais formulées et de désirs enfouis. Ils ne disent rien, et pourtant c'est comme s'ils se parlaient. Quelque chose qui aurait voulu dire : on aurait pu se donner plus pendant ce temps passé ensemble, et va savoir pourquoi, on ne l'a pas fait. Peut-être par peur, par timidité ou par indécision. Quoi qu'il en soit, il est trop tard. Et désormais il faut regarder vers l'avenir.

— Quand est-ce que tu penses revenir ? lui demande Linda, brisant le silence qui devenait lourd depuis quelques minutes.

— Quand le moment sera venu. Comme toujours.

Et voilà de nouveau cette atmosphère lourde, en suspens.

Ils rejoignent finalement l'aéroport et ce climat indéfinissable est désamorcé par l'exigence de se dépêcher. Heureusement, l'attente n'est pas trop longue au desk et Alessandro est rodé aux procédures d'embarcation. Il reste juste assez de temps pour boire quelque chose au bar de l'étage avant le départ. Ils empruntent l'escalator et, après avoir commandé deux cafés, ils prennent possession de la première table libre.

Linda ne le boit pas d'un coup, comme elle le fait d'habitude.

— C'est le dernier café italien, dit Alessandro en profitant du sien.

Et ses mots ont le goût amer d'un adieu. Il extrait en vitesse son Reflex et prend une photo.

— Allez, ne fais pas ces yeux tristes, lui ordonne-t-il, en soulevant son menton.

— Range ton outil, réplique-t-elle.

Et tout à coup Linda a l'impression de revivre une scène qui a déjà eu lieu de nombreuses années auparavant.

Il était justement parti de l'aéroport de Venise, la première fois, et c'était elle qui l'avait accompagné. Elle qui venait tout juste d'obtenir le permis et savait à peine faire une marche arrière. Alessandro avait attendu ce moment pendant des années. Quelques jours après l'examen du bac la décision était prise : partir et ne pas revenir avant un bout de temps. Pour quoi faire exactement, il ne le savait pas et ça ne lui importait pas plus que ça. Un peu d'argent mis de côté, un Canon argentique, un billet pour Lima et son sac à dos plein de rêves. La séparation avait été douloureuse pour tous les deux : ils avaient vécu les dernières années en symbiose, comme deux frère et sœur, deux amis amoureux, mais ils savaient que ce moment arriverait.

C'est alors que Linda lui avait demandé de lui envoyer une carte postale, une photo, une trace de chaque pays par lequel il passerait : elle voulait être sûre qu'ils ne s'oublieraient jamais. Et il avait tenu parole. Elle se souvient de ces adieux déchirants, un peu comme maintenant, même si aujourd'hui ils sont adultes – chacun à sa manière – et certaines choses sont plus difficiles à exprimer.

Le haut-parleur annonce le vol d'Alessandro et ramène Linda à la réalité. Ils se lèvent et regagnent l'étage inférieur. Elle l'accompagne jusqu'à la porte d'embarquement. Le moment est venu. Une fois de plus.

— Bien, on se dit au revoir ici.

Alessandro l'étreint et imprime deux baisers sur ses joues.

— Bon voyage.

Linda le serre fort contre elle pendant quelques secondes qui lui paraissent interminables et en même temps si courtes, puis elle se décide à le lâcher.

— Promets-moi que tu feras attention.

— Je te le promets, répond Alessandro en la regardant dans les yeux. Tu vas me manquer. Vraiment. Mais ce n'est pas nouveau.

— Toi aussi.

Alessandro arrange la bandoulière de son Reflex, fait trois pas, puis à l'improviste se retourne et revient vers elle. Linda se dit qu'il a oublié quelque chose, elle est sur le point de lui demander quoi, mais il l'en empêche, bâillonnant sa bouche d'un baiser profond. Elle est si surprise qu'elle ne sait pas comment réagir. Les mains d'Alessandro, délicates et fortes à la fois, tiennent fermement sa tête, et ses pensées avec. Linda ferme les yeux, retient sa respiration, elle lui rend à présent son baiser.

Alessandro se détache enfin d'elle.

— Maintenant je peux y aller, dit-il en guise de salut, en tenant toujours son visage entre ses mains.

— Oui, souffle Linda, encore étourdie.

Alessandro serre ses mains dans les siennes, dépose sur son front un dernier petit baiser. Il lui dit qu'il sera toujours là. Ils savent, l'un comme l'autre, qu'entre eux il n'y aura jamais d'adieux.

13.
Paresse

Bonjour, mademoiselle,

Finalement j'arrive à t'écrire !

J'ai une grande nouvelle : aujourd'hui, ils ont libéré Xuan, mon ami blogueur. Les activistes ont protesté pendant dix jours devant la prison d'État, et moi avec. C'était extraordinaire d'être là, parmi eux, je ne te dis pas les gens incroyables que j'ai rencontrés, des fous furieux avec un sens de la justice et un courage impressionnant… Quand ils nous ont délogés de devant la prison, nous nous sommes barricadés devant le Palais présidentiel et nous avons résisté jusqu'à ce qu'ils nous écoutent. À la fin, le gouvernement vietnamien a été contraint de céder. Pour ma part, j'étais vraiment la dernière roue du carrosse, dans cette histoire, mais si je n'avais pas témoigné en faveur de Xuan, peut-être que sa libération aurait pris des mois. J'étais le seul à pouvoir le faire malheureusement, car j'étais le seul à avoir en main les preuves de son innocence : les photos. Et les photos disent toujours la vérité. Je suis tellement heureux d'avoir fait quelque chose de bon. Je n'ai pas ressenti une telle joie depuis longtemps.

Quand ils l'ont fait sortir et que j'ai pu le prendre dans mes bras, j'étais ému comme un enfant, j'ai même pleuré (et tu sais bien que je ne pleure JAMAIS). Maintenant il est là, à côté de moi. Je t'écris depuis un endroit hors d'Hanoï. Personne ne sait où nous sommes, il vaut mieux rester un peu sous couverture… Aussi parce que ce n'est pas fini. Non. Maintenant on attaque la phase cruciale, plus personne ne peut nous arrêter ! On est prêts à reprendre notre bataille contre les entrepreneurs corrompus, les bâtards d'exploiteurs et ces ordures qui sont de mèche avec la mafia locale. Aujourd'hui, Xuan et moi avons fait une série de clichés terribles, des photos volées dans une usine alors que personne ne nous prêtait attention (mais ne t'en fais pas, le risque était minime, tout est sous contrôle). Bientôt nous les publierons, il faut juste attendre le bon moment.

Je pense qu'on va se déplacer à Hô Chi Minh, c'est là, surtout, que ces criminels recrutent des enfants pour ensuite les faire travailler dans des conditions inhumaines.

Il y a vraiment beaucoup à dévoiler, crois-moi, trop de choses honteuses que l'on se doit de montrer à la communauté internationale.

Je me sens vivant comme jamais, et je te promets que je ferai attention. Ne t'inquiète pas si je ne t'écris pas pendant un certain temps, ici ce n'est pas ce qu'il y a de plus simple… et puis, pour l'instant, moins je laisse de traces sur les réseaux et par téléphone (tu ne peux pas savoir combien j'ai envie de t'appeler !) et mieux c'est.

Je pense souvent à toi et j'ai tellement hâte de te tenir de nouveau dans mes bras.

Merci de m'avoir accompagné à l'aéroport. Merci d'être toujours là pour moi. Cette victoire est aussi un peu la tienne !

Je tiens vraiment à toi, et tu le sais.

Al'

Moi aussi je tiens à toi, pense Linda. Elle sauvegarde le mail dans le dossier COURRIER IMPORTANT, lève les yeux au ciel et sourit : quel soulagement de savoir qu'il va bien, qu'il a fait quelque chose qui lui tient à cœur et qu'il est heureux ! Cela fait un mois qu'Alessandro est parti et elle n'avait pas de nouvelles de lui depuis. Elle avait compris dès le début combien la libération de Xuan était importante pour lui. Et aujourd'hui, l'enthousiasme de son ami a été contagieux. Évidemment elle ne croit pas un mot de ce qu'il lui a écrit concernant le danger de la situation : il lui a menti pour la rassurer, elle le sait très bien. Allez savoir s'il est vraiment en sécurité, là où il se trouve ! Allez savoir dans quelles galères il est capable de se fourrer ! Elle ne le connaît que trop bien : un homme comme lui ne s'arrête jamais devant rien lorsqu'il s'agit de poursuivre une cause juste.

Elle pose son téléphone sur la petite table en bois, à l'abri sous le parasol et retourne s'allonger sur le confortable transat en toile. Il est presque 18 heures et la piscine de l'Asolo Golf Club commence à se vider tandis que la plus belle lumière du jour filtre entre les collines. C'est Tommaso qui l'a emmenée dans ce lieu merveilleux, et c'est le premier dimanche qu'ils passent ensemble. Il a réussi à se libérer de Nadine en prétextant l'excuse d'une obligation professionnelle très importante, un de ces meetings internationaux, s'imagine Linda, dans lesquels se décide le sort politique de l'Europe et qu'on ne peut en aucun cas manquer. Mentir n'est pas dans les habitudes de Tommaso mais, pour pouvoir passer du temps avec elle, il a été contraint de le faire, et plus souvent qu'il ne l'aurait imaginé. Jusqu'à présent, cela en avait toujours valu la peine.

Linda s'étend sur un côté, allonge le bras vers Tommaso et, avec un doigt, lui effleure l'épaule.

— Combien d'heures de décalage y a-t-il entre ici et le Viêtnam ?

Tommaso la regarde bizarrement mais lui répond tout de suite.

— Cinq heures, si je ne me trompe pas. Pourquoi ? demande-t-il en abaissant sur son nez ses lunettes de soleil en bois strié.

Linda se mord les lèvres en ajustant le haut de son bikini bleu ciel.

— Alessandro est là-bas et il vient de m'envoyer un mail.

— Ah, dit Tommaso en ajustant de nouveau ses lunettes. Comment va-t-il ?

— Bien, heureusement, répond Linda en soupirant. Il a réussi à faire libérer un ami blogueur qui avait été injustement mis en prison.

Tommaso acquiesce, il voit très bien de quoi elle parle.

— Là-bas la liberté de presse est encore un mirage. Et on la paie souvent au prix fort.

Il ne sait pas pourquoi mais il éprouve une sensation nouvelle et étrange, qu'il ne déchiffre pas mais qui le pousse à lui demander :

— Il te manque ?

— Un peu, oui, réplique Linda en penchant la tête de côté.

Avec Tommaso, elle ne parvient pas à ne pas être sincère.

— Tu sais, ajoute-t-elle avec un sourire un peu forcé, il y a toujours eu un lien très fort entre lui et moi, depuis que nous sommes tout jeunes.

— Ça, on le devine...

Linda se redresse sur sa chaise longue.

— Qu'est-ce qu'il y a ? Tu n'es quand même pas jaloux ? Non, non, non... pour M. Je-contrôle-toutes-mes-émotions, c'est une infraction pure et dure !

— Moi ? proteste Tommaso en secouant la tête bien qu'il ait été pris, de toute évidence, en flagrant délit. Mais bien sûr que non ! Tu penses...

— Et pourtant si ! rétorque Linda en l'étudiant de près.

Elle se lève et va s'asseoir sur le bord de sa chaise longue.

— Tu es jaloux, admets-le, ajoute-t-elle en lui pinçant les pectoraux.

— Bon, peut-être..., concède Tommaso en baissant les yeux, tout en ne reconnaissant pas pleinement qu'il a vacillé.

— Mon Dieu ! Je ne peux pas y croire..., commente Linda, amusée. Tommaso Belli, le grand diplomate qui gère des crises internationales, avoue être jaloux ?

— Sauf que je n'ai absolument rien avoué, *baby*. Vous ne proférez, mademoiselle Ottaviani, que de fausses accusations ! s'exclame Tommaso en souriant. Allez, viens ici, feignasse, ajoute-t-il en l'attirant contre lui avant de l'embrasser.

— Oh, oui !

Linda le couvre d'une pluie de petits baisers sur le visage, avant de s'allonger sur son corps.

— On est si bien collé à toi.

Tommaso caresse son nez du bout d'un doigt, un geste si tendre qu'il peine à reconnaître comme étant le sien.

Mais avec elle, il est comme ça, complètement spontané. Sa raison ne parvient pas à filtrer ses émotions et à les contrôler, comme cela avait toujours été le cas avant qu'il ne la rencontre.

— Tu sais que ce matin tu n'étais pas mal du tout comme joueuse ?

— Toi, au contraire, tu ne sais pas mentir...

Linda rit en repensant aux leçons de golf de Tommaso. Elle avait trouvé infernal de devoir retenir tous les noms des clubs et leurs caractéristiques spécifiques : les « bois », les « fers », le *putter*, le *driver*, et le *sand-wedge*. Si on les lui remettait sous le nez maintenant, elle serait incapable d'en nommer un seul. Sans parler de la dynamique du jeu : les trous, le nombre de coups, et ce foutu *par* dont elle a mis une heure à saisir de quoi il s'agissait. Tommaso, en plus, n'a pas arrêté d'aligner des termes techniques, *double eagle* par ci, *triple bogey* par là, et puis des *birdie*, des *albatros*, et des *condor* en veux-tu en voilà. Elle n'a absolument rien compris, mais se laisser guider était excitant, surtout quand il se mettait derrière elle et l'aidait à empoigner le club, ou lorsqu'il lui expliquait comment donner de la force à son lancer.

— Vraiment, insiste Tommaso. Tu as été mon élève la plus prometteuse.

— Bien sûr, probablement parce que j'ai été la seule, compte tenu du fait que tu es un prof si... *collant*.

Tommaso rit maintenant de bon cœur.

— Je ne plaisante pas, à mon avis tu as un grand potentiel. Avec encore quelques leçons et quand tu te seras familiarisée avec le parcours, tu pourrais même me battre.

— Ça, franchement, j'en doute...

Et pourtant elle ne manque pas d'esprit de compétition. Au contraire. L'idée de se confronter à Tommaso, qui a gagné plusieurs tournois ces dernières années, l'excite particulièrement.

— En tout cas, on peut essayer. À tes risques et périls.

Tommaso lui caresse les cheveux.

— J'aime quand tu sors les griffes..., dit-il en lui déposant un tendre baiser sur le front. Qu'est-ce qu'on fait, on dîne ici ce soir ? Ça te va ?

— Si toi tu peux, oui.

Même si cela ne dure qu'un instant, l'image de Nadine s'affiche dans son esprit. Madame ne le prendra certainement pas bien, même s'ils sont habitués à vivre chacun leur vie... mais cela ne la regarde pas, c'est un problème que doit gérer Tommaso : l'idée d'un dîner aux chandelles, en terrasse, peut-être après un massage relaxant la réjouit. Et si elle peut l'avoir rien que pour elle, sans effort, elle ne voit pas pourquoi elle devrait laisser passer l'occasion.

— Bien sûr que je peux, répond Tommaso avec un ton presque sévère. Et surtout : je le veux.

Linda lui saute au cou, elle plonge dans ses yeux bleus qui, à cet instant, sont en harmonie avec le ciel.

— Génial ! Ce soir je ne veux que toi.

— Moi aussi, tu ne sais pas combien, ajoute Tommaso en secouant la tête.

En disant cela, il se rend compte que lui non plus ne sait pas jusqu'où s'étend l'attraction qu'il éprouve pour Linda. C'est une émotion déconcertante, qu'il ne parvient plus à contrôler. Il écarte les bras, faussement résigné, alors même qu'il se retient de rire.

— Désormais je suis en ton pouvoir. Fais de moi ce que tu veux.

À Hanoï, il est 1 heure du matin.

Alessandro vient de fermer les yeux. Le canapé-lit du studio est très inconfortable, mais pour quelqu'un qui a passé les dix dernières nuits à la belle étoile, c'est comme s'il logeait dans un hôtel de luxe. Xuan est sorti depuis une heure, il a décidé d'aller dormir chez Duyên, la fille qu'il fréquentait avant qu'il soit arrêté. Il doit rentrer à l'aube et ils partiront ensuite pour Hô Chi Minh.

Alessandro se retourne sur le canapé. Il fait une chaleur harassante, et il transpire, bien qu'il soit en boxer et que le ventilateur au plafond remue inlassablement l'air lourd et malodorant de la pièce. Il a accumulé une quantité trop importante d'adrénaline ces derniers jours, et il lui faudra un peu de temps pour qu'elle retombe, ou peut-être même qu'elle ne retombera jamais si on considère les projets qu'il a échafaudés avec Xuan. S'introduire dans les usines et immortaliser l'atroce vérité de l'exploitation des mineurs ne sont pas exactement une partie de plaisir. Il sait très bien qu'il suffira d'un seul faux pas pour que tout parte en fumée.

Tandis qu'il se débat avec ses pensées, un bruit étrange brise le silence de la pièce. Il ouvre les yeux et, dans l'obscurité, il perçoit une présence. Humaine.

— Xuan, c'est toi ? demande-t-il en tâtonnant sur le mur, à la recherche de l'interrupteur.

Pas de réponse. Seulement un chuchotement fébrile. Alessandro se redresse d'un bond. Il parvient enfin à atteindre l'interrupteur.

— Oh, merde !

Deux hommes se trouvent devant le bureau. L'un, petit et maigre, avec une longue cicatrice qui traverse sa joue, reste debout comme pour monter la garde tandis que l'autre, gros et chauve, fouille dans les tiroirs avec une vivacité effrayante.

— Qui êtes-vous ? ! lance Alessandro.

Il saute du canapé et d'un bond se jette sur eux.

— Qu'est-ce que vous faites là ? Qu'est-ce que vous voulez, putain ? *What are you looking for, here ?*

— *Photo. Your photo,* s'écrie le petit avec la balafre, dans un anglais sommaire, tandis qu'il sort un flingue, un petit semi-automatique calibre .22 qu'il pointe sur la tempe d'Alessandro en le tenant fermement par un bras. *Where ? Where photo ?*

Alessandro ne se laisse pas impressionner. Il regarde les deux hommes avec des yeux chargés de haine et serre la mâchoire. Ils devront passer sur son cadavre pour les avoir.

— *Which photos ? I don't understand. What do you mean ?*

Il tente de feindre l'incompréhension en rassemblant toutes ses forces.

C'est alors que le gros chauve se lève de la chaise et marmonne quelque chose en vietnamien à son compagnon. Celui-ci, telle une furie, décoche un coup de poing sur le visage d'Alessandro, puis lui assène un coup de genou entre les jambes qui le met K.-O. Alessandro, par réflexe, porte une main à ses testicules ; une grimace de douleur déforme son visage tandis qu'un filet de sang coule de son nez. Le petit gars presse sa botte crantée sur son torse pour le maintenir à terre. Mais Alessandro l'attrape avec ses mains et le fait tomber. Ils commencent à lutter dans un entremêlement de bras et de jambes, et juste au moment où le Vietnamien est sur le point de lâcher prise, l'autre intervient pour arracher son compagnon des griffes d'Alessandro. Puis, tour à tour, ils le couvrent de coups de pied, de poing, et de crachats. Quand il est suffisamment assommé pour être neutralisé, le petit lui pointe le pistolet au milieu du front.

— *I kill you. Speak. Where photo*, le menace-t-il en hurlant comme un damné.

Alessandro est par terre, il a le thorax en feu, ses muscles lui font mal, sa tête explose. De nouveau, il essaie de réagir. La violence n'a jamais été une arme à laquelle il a recouru, mais quand il n'y a pas d'autres choix… D'un coup de main soudain, il fait voler dans les airs le flingue du petit, puis le pousse avec ses jambes et le plaque au sol. Avec le peu de forces qu'il lui reste, il tente de se relever, mais il n'y parvient pas. Il sent deux mains plus fortes que les siennes le renvoyer vers le sol : c'est le gros gars, qui lui presse sur la bouche un mouchoir imbibé de chloroforme.

Ce n'est alors l'affaire que d'un instant. La lumière, puis les ténèbres. Alessandro a un dernier sursaut puis s'effondre dans les bras de l'inconnu.

Depuis quelques jours elle se lève tôt. Peut-être à cause de l'air pétillant de ce mois de septembre plein de surprises, peut-être aussi parce que l'été est sur le point de s'achever et qu'elle veut profiter de chaque rayon de soleil et des derniers moments qu'elle peut passer à l'extérieur. Aussi parce qu'elle pense aux premiers jours de l'automne qui font du nord-est de l'Italie un endroit mélancolique et peu attirant. Aujourd'hui, étant donné qu'on est samedi, elle est montée en selle de son vélo de course – cela faisait trop de temps qu'elle ne l'avait plus utilisé – et elle a pédalé quelques kilomètres à travers les collines.

C'est une de ces matinées où le ciel est très bleu, le soleil et l'air tiède la font se sentir légère. Des hauteurs où elle se trouve, elle parvient même à entrevoir la mer, à l'horizon. Linda est heureuse. Tout se déroule pour le mieux avec Tommaso : leurs rencontres ne sont que passion à l'état pur, aucun d'eux n'a envie de se poser trop de questions sur le futur et ils vivent donc à fond chaque instant qu'ils réussissent à partager. Elle ne pourrait rien désirer de plus. Le seul point noir de ce tableau du bonheur, en ce moment, c'est Alessandro. Depuis le mail qu'elle avait reçu, il n'avait plus donné aucune nouvelle. Dans le fond, il avait toujours été ainsi, elle le connaît bien : il est capable de toquer à sa porte, un beau jour, sans même l'avoir prévenue, exactement comme il l'avait fait la dernière fois. Allez savoir quelles informations brûlantes il aura dénichées... Elle l'imagine dégainer son appareil photo plus vite que son ombre, dans les scénarios les plus imprévisibles. Il a de la chance, après tout, d'avoir cet esprit nomade. Elle, au contraire, a planté de solides racines dans sa terre, la Vénétie, qu'elle quitte le moins possible, uniquement pour quelques courtes vacances ou un voyage professionnel.

Mais le manque de nouvelles de son ami est-il vraiment l'unique raison de son trouble ?

Elle secoue la tête pour éloigner de ses pensées le souvenir de ce baiser qu'elle ne s'explique toujours pas, de cet instant suspendu au milieu du brouhaha de l'aéroport. Elle pédale plus vite.

Elle dévale une descente, puis emprunte un chemin plat qui longe la berge d'un petit cours d'eau, et là voilà à Seravalle, chez Giorgio qui l'attend pour déjeuner. Heureusement qu'il est toujours là pour elle. Loin de sa famille et avec des amis toujours occupés par leurs métiers et leurs foyers respectifs, elle se sentirait perdue sans lui.

Linda entre dans la maison. Depuis la cuisine, on entend un concert de bruits de casseroles et d'assiettes : comme dans chaque chose qu'il entreprend, Giorgio cuisine avec force passion et fantaisie. Il a toujours envie d'essayer de nouvelles choses. Aujourd'hui, par exemple, il a eu envie de faire une recette thaïe, un curry de poulet au lait de coco, accompagné de riz basmati. Il est sûr que cela plaira à sa nièce.

— Tonton ! lance Linda en le saluant avec deux baisers.

Elle lance un regard d'approbation à l'élégant tablier rouge qu'il porte.

— Tenue de grand chef, aujourd'hui ?

— Ma chérie, soit on fait bien les choses soit on ne les fait pas, tu me connais !

— C'est vrai ! dit-elle en tapant dans sa main. Je m'occupe de la table.

— Bien sûr, ça c'est ton domaine ! réplique Giorgio avec un clin d'œil.

Tandis qu'ils discutent, on entend en fond sonore le jingle du journal télévisé. Linda attrape la télécommande et baisse le son : les JT l'énervent par la quantité de conneries qu'ils arrivent à diffuser. À table ou lorsqu'elle est en compagnie, elle tolère encore moins la présence gênante de la télévision. Mais, étant donné que Giorgio l'a allumée, elle ne va évidemment pas lui imposer ses choix. Elle étend la nappe en lin blanc et plie en éventail deux serviettes.

Elle ouvre ensuite le buffet.

— Je mets les verres à pied ou les gobelets en verre soufflé ? demande-t-elle.

— Je dirais les seconds étant donné le menu du jour, répond Giorgio.

— OK ! dit-elle en se hissant sur la pointe des pieds pour attraper les verres.

Tandis qu'elle les pose sur la table, son regard s'arrête sur le poste de télévision. La journaliste blonde a un air sombre, de deuil. À ses épaules apparaît l'image d'une figure masculine. Le sang de Linda se glace, elle ne croit pas ce qu'elle voit.

— Mais c'est Alessandro ! s'écrie-t-elle, horrifiée, en augmentant vite le volume.

Giorgio accourt immédiatement, laissant déborder l'eau dans laquelle cuit le riz. Ils écoutent, immobiles, les yeux cloués à l'écran.

— *Au Viêtnam depuis seulement quelques semaines, Alessandro Degan, reporter photo italien, a mystérieusement disparu à Hanoï, la capitale*, annonce la voix aseptisée de la journaliste. *Trente-cinq ans, vénitien, il collaborait avec une agence de presse internationale. Du peu d'informations dont dispose l'Italie, on sait qu'il travaillait à un reportage sur l'exploitation des enfants mineurs dans le pays. L'hypothèse d'un enlèvement, pour l'instant non confirmée par le ministère des Affaires étrangères, semble la plus probable. Il pourrait s'agir d'une prise d'otage perpétrée par la mafia locale qui gère le trafic des mineurs. Toutefois, Interpol n'exclut pas l'hypothèse d'un homicide. D'ultérieures informations seront diffusées dans les prochaines éditions de ce journal.*

Linda et Giorgio se regardent, incrédules, pétrifiés. À cet instant précis, tout, autour d'eux, devient vide de sens et sans importance.

Linda s'effondre sur la chaise, se prend la tête dans les mains et éclate en sanglots.

— Ce n'est pas possible, je ne peux pas le croire.

Les larmes ruissellent sur ses joues, et glissent, salées, sur ses doigts, dans sa bouche.

La journaliste blonde continue de réciter les nouvelles du jour. En quelques secondes elle passe d'une expression de douleur absolue à une placide allégresse.

— *Ce soir s'achève la soixante et onzième Mostra de Venise. En direct, notre envoyé spécial.*

Giorgio, avec le peu de lucidité qui lui reste, se dépêche d'éteindre la télé.

Linda semble regarder fixement un point précis sur la nappe.

— Cette maudite tête de con a réussi à se foutre dans la merde, s'écrie-t-elle en tapant un poing sur la table. Non, non et non ! hurle-t-elle jusqu'à en avoir mal aux poumons.

Une angoisse grandissante s'empare peu à peu d'elle. Elle est secouée, ses mains tremblent. Elle se sent petite et inutile, assise là, confortablement, sur le canapé de ce village tranquille où il ne se passe jamais rien, tandis que son ami, lui, est en première ligne en train de s'occuper de problèmes sérieux.

Giorgio la serre dans ses bras avec douceur. Il a les yeux rouges, il est sur le point de pleurer, lui aussi, mais il ne veut pas se laisser aller devant Linda. Sa nièce, à cet instant, a besoin de quelqu'un de plus fort qu'elle.

— Calme-toi, ma chérie, murmure-t-il en lui caressant les cheveux. Alessandro est un garçon trop débrouillard pour ne pas se sortir de là. Il va s'en tirer, c'est sûr, aie confiance.

Linda ne dit plus rien. Elle a seulement la force de fermer les yeux et de donner libre cours à son désespoir à travers ses larmes.

Elle est barricadée chez elle depuis plusieurs jours. Elle a essayé mille fois de composer le numéro d'Alessandro mais son téléphone ne donne aucun signe de vie. Linda a suivi chaque édition des journaux télévisés, sur toutes les chaînes possibles, avec toujours plus d'angoisse : aucune nouvelle information. Et malheureusement, s'empressent de conclure avec une irritante indifférence tous les journalistes, les autorités – on imagine combien peut leur importer un reporter gênant comme Alessandro, pense-t-elle – commencent à accréditer l'hypothèse de l'homicide. Mon Dieu, c'est horrible ! Allez savoir où ils l'ont jeté ! Elle ne supporte pas le poids de certaines visions qui lui traversent l'esprit. Elle ne parvient pas à trouver la paix : est-ce que ça aurait changé quelque chose si elle avait tenté de le convaincre de ne pas partir ? Si elle avait essayé de le raisonner en lui exposant tous les risques qu'il courait ? Est-ce que ça aurait changé quelque chose, putain ?

Non, bien sûr que non. Idéaliste et têtu comme il était (*comme il est ?*), il aurait quand même suivi son idée, comme il l'a toujours fait. Mais savoir cela ne l'aide pas à se délester du poids qui pèse sur sa conscience, ni de cette sensation d'impuissance qui l'empêche de penser à autre chose.

Tommaso a cherché à la joindre plusieurs fois, chaque jour, mais elle ne lui a jamais répondu. Elle ne répond à personne, pas même à son oncle. Elle veut seulement rester seule, se complaire dans sa tristesse. Elle a même arrêté de travailler. Cela fait au moins une semaine qu'elle ne va pas à l'agence – sans d'ailleurs fournir à Bosi la moindre explication –

mais, de toute façon, quel sens cela aurait-il ? Elle est découragée et épuisée comme jamais, profondément abattue, exténuée jusqu'à la limite de la douleur physique. Certains jours, le simple fait de se traîner du lit au canapé, ou de se préparer un café – la seule chose qu'elle réussisse à avaler – semble lui demander un effort titanesque. Elle n'a jamais été dans un état pareil. Jamais. La vie a perdu toutes ses couleurs, elle s'est transformée en une masse d'ondes négatives face à laquelle on ne peut que se rendre, une charge d'angoisse qui ne lui accorde aucune trêve.

Ce matin elle a pleuré quatre heures d'affilée. Des larmes qui font mal et qu'elle n'a même pas essayé de combattre. Maintenant qu'il est presque 15 heures, elle se jette sur le canapé. Elle a froid, l'estomac serré, la tête lourde, et dans le cœur un enchevêtrement de sentiments confus et contradictoires.

Elle prend la couverture à losanges, s'en enveloppe, et se recroqueville en position fœtale. Elle repense à la dernière fois qu'elle l'a vu, à ce baiser volé dans l'aéroport. Ce film, qui passe dans sa tête en continu depuis des jours, est atroce. Elle voudrait une télécommande capable de zapper cette pensée. Si seulement elle pouvait se télétransporter ailleurs, disparaître d'ici et se retrouver entre les bras forts d'Alessandro.

Tandis qu'une quantité désormais insupportable de pensées traverse sa tête, la sonnette de la porte d'entrée retentit. Elle ne sait pas qui ça peut être et, de toute façon, elle n'a l'intention d'ouvrir à personne. Elle ne veut pas qu'on la voie dans cet état, et a encore moins envie de parler avec quelqu'un. Elle demeure silencieuse et immobile, la télévision allumée avec le son coupé, sa seule compagne en ces journées de solitude. Mais de toute évidence la personne qui veut la voir, là dehors, est quelqu'un de têtu, car la sonnette continue de carillonner, toujours plus insistante.

— Linda, ouvre !

Tommaso. Il est venu chez elle. Et c'est la première fois qu'elle l'entend hurler.

— Je t'en prie, je deviens fou sans savoir comment tu vas...

Linda se redresse et s'assoit, sa tête tourne, elle hésite entre se lever ou s'allonger de nouveau.

— Je sais que tu es là, insiste Tommaso, qui refuse de s'avouer vaincu. Ouvre-moi. Je suis là pour toi. Je ne veux rien, juste te voir et savoir que tu vas bien.

Linda se traîne jusqu'à la porte, sa couverture toujours sur les épaules. Elle ne peut plus résister, elle n'a plus de forces pour s'opposer. Comme un automate, elle ouvre la porte et le laisse entrer.

Tommaso la serre fort dans ses bras, sans rien dire, même s'il sait tout. Et Linda s'abandonne à lui, l'espace d'un instant. Puis elle s'enroule de nouveau dans sa couverture et retourne sur le canapé.

Tommaso la suit. Il ne l'a jamais vue comme ça, on dirait une autre personne. Elle a l'air anéantie. Toute son énergie, toute cette charge délicieusement féminine qui a toujours été sa marque de fabrique est enfouie sous des couches de douleur.

Tommaso s'assoit sur le bord du canapé. Il lui caresse les cheveux, la regarde dans les yeux, essayant de lui transmettre toute la chaleur dont il est capable.

— Ce qui s'est passé est vraiment terrible, mais maintenant tu dois te relever.

— Mais comment ? demande-t-elle tandis que les larmes affluent de nouveau vers ses yeux gonflés. Comment est-ce que je peux me le pardonner ? Je l'ai laissé partir sans rien dire, je l'ai même accompagné jusqu'à l'aéroport ! Dis-moi comment je peux me relever alors que je ne sais même pas ce qu'il s'est passé ! Comment ils l'ont...

Elle n'arrive pas à le dire, elle a l'impression de suffoquer.

— ... *tué*, parvient-elle enfin à prononcer.

Tommaso se penche sur elle, la serre contre son torse, masse son dos.

Linda explose alors en sanglots encore plus forts.

— Je ne veux pas y croire, je n'y arrive pas. Je ne peux pas accepter qu'il soit mort.

— Eh bien alors ne le fais pas. Il n'y a aucune preuve qu'il en soit ainsi, lui dit Tommaso qui voudrait la secouer. Fais-moi confiance. J'ai déjà vu des cas similaires.

Linda soulève légèrement la tête.

— Tu penses qu'il est encore vivant ?

Elle se frotte les yeux, passe le dos de sa main sous son nez et renifle.

— Aucun corps n'a été retrouvé, pour commencer. L'unité de crise du ministère des Affaires étrangères travaille sur le cas, mais pour l'instant personne ne peut dire avec certitude où en sont les choses.

— Et dans ce cas, c'est une bonne ou une mauvaise nouvelle ?

Linda le regarde avec des yeux désespérés, mais au moins elle semble plus réactive. Tommaso a réussi à lui redonner espoir.

— C'est une situation qui laisse ouvert un éventail de possibilités, dit-il en choisissant précautionneusement ses mots.

— Et donc ?

— La seule chose à faire est de ne pas se laisser abattre. Ça ne sert à rien.

Tommaso la prend doucement par un bras, la redresse en la faisant asseoir.

— Maintenant arrête de pleurer. Promets-moi que tu seras forte.

Linda essuie de nouveau ses larmes et ajuste son haut tout froissé.

— Je n'y arrive pas. Ne rien savoir de lui est en train de me détruire.

Tommaso saisit ses épaules et la regarde fixement dans les yeux.

— Linda, tu dois avoir confiance en moi, vraiment. Pas de nouvelles ne signifie pas mauvaises nouvelles. Tu me crois ?

Linda acquiesce d'un signe de tête.

— Je suis là pour toi, poursuit Tommaso.

Il pose ses lèvres tièdes sur son front et l'enveloppe de ses bras en une étreinte presque paternelle, comme il ne l'a jamais fait. Une étreinte qui va au-delà de ce qu'ils connaissent, et qui représente déjà une promesse.

Nadine est allongée sur le lit, elle porte une culotte en dentelle blanche et une nuisette assortie. Elle lit les poésies d'Omar Khayyam en arabe, le dos appuyé contre la tête de lit en doux velours rouge.

Il est presque 23 heures lorsqu'elle voit Tommaso franchir la porte. Il affiche un air sombre, et elle perçoit nettement la tension qui raidit son corps. Il marmonne un faible « salut » qui lui fait l'effet d'une gifle.

— Tu étais avec elle ?

Nadine ne résiste pas et lui pose la question brutalement. Tommaso ne parvient pas à nier.

— Oui, dit-il à voix basse, sans la regarder dans les yeux.

Il ouvre la porte d'une armoire, fouille à l'intérieur à la recherche de quelque chose. Il sait très bien que la distance entre eux est devenue un no man's land dans lequel il vaut mieux ne pas s'aventurer.

Nadine aussi s'en est rendu compte. La façon dont il se comporte est le signe évident que quelque chose s'est rompu entre eux. Quelque chose qui, peut-être, ne peut pas se réparer. Nadine, avec cet instinct infaillible qu'elle a toujours eu, l'a compris dès le départ, elle a toujours su, avant même que Tommaso en ait conscience, qu'entre lui et Linda ce n'était pas qu'une affaire de sexe. S'il ne s'était agi que de quelques parties de baise, ça ne lui aurait pas posé de problèmes.

Mais Linda représente beaucoup plus que ça pour lui à présent, et l'implication de Tommaso dans cette relation a atteint la limite de ce qu'elle pouvait tolérer, même dans un couple libre comme le leur. Elle n'aurait jamais pensé pouvoir dire cela de lui, mais cette histoire est bel et bien devenue une affaire de cœur. Le fait est qu'il se dépense pour cette fille comme il ne l'aurait fait pour personne d'autre au monde. Ces derniers jours, il n'a fait que s'intéresser à *Linda* – le simple fait de penser à ce nom lui procure une gêne – et à son ami disparu. Bien sûr, elle est aussi désolée pour Alessandro. Baiser avec lui avait été fantastique. Mais de là à mobiliser la terre entière, à force de coups de téléphone et de mails, comme il est en train de le faire...

Tommaso descend la petite valise du dernier étage de l'armoire, la pose par terre et l'ouvre.

— Tu t'en vas ? s'enquiert Nadine.

— Oui, demain matin, répond Tommaso tout en évitant toujours de la regarder.

Il prend un de ses pantalons, le plie et le dépose soigneusement dans la valise.

— On peut savoir où tu vas, au moins ?

Tommaso se retourne et pose finalement les yeux sur elle.

— À Londres.

— Et j'imagine que, pour des raisons de confidentialité, tu ne peux rien me dire de plus.

— Crois-moi, moins je laisse d'informations ici, et mieux c'est.

Nadine est convaincue que ce départ improvisé est lié à l'ami de Linda, elle en mettrait sa main à couper. Cette femme l'a ensorcelé, et il est en son pouvoir désormais.

— Qu'est-ce qu'il y a ? Tu n'as pas confiance ? demande-t-il.

— Ce n'est pas ça.

Tommaso la dévisage. Elle est si *parfaitement* belle qu'elle ne laisse rien transparaître.

— Alors de quoi s'agit-il ? Parle. Je t'écoute.

— Non, car ce que tu veux m'entendre dire, tu le sais déjà.

Cette phrase. Un pavé dans la mare, qui balaie en un instant tous les non-dits sur lesquels ils flottent ces dernières semaines. Il sait qu'elle sait. Ils ne peuvent plus faire semblant.

— Je rentre dans quelques jours, dit-il enfin. Nous parlerons à mon retour.

Le Boeing 767 de la British Airways a décollé depuis un quart d'heure.

Tommaso détache sa ceinture de sécurité, allonge les jambes, et s'étire le dos sur son siège, en classe affaires. Il jette un œil à la montre sur son poignet, les aiguilles en or indiquent 11 h 55.

— Monsieur, vous désirez quelque chose ? propose une jeune hôtesse de l'air avec son chariot de boissons devant elle.

— Un Martini dry, répond Tommaso en abaissant sa tablette.

L'hôtesse brune pose devant lui une coupe et un petit plateau d'amuse-bouches.

— Merci, dit-il.

— Mais de rien, monsieur, réplique la jeune femme avec un sourire immaculé. Bon voyage.

Tommaso boit une gorgée et tente de mettre de l'ordre dans ses pensées : il éloigne volontairement la vision de Nadine le regardant sortir avec des yeux de glace, mais aussi la chaleur que le sourire de Linda fait naître en lui. Il doit rester concentré, et réfléchir à comment il se comportera à Londres quand, dans le hall de l'hôtel Claridge's, il rencontrera Sergio Pietrangeli, un entrepreneur italien qui fait affaire depuis toujours avec le Sud-Est asiatique. Il l'a connu il y a environ dix ans, à Rome, au siège du ministère, puis l'avait revu lors de différents meetings internationaux. Il possède une marque de vêtements qui fait un carton chez les adolescents et gagne des millions d'euro par an. Beaucoup de ses investissements sont au Viêtnam et ils ne sont certainement pas tous très propres : Pietrangeli n'est pas du genre à suivre les règles, et encore moins à avoir une éthique du travail, Tommaso le sait très bien. Il a un flash très net de la dernière fois qu'il l'a vu, l'an passé à Dubaï : deux yeux bovins sur ce visage aux traits presque enfantins, les sourcils épais, les cheveux noirs et brillants, un corps trapu, agile malgré son ventre, et cette voix si caractéristique, ambiguë et mielleuse, chargée d'une déférence feinte, d'une affectation simulée.

Tommaso n'a pas vraiment envie de le revoir, mais c'est la seule carte qu'il peut jouer pour tenter d'obtenir des nouvelles d'Alessandro. Pietrangeli, en effet, a une capacité d'infiltration dans le territoire beaucoup plus profonde et efficace que celle qui peut être obtenue par les voies officielles. Pour faire tourner son entreprise, qui légalement a encore son siège social en Italie, il achète des produits à des entrepreneurs sans scrupules, qui collaborent avec les réseaux criminels locaux. On peut donc imaginer combien peuvent lui tenir à cœur les injustices que subissent les ouvriers. C'est un voyou, une sorte de mafieux, Tommaso le sait, néanmoins c'est le seul, présentement, à pouvoir lui fournir une aide concrète. Il devra le convaincre – et pour cela, il n'hésitera pas à lui rappeler le paquet de services qu'il lui doit – de mobiliser toutes ses ressources sur place : c'est la seule façon de comprendre ce qu'est devenu Alessandro. Peu importe si, pour cela, il devra lui faire du chantage. De façon très élégante et avec des mots choisis et mesurés, il lui fera comprendre que s'il ne l'aide pas, il fournira à la presse les informations qu'il possède concernant ses responsabilités dans l'exploitation d'une main d'œuvre enfantine. Et, en ce moment, un scandale pourrait être fatal pour Pietrangeli. Tommaso s'imagine déjà les phases cruciales de la conversation, il s'essaie mentalement aux tons qu'il va adopter, aux façons de présenter les choses, aux gestes. Avec un homme comme Pietrangeli on ne peut pas improviser en restant sur des bases générales ou en étant flou : il vous force à abattre les cartes et comprend immédiatement si vous bluffez, avant même que vous ayez eu le temps de penser à le faire. Mais, cette fois, Tommaso sera direct et il n'y aura pas de contre-attaques possibles : il ne peut pas se permettre d'échouer.

Tandis qu'il est occupé par ces pensées sombres, il secoue la tête. Ce n'est pas le genre d'affaires qu'il aime traiter mais, dans une vision plus ouverte des choses, il s'agit pourtant toujours de diplomatie – exercée simplement à un niveau plus souterrain. Il inspire profondément et lève les yeux. Tout ce qu'il est sur le point de faire, il le fait pour Linda, parce qu'il veut être avec elle, et il ne supporte pas de la voir dans cet état.

Le signal lumineux s'allume au-dessus de son siège. Tommaso attache sa ceinture de sécurité. Dans quelques minutes, il atterrira à Londres.

Que la chance soit avec lui.

Cela fait quatre jours qu'elle n'a pas de nouvelles de Tommaso. Il lui a certes envoyé quelques SMS, mais ce n'est pas comme entendre sa voix. Cela l'aiderait à lui donner du courage, à sortir de sa coquille. Il lui a dit qu'il devait se rendre à l'étranger pour des obligations professionnelles, il est donc hors de question, pour elle, de le déranger. Ainsi, à 18 heures, elle n'a rien d'autre à faire que de rester recroquevillée sur son divan, un coussin pressé contre son ventre, à attendre quelque chose qui n'aura pas lieu.

Si au moins elle avait un chien, un animal dont elle devrait s'occuper et qui lui tiendrait un peu compagnie ! Mais, tout compte fait, c'est peut-être mieux ainsi : elle l'aurait probablement laissé mourir de faim, ces jours-ci. Soudain, le téléphone sonne. Elle allonge le bras jusqu'au sol pour le ramasser. Sur l'écran s'affiche un numéro inconnu, avec probablement un préfixe étranger. Ça pourrait être Tommaso : elle doit répondre !

— Allô ?

— Linda, c'est moi.

Toutes les larmes qu'elle n'avait pas encore versées coulent en cascade de ses yeux. Mais cette fois ce sont des larmes de joie.

Avec une faible voix elle réussit à articuler :

— Al', c'est toi ?

— Oui. Ne pleure pas. Je t'en prie.

— Oh mon Dieu, dis-moi que tu vas bien, que tu es vivant !

— Si je te parle c'est que j'ai de bonnes chances de l'être, tu ne penses pas ?

Il a encore le cœur à rire.

— Oh, Al' ! dit Linda avant de finalement éclater en un sanglot incontrôlé, interrompu seulement par ses hoquets et ses tremblements.

L'espace d'un instant elle a l'impression de ne plus être chez elle.

— Mais qu'est-ce qui t'est arrivé ? Où est-ce que tu étais ?

— Écoute, je n'ai pas beaucoup de temps.

Alessandro parle à voix basse, il semble vraiment fatigué.

— Je t'ai appelée à la volée juste pour te dire que je vais bien. Ils m'ont kidnappé, j'ai passé dix jours en captivité, mais ils m'ont libéré il y a une heure. Maintenant je suis à l'ambassade.

— Ce n'est pas une blague, hein ? Dis-moi que c'est la vérité.

— Mais oui ! Je crois qu'un gros morceau est intervenu d'Italie. Apparemment il y a eu des négociations secrètes, c'est du moins ce que m'ont fait comprendre mes ravisseurs au moment de me relâcher.

Linda reste un instant en silence. Elle pense avoir deviné quelque chose.

— Mais tu rentres, n'est-ce pas ? Je t'en prie, dis-moi quand… bientôt ?

— Je ne sais pas. Mais c'est une question de jours, dit-il avant que quelqu'un ne vienne le presser de raccrocher. Je dois te laisser maintenant. Salut…

— Salut, Al'.

Linda abandonne son téléphone sur le canapé, elle se lève d'un bond, et se met à rire, les yeux encore ruisselant de larmes. Elle ne peut pas garder en elle une telle émotion.

Maintenant Linda n'est que joie à l'état pur : son corps est parcouru d'un frémissement de vitalité, elle est pleine d'une énergie sans limites. Elle monte dans la spider et roule, à toute vitesse, vers la villa de Tommaso. C'est lui qui est derrière tout ça, elle en est sûre, qui d'autre sinon ? Il a fait en sorte que le miracle se produise mais, avec beaucoup de classe, il ne lui a rien dit : discret et efficace, comme sa profession l'exige, ce n'est certainement pas le genre à faire les choses pour le plaisir de fanfaronner ensuite.

Elle dépasse une voiture en dépit de la ligne continue peinte au sol, appuie comme une forcenée sur la pédale de l'accélérateur et se met même à klaxonner en pleine agglomération. Qui sait si Tommaso sera chez lui !

Elle espère de tout cœur l'y trouver et la possibilité que ce soit Nadine qui lui ouvre la porte lui importe peu : elle est trop euphorique, à ce moment-là, pour se soucier du bon sens.

Lorsqu'elle arrive à la villa, le portail est ouvert et elle avance dans l'allée à toute allure. Puis, d'un coup, elle freine, éteint le moteur et descend de la voiture. Elle se rue vers l'entrée. Tommaso est sur la balustrade, on dirait presque qu'il l'attendait.

Linda monte les marches quatre à quatre, son cœur explose et ses jambes tremblent. Tommaso, lui, vient à sa rencontre en marchant doucement, et en essayant avec difficulté de retenir un sourire.

— C'est toi, n'est-ce pas ?

— En un sens, oui, répond Tommaso en souriant franchement à présent. Et un jour, peut-être, je te dirai comment j'ai fait.

Il l'attire contre et lui et la serre dans ses bras, le plus chaleureusement possible.

Nadine aussi, alertée par les bruits à l'extérieur, était sur le point de sortir. Mais elle a entendu *cette* voix et s'est arrêtée, quelques pas avant la porte d'entrée, pour observer la scène, à l'écart. Seules quelques paroles dispersées parviennent jusqu'à elle, mais cela lui suffit pour comprendre que cela n'a plus de sens de rester là, auprès d'un homme qui ne l'aime plus, qui ne l'a peut-être jamais aimée, un homme pour lequel elle ne parvient pas elle-même à ressentir quoi que ce soit.

— Merci, dit Linda.

Elle se laisse étreindre par ces mains fortes et rassurantes, et éclate en un sanglot libérateur.

— Merci, merci, merci, répète-t-elle entre deux sanglots. Je ne te le dirai jamais assez.

Tommaso se détache un instant d'elle, essuie les larmes sur son visage et plonge ses yeux dans les siens.

— Je ferais tout pour te voir sourire.

Et il est évident, pour l'un comme pour l'autre, que cette phrase vaut autant qu'une promesse. Bien plus, peut-être.

14.

Elle est réveillée depuis 4 heures du matin. Elle a brusquement ouvert les yeux car une lueur gênante filtrait sous la porte. C'est encore à cause de Tommaso qui oublie toujours d'éteindre la lumière dans l'escalier. Et elle, qui a le sommeil très léger, ne parvient presque jamais à se rendormir. Mais cela, il le sait très bien et, de toute évidence, il s'en fiche encore plus qu'avant. Elle est agitée, elle l'était déjà dans son sommeil – ses rêves dernièrement sont étranges, confus –, mais se lever nécessitait une force qu'elle n'avait absolument pas. Ainsi, elle était restée là, à se retourner dans tous les sens, sous les draps, en cherchant une pensée qui aurait pu la calmer, la ramener dans les bras de Morphée. Mais rien à faire.

Il est maintenant presque 7 heures, et elle fixe le plafond d'un regard vide. Dans sa tête, un chaos de sensations dérangeantes s'agitent sans lui laisser aucune trêve.

Elle se tourne de côté et regarde Tommaso qui, à l'opposé du lit, paraît dormir. Ou peut-être fait-il semblant, ce qui est devenu sa spécialité ces derniers temps. Nadine a envie d'aller le chercher, un peu parce qu'elle s'ennuie, un peu par provocation, un peu par revanche et un peu parce qu'elle a faim de quelque chose qu'elle ne peut plus avoir depuis trop longtemps. Cela doit faire deux mois qu'ils ne font plus rien. D'un mouvement presque félin, elle allonge une jambe vers le corps de Tommaso et fait courir son pied nu et doux sur sa peau chaude, remonte des mollets jusqu'aux cuisses, puis l'enfile sous son boxer jusqu'à sentir son sexe, relâché et mou. Elle étudie son visage : il serre ses paupières, ses lèvres bougent un peu, peut-être est-il en train de rêver de quelque chose qui le trouble puisqu'il déplace sa tête avec de petits mouvements brusques. Il émet maintenant quelques murmures indéchiffrables, se réveille peu à peu. Nadine retire son pied et, avec ses doigts, écarte le tissu de son boxer. Elle se met à le caresser en le pinçant légèrement, et joue ainsi avec son sexe qui commence à se tendre. Elle l'empoigne et le fait coulisser dans sa main, en avant et en arrière. Puis, d'un mouvement saccadé, la main de Tommaso la bloque : c'est une main ferme qui, catégoriquement, l'enjoint d'arrêter ce qui n'est plus en vérité qu'un jeu.

— Non.

Il secoue la tête, les yeux encore fermés, et pousse un soupir.

— Non.

Sa voix n'est qu'un murmure, mais cette syllabe est lourde de sens sur ce qu'ils sont et sur ce qu'il adviendra d'eux.

Nadine se redresse. Voilà que tout est clair, le voile invisible de leur marché est tombé à jamais. Mais il n'y a aucune colère, il n'y a rien, car leur couple n'existe plus. Elle voudrait le regarder dans les yeux, il lui doit au moins cela. Elle allume la lampe de chevet et pointe sur lui son regard, froid et péremptoire.

— Allez, maintenant dis-le.

Tommaso se redresse alors lui aussi, s'adosse contre la tête de lit et pose son regard sur le plafond. Mais il ne dit rien.

— Je veux que tu le dises. Un peu de courage, insiste-t-elle, en le prenant par le bras. C'est fini ?

Elle le presse, avec des yeux de glace.

— Nous sommes suffisamment adultes pour affronter ça, tu ne crois pas ? ajoute-t-elle.

Tommaso sent monter une angoisse qui l'empêche presque de respirer et, d'instinct, porte une main contre son torse. Ce n'est pas qu'il soit réticent, mais il a trop de respect pour Nadine et pour leur histoire, qui a été la plus importante de sa vie, pour l'achever de la mauvaise façon, avec des mots qui ne conviennent pas ou dans un moment inapproprié. Et il a donc attendu. Mais il est temps de lever le voile. Ainsi, avec une grande difficulté, il ferme à moitié les yeux, prend une longue inspiration, et laisse lentement l'air ressortir par sa bouche.

— Oui, dit-il dans un souffle. C'est fini.

— Tu es amoureux d'elle ?

La voix de Nadine est ferme, on ne distingue pas l'ombre d'un sanglot.

— Pourquoi veux-tu te faire du mal ?

Tommaso a les yeux qui brillent. Il ne se souvient pas depuis quand il n'a pas pleuré face à une femme. Peut-être ne l'a-t-il jamais fait, si ce n'est devant sa mère.

— Parce que j'ai le droit de savoir. Tu me le dois.

— Que je sois amoureux ou pas, cela n'a pas d'importance. C'était déjà fini avant qu'elle n'arrive, tu le sais très bien, toi aussi. On a essayé, peut-être même trop. Mais ça n'a servi à rien.

— Ou peut-être qu'on n'a pas fait suffisamment d'efforts.

Nadine détourne son regard, et inspire profondément pour tenter de défaire le nœud qui s'est formé dans sa gorge.

— Non, ce n'est pas vrai, tu ne peux pas sérieusement penser ça. La vérité est que l'on a fait des efforts dès le premier jour, répond Tommaso, mais l'amour ce n'est pas qu'une question d'efforts. Et c'est l'amour qui permet à un couple de tenir.

— L'amour ? C'est toi qui me parles d'amour ? réplique-t-elle, toujours sans perdre son calme, avec une expression si sereine qu'elle en serait presque inquiétante. Si nous nous étions mariés tu ne parlerais pas ainsi. Nous aurions dû le faire il y a longtemps. Aujourd'hui, tout aurait été différent.

Tommaso se tait. Il n'est pas d'accord, mais à cet instant il est préférable qu'il le garde pour lui. Le mariage ne les aurait pas unis davantage, bien au contraire : s'ils ne se sont jamais mariés, ce n'est pas sans raison.

Ils n'ont pas toujours été ainsi, cependant : avec Nadine, ils se sont trouvés, reconnus, dès les premiers instants. Ils se sont aimés aussi, mais comme on aime quelqu'un qui appartient au même monde, qui vous ressemble. Et c'est pourquoi, peut-être, ils se sont illusionnés sur le fait d'appartenir l'un à l'autre.

Nadine semble avoir deviné ses pensées, continuer d'en parler n'aurait donc pas de sens. Elle affiche une expression résignée, qui est toutefois celle d'une femme sûre d'elle, blessée mais n'ayant pas peur d'affronter le futur seule.

— Bien, alors il n'y a rien d'autre à ajouter, conclut-elle.

Tommaso la connaît comme personne. Il sait très bien qu'il n'y aura pas de grandes scènes ou de règlements de compte. C'est pour cela qu'il l'a choisie. Qu'il l'*avait* choisie. Mais aujourd'hui tout est différent dans sa vie.

— Tu peux rester ici autant que tu le souhaites, dit-il. Cette maison est la tienne, et elle le sera toujours.

— Savoir où je vais vivre est le dernier de mes soucis. Maintenant ça suffit.

Nadine se lève comme si elle était tout à coup pressée. Peut-être a-t-elle envie de pleurer et, dans ce cas, elle veut le faire seule.

— Nous avons tous les deux une grosse journée qui nous attend. Tu dois aller à Rome, au ministère, et moi... moi j'ai un tas de choses à régler. Reprenons tous les deux notre vie sans trop d'histoires et surtout sans mélodrame. Ce ne sont pas des choses qui nous ressemblent.

Elle quitte ensuite la pièce sans se retourner, sans hésiter.

Le retour de Rome a été l'un des voyages les plus pesants de sa vie. Il a conduit pendant six heures, avec mille pensées qui lui martelaient le cerveau. Même son cher Bach, en fond sonore, n'a pas réussi à défaire le nœud de préoccupations qui s'était formé dans sa tête. Le Ministère vient de lui confier une mission de trois ans à Lisbonne. Cela faisait plusieurs semaines qu'il flairait cette hypothèse, quelques rumeurs circulaient mais, dans cette profession, on ne peut jamais avoir de certitude avant l'investiture officielle. Lorsqu'on lui a annoncé officiellement sa charge, sa première réaction a été d'être soulagé : il espérait rester un peu en Europe après des années en terre arabe. Puis, il avait pensé à ce qu'il avait ici, dans sa chère Vénétie, à cette idée qui, ces derniers mois, l'avait souvent traversé, à savoir le fait d'avoir un foyer fixe : sa merveilleuse villa, qu'il avait fait rénover exactement comme il l'avait toujours rêvé. Et puis Nadine : qu'en est-il d'elle ? Depuis qu'ils se sont parlé, la veille au matin, il n'a plus eu aucun contact avec elle et n'a aucune idée de comment elle va. À vrai dire, il peut l'imaginer. Lui-même sent, dans son cœur, quelque chose de brisé. Mettre fin à leur rapport, à leur monde commun confortable et familier a eu quelque chose de déchirant, même s'ils n'étaient plus liés par un vif sentiment. Où iront-ils, chacun de leur côté ?

À l'idée d'entrer chez lui, maintenant, et de discuter de la fin de leur histoire, il se sent mal. Mais il doit le faire. La fatigue du voyage et celle de l'épuisant entretien avec le député Pisanò lui pèsent, mais peu importe : quand on est au front, on combat, c'est tout. Il voudrait pouvoir utiliser avec Nadine ses qualités diplomatiques et sa froideur rassurante, infaillible, mais il ne peut pas. Comme il aimerait que se quitter soit comme mettre fin à une collaboration économique, qu'on puisse le faire avec un traité, une déclaration : sans douleur, sans larmes. Mais, tandis qu'il s'avance vers la chambre, il sait qu'il n'en sera pas ainsi.

— Nadine ? appelle-t-il. Je suis rentré.

Pas de réponse. Elle dort, probablement. Après tout, il est déjà minuit.

Il ouvre la porte de la chambre, mais la pièce est vide. Il regarde autour de lui, passe la tête dans le couloir.

— Nadine, tu es là ?

Sa voix résonne entre les parois, et se perd dans les couloirs de la villa.

Tommaso revient alors dans la chambre et se rend compte qu'un petit billet, plié en deux, est posé sur le bureau en acajou. Une adresse, *À toi*, est écrite de son élégante calligraphie. Il l'ouvre.

L'amour qui nous a unis demeure, je l'emmène avec moi.
Adieu, Tommaso.
Sois heureux, même sans nous.
Nadine

Il s'assied sur le lit, muet mais pas trop bouleversé. Ce geste lui ressemble : Nadine est tout entière dans ces mots. Qui sait où elle se trouve, à cet instant. Peut-être dans sa famille à Beyrouth, peut-être chez son amie Julie, à Paris ou bien chez Werner, à Berlin. Elle aura sans aucun doute choisi l'option la plus adaptée. Maintenant qu'il y pense, durant toutes ces années, elle n'a jamais fait le moindre faux pas. C'est une vraie femme, une dame, jusqu'au moment des adieux. Et tandis qu'il relit ses mots, son cœur s'envole déjà ailleurs, vers Linda.

Il est presque 1 heure du matin lorsqu'il sonne à la porte de la Maison bleue. Il a décidé de suivre son instinct, en n'écoutant rien d'autre que ce qu'il ressent, et ce même s'il se rend compte que débarquer en plein milieu de la nuit chez une femme, sans l'avoir prévenue, est plutôt déplacé. Mais, à ce moment précis, il a tout oublié des choix rationnels et pondérés : avec quelqu'un comme Linda, cela vaut le coup d'oublier quelque peu la raison et de suivre son cœur.

Elle lui ouvre la porte, vêtue d'un T-shirt et de son short de pyjama, elle était sur le point d'aller se coucher.

— Tommaso ? lâche-t-elle, en ouvrant grand les yeux. Qu'est-ce que tu fais ici à une heure pareille ? Il s'est passé quelque chose ?

Elle a l'air inquiet et pense immédiatement à Alessandro.

— Il s'est passé quelques petites choses, oui.

Il a l'air fatigué, comme s'il revenait d'une bataille mais ses yeux brillent néanmoins d'un éclat vif, qu'elle ne leur a jamais vu.

— Si tu me fais entrer, je te raconte.

— Bien sûr, réplique Linda en lui ouvrant le chemin. Entre.

— Excuse-moi, j'ai peut-être été un peu brusque. Mais je ne pouvais pas attendre.

Puis, après avoir marqué une pause, il reprend :

— J'espère que je ne t'ai pas fait peur.

— Mais non, tu penses, réplique Linda en riant presque.

Elle est curieuse, maintenant, et ne sait vraiment pas à quoi s'attendre.

— C'est surtout que je me demandais qui ça pouvait bien être à cette heure-là.

De nouveau, l'image d'Alessandro surgit dans sa tête, l'homme des départs et des retours inattendus.

— Mais j'adore les improvisations. Tu veux un verre ?

— Non, répond Tommaso en l'attirant contre lui. C'est toi que je veux.

Il bâillonne sa bouche d'un baiser et la pousse sur le canapé.

— Mmh, intéressant.

Linda s'échappe de son étreinte, le fait s'asseoir et monte sur ses genoux, ses bras autour de son cou.

— Alors, qu'est-ce que tu voulais me raconter ?

Tommaso s'assombrit de nouveau, l'espace de quelques secondes.

— C'est fini entre Nadine et moi, dit-il dans un souffle. Nous avons rompu.

— Ah... je suis désolée.

Mais elle repense à ce qu'elle vient de dire, et reprend, avec une expression coupable :

— Non, j'ai dit une connerie. La vérité c'est que je ne suis pas du tout désolée. Tu trouves que je suis impardonnable ?

— Non, dit-il en secouant la tête, la regardant comme si elle était un être étrange et en même temps extrêmement fascinant. J'aime que tu sois sincère.

— Et toi, comment tu vas ?

Elle sent un frisson courir le long de son dos : elle tente de ne pas y prêter attention et de rester concentrée sur ce que lui raconte Tommaso, l'histoire douloureuse de la fin d'un rapport amoureux. Mais elle n'y parvient pas très bien.

— Quitter quelqu'un est toujours triste, c'est la fin d'une chose à laquelle on a cru. Mais je sais que j'ai fait le bon choix. Maintenant je me sens libre, comme je ne m'étais plus senti depuis trop longtemps.

Linda l'écoute en silence. Elle ne sait pas pourquoi mais, l'espace d'un instant, elle s'identifie naturellement à Nadine.

— Elle a découvert notre liaison ?

— Oui, répond Tommaso en replaçant une mèche de ses cheveux. Et je ne vais pas te dire que tu n'y es pour rien. Car tu y es pour beaucoup, Linda.

Le cœur de Linda bondit, elle a le souffle coupé.

— Il y a aussi autre chose que je dois te dire.

— Quoi ?

— Aujourd'hui le ministère m'a confié une nouvelle mission. Il s'agit d'un mandat à l'ambassade de Lisbonne.

Cette nouvelle la surprend encore plus que la première.

— Et ça dure combien un mandat ?

— Trois ans.

Linda déglutit. Et son regard trahit toute sa déception et sa peine.

— Tu es en train de me dire que je ne te reverrai plus ?

— Pas vraiment, réplique Tommaso en la regardant droit dans les yeux. J'allais te demander si tu voulais venir avec moi.

Linda écarquille les yeux, la bouche ouverte, en une expression vaguement hébétée. Peut-être n'a-t-elle pas bien compris, pense-t-elle. Mais elle sait que ce n'est pas le cas, et est incapable d'articuler le moindre mot sensé.

— Tu n'es pas obligée de me répondre tout de suite, ajoute Tommaso.

Il ne veut pas lui mettre la pression, même s'il rêverait de l'emmener avec lui dès maintenant, sans valises, juste comme elle est, avec son short, sa queue-de-cheval ébouriffée, et les quelques boucles blondes et sauvages qui encadrent son visage.

— Tu as quelques jours pour réfléchir, explique-t-il avec un ton plus rassurant.

— Cette fois, tu as véritablement réussi à me surprendre, dit-elle, encore incrédule. Je ne sais pas quoi dire.

Elle s'est mise à trembler, et sait déjà quelle pensée commence à se former dans sa tête.

— Je te veux. Et je te veux quel que soit l'endroit, poursuit Tommaso. Lisbonne pourrait être une occasion unique, et j'aimerais que tu y réfléchisses.

Tommaso prend son visage entre ses mains, la regarde avec ses yeux profonds qui n'acceptent aucun refus. Linda remarque alors qu'il a une barbe de quelques jours, ce qui ne lui ressemble pas.

— Si tu décides de me suivre, tu dois te préparer à changer de vie. Je veux que tu sois sûre de ton choix. Mais tu me répondras dans quelques jours, pour le moment n'y pense plus.

Il s'avance encore un peu plus de son visage et l'embrasse avec une intensité presque émouvante.

— Pour l'instant je veux que tu ne penses qu'à ça...

Et, en quelques secondes, se dégage d'eux une puissante charge qui les électrise et les renverse, une force à laquelle il est impossible résister. Sans se donner de réponses, ils ne font que se chercher : ils se déshabillent lentement, se caressent, s'embrassent, se griffent, se lèchent. Ils désirent chaque fibre, chaque battement, chaque respiration de l'autre. Ils ont la sensation extraordinaire de pouvoir atteindre le suc même de la vie en laissant leurs corps fusionner. L'authenticité nue, l'absence de filtres, la brutale sincérité. Et surtout le désir aveugle, absolu.

C'est leur amour qui vient de naître.

Elle y a bien réfléchi : elle a écouté son cœur, mais la réponse était déjà prête, elle l'a toujours été, il ne lui a donc pas fallu beaucoup de temps pour accepter la proposition de Tommaso. La décision de partir avec lui, elle l'avait déjà prise la nuit où il le lui a demandé. Elle se rend compte qu'elle est sur le point de bouleverser son existence, mais c'est un défi, un sursaut vital, qu'elle ne peut que saisir au vol. Au fond, depuis qu'elle est née, elle a toujours vécu là, dans sa terre, et désormais elle a envie de nouvelles expériences, de changer d'air. Elle pense que cela lui fera du bien, quelle que soit la tournure que prendront les choses avec Tommaso. Il ne s'agit pas que d'attraction, entre eux, elle en est convaincue. Elle ne sait pas encore si leur lien va se muer en amour ou si c'est déjà le cas, mais ce qu'elle sait c'est qu'auprès de lui elle se sent bien. Tommaso a été présent dans un des moments les plus sombres de sa vie, lorsqu'elle a cru avoir perdu Alessandro. Il prendra soin d'elle, et elle le laissera faire, comme elle n'a jamais permis à personne de le faire.

Avant son départ, elle a pris le temps de dire au revoir à tout le monde. Elle est allée rendre visite à ses parents, à San Vito di Cadore. Au début, ils n'ont pas très bien pris la nouvelle, sa mère en particulier ; mais après une longue et virulente conversation, entre rires et larmes, ils lui ont dit :

— Si tu es heureuse, nous le sommes aussi.

Puis est venu le tour de l'agence. Bosi a blêmi à l'annonce de Linda.

— Si j'avais su que ce Belli m'aurait privé de mon meilleur collaborateur, je ne t'aurais *jamais* confié ce projet !

Il était furieux.

— Cela dit, Lisbonne est une ville intéressante pour le design et l'architecture. Essaie d'apprendre de nouvelles choses. Et de revenir, compris ? Parce que quand tu reviendras – et je sais que tu reviendras – les portes, ici, te seront toujours ouvertes.

Elle n'aurait jamais pensé que Bosi, en fin de compte, se serait montré digne de respect ! Ludovico et Alice, en revanche, ont affiché deux visages navrés mais faux à en vomir. Il était évident qu'au fond d'eux ils ne faisaient que se réjouir du départ de Linda. Rien de nouveau, en somme. Pauvre Bosi, la remplacer avec ces deux carpettes ne sera pas facile…

Elle a retrouvé ses amis à Bassano, pour un apéro chez Nardini, la distillerie historique qui se trouve au début du Ponte Vecchio, un cadre parfait pour saluer sa chère Vénétie. Tous étaient présents : Valentina, qui est maintenant en couple avec son gynécologue – et à la façon dont elle en parle, on pourrait espérer que c'est une affaire sérieuse –, mais aussi Carlo, Raffaele et Salvo, les trois mousquetaires dragueurs, toujours irrémédiablement célibataires. Ils vont lui manquer, elle le sait déjà.

Pour ce qui est de Marcella, elle a préféré la voir seule. Elles se sont donné rendez-vous un matin, chez *Chocolat*, le café du centre-ville qui fait des cappucini à tomber. Son amie est arrivée radieuse comme jamais, les traits détendus, les yeux vifs, les cheveux brillants et parfaitement coiffés. Au bout d'un moment, entre un macaron et l'autre, elle a saisi Linda par le bras et lui a murmuré à l'oreille :

— Je ne te remercierai jamais assez de m'avoir donné le numéro de Davide…

Il s'est ensuivi une longue confession riche en détails croustillants.

— J'étais sûre que vous vous seriez plu, avait commenté Linda, avec un petit sourire provocateur. Et avec Umberto, comment ça va ?

— Umberto évidemment n'en sait rien. Peut-être que je me trompe totalement ; si je pense à mes petits j'ai honte, et pourtant avec Davide je me sens vivante, comme je ne l'ai pas été depuis longtemps !

Elle avait de nouveau baissé la voix, comme si elle était sur le point de dire quelque chose de très grave :

— On baise comme des fous.

— Je n'en doute pas une seconde, ma chérie, crois-moi..., avait répliqué Linda, satisfaite.

Dire au revoir à Marcella n'avait pas été facile. L'étreinte qu'elles avaient partagée avant de se séparer avait été interminable. Elle était chargée de cette chaleur positive qu'on ne trouve que chez les personnes avec qui on a une affinité élective.

Il avait été encore plus difficile de dire au revoir à l'oncle Giorgio. Elle ne sait pas comment elle fera sans lui, et vice versa. Il a toujours été là, depuis qu'elle est toute petite, il l'a toujours encouragée dans tous ses choix et il en a fait de même cette fois-ci, en dépit du coup au cœur qu'il ressent à l'idée de ne pas la voir pendant si longtemps – même si Linda a un peu menti sur la durée en la minimisant.

Lors du dîner d'adieux, elle lui a remis les clefs de la Maison bleue.

— Je te laisse en prendre soin, si tu veux et quand tu peux.

— Sois tranquille, a répondu Giorgio avec un sourire bienveillant. Je repeindrai même les murs extérieurs, ils en ont besoin.

— Je compte sur toi pour les laisser en bleu !

— Pour qui tu m'as pris, ma petite ? Bien sûr qu'ils resteront bleus. Une tradition ça se maintient : je suis né dans cette maison et je l'ai toujours vue de cette couleur, a-t-il répliqué, presque vexé.

Il a ensuite sorti de sa poche un pendentif en or avec une améthyste incrustée au centre et l'a posé dans la main de Linda.

— Il appartenait à ta grand-mère. Je veux que tu le gardes. Il te protégera.

— Mais tonton... il est... magnifique, s'est-elle exclamée, les yeux débordants d'amour. Elle a retourné plusieurs fois le pendentif dans sa main et s'est aperçue que sur l'envers figuraient quatre rayons accompagnés de quatre noms latins, gravés en écriture cursive : *prudentia, iustitia, fortitudo, temperantia*.

— Ta grand-mère possédait toutes ces vertus, a ajouté Giorgio en attachant le collier autour du cou de Linda. Je ne sais pas si c'est le cas pour toi... mais en tout cas il te va très bien, ma chérie.

— Tonton, tu vas tellement me manquer.

Linda serre son oncle très fort contre elle.

— Toi aussi tu vas me manquer.

Giorgio a tenté par tous les moyens de retenir une larme rebelle et a entouré sa nièce de ses bras, en une étreinte longue et chaleureuse.

— Mais je suis serein, je suis sûre que tu seras entre de bonnes mains.

Linda n'a qu'un seul regret, celui de n'avoir pas pu saluer Alessandro, qui n'est pas encore rentré. Mais, étant donné les circonstances, le simple fait de le savoir sain et sauf lui suffit. Au fond, ils ont toujours réussi à communiquer sans paroles, même dans le silence de l'éloignement. Au revoir, Al', je m'en vais, mais je te garde quand même avec moi. Et tandis qu'elle le pense, elle ne doute pas un instant que, cette fois encore, il l'écoute.

Il est apparu tout à coup, tandis que l'on perçoit encore dans l'air un dense parfum de pluie : le soleil, maintenant, brille d'une lumière nouvelle ; les nuages gris se dissipent peu à peu pour laisser place au bleu du ciel.

Heureusement qu'il fait ce temps. L'idée de partir avec la pluie l'aurait vraiment rendue triste. À présent, elle est heureuse : la dernière image de sa Vénétie qu'elle emmènera avec elle ne sera pas en noir et blanc mais en couleur.

Linda scelle avec un cadenas sa petite valise à roulettes. Elle ne contient que des affaires essentielles, comme le lui a demandé Tommaso.

— Ne prends avec toi que ce à quoi tu tiens le plus, je m'occupe du reste, lui avait-il dit la veille, comme s'il voulait l'inviter à tout laisser derrière elle, y compris ses souvenirs. Tu peux aussi prendre le tableau que je t'ai offert, comme ça on l'accrochera dans notre nouvelle maison.

Elle est prête à présent : elle avance vers la porte de la Maison bleue avec les sept péchés capitaux sous le bras, les quatre vertus autour de son cou et une valise à moitié vide qui attend d'être remplie avec un futur qui n'est pas encore écrit. Une fois dehors, elle laisse la valise sur la première marche et pose le tableau contre le muret.

Puis, alors qu'elle est sur le point d'entrer de nouveau dans la maison, elle le voit. Ce n'est encore qu'une silhouette qui s'avance lentement. Plus il approche, plus elle se sent défaillir.

C'est lui ; elle n'arrive pas à y croire : Alessandro. Il porte une paire de jean décousus et un pull militaire vert ; son bras droit est couvert d'un bandage, et on distingue, sur son front, les restes d'une blessure. Il marche d'un pas sûr. Il va bien, ils ne lui ont rien fait, ils n'ont pas réussi.

Linda se met à trembler : elle voudrait courir, mais elle n'arrive pas à faire le moindre pas. Elle saisit son visage dans ses mains, la bouche entrouverte, et écarquille les yeux, comme si elle voyait un fantôme.

— Ne t'évanouis pas, je t'en prie, dit Alessandro, avec un sourire. C'est bien moi, si jamais tu avais encore un doute. En chair et en os.

Il rit franchement, maintenant.

Linda va à sa rencontre, le prend dans ses bras, doucement car elle a peur de lui faire mal, de le casser. Mais Alessandro la serre avec plus de poigne. Le bonheur de se retrouver est plus fort que tout.

— Tu m'a fait perdre dix ans de vie, idiot ! murmure Linda, la tête posée sur son épaule.

— Tant d'histoires pour une banale prise d'otage, réplique-t-il.

Il a vu la mort de près, et pourtant il a toujours cette incroyable légèreté de celui qui sait saisir l'instant présent, qui profite de chaque morceau de vie.

— Je pensais ne plus jamais te revoir.

— Et pourtant, grâce à Tommaso, je suis là.

Linda a un moment d'hésitation.

— Comment sais-tu que c'est lui ? s'enquiert-elle, en s'écartant brusquement d'Alessandro pour le regarder dans les yeux.

— Je me suis renseigné, dit-il avec un sourire vague. C'est toi qui lui as demandé d'intervenir ?

— À vrai dire, il a tout fait tout seul, répond Linda, les yeux brillants. Il a été génial, non ?

Alessandro se contente d'acquiescer. Si elle savait jusqu'à quels compromis Tommaso avait dû s'abaisser pour parvenir à le sauver, elle ne serait pas si enthousiaste. Mais ce n'est pas son rôle de le lui dire. Et surtout pas aujourd'hui qu'il la voit si heureuse. Puis, soudain, il remarque la valise sur la première marche.

— Mais tu t'en vas ? s'exclame-t-il.

— Oui, mon vol est dans deux heures.

— Et on peut savoir où tu vas ? Le fils prodigue est de retour et toi qu'est-ce que tu fais ? Tu vas t'amuser sans lui ?

— Je vais à Lisbonne, annonce Linda avant de marquer une pause. Avec Tommaso.

De nouveau, un silence. Chargé d'ambiguïtés.

— Ah, donc maintenant vous êtes ensemble...

— Oui.

Quand elle y pense, Linda se dit simplement qu'elle part avec lui. « Être ensemble » est peut-être juste une conséquence de ce choix : quelque chose qu'elle se sent enfin prête à vivre, mais qu'elle n'avait jamais verbalisé jusqu'alors.

— Et combien de temps pars-tu, mademoiselle ?

— Eh bien… un bout de temps, je dirai. Ils lui ont confié un mandat de trois ans.

— Ah.

Alessandro amorce un sourire de circonstance, mais il n'y arrive pas. Pas avec elle, sa plus chère amie. Elle ne le mérite pas.

— Et tu es sûre de ce que tu fais, n'est-ce pas ?

— Oui, répond Linda, sans l'ombre d'un doute dans la voix. J'ai pris la bonne décision, je le sens.

— Alors, dans ce cas, je suis de ton côté, comme tu as toujours été du mien.

Personne ne sait mieux que lui qu'on ne peut entraver un esprit libre. Peut-être voudrait-il le faire, ou peut-être pas, quoi qu'il en soit il ne fait rien pour la retenir : Linda doit pouvoir choisir sans interférences, elle doit avoir la possibilité de se tromper ou de conquérir son bonheur. C'est en se laissant mutuellement cette liberté qu'ils ont continué, ces dernières années, à rester si proches.

— Viens là, dit-il à Linda en l'attirant contre lui.

Il sourit et la serre fort dans ses bras. C'est une étreinte qui traverse la peau et pénètre jusqu'au cœur, pour s'arrêter encore plus loin, dans cet espace qui sait tout de nous et qui n'a pas de nom.

— Bon courage. C'est ton tour de partir, cette fois.

Linda reste muette tandis qu'une larme glisse le long de sa joue. C'est un moment d'absolu, qui raconte toute leur vie.

C'est Alessandro qui se détache le premier.

— Salut, lui dit-il en l'observant une dernière fois.

Linda le regarde, elle aussi. Elle a la sensation qu'ils ne se sont pas tout dit, mais elle n'a pas le courage d'abîmer cet instant parfait. Elle soulève une main en l'air, la fait danser au-dessus d'eux et fait le geste d'attraper quelque chose d'invisible : Tommaso est à jamais dans son souffle, comme la mer est enfermée dans un coquillage.

Puis Alessandro se retourne et s'en va, avec la démarche assurée de celui qui peut parcourir des kilomètres sans être atteint par la fatigue du voyage, en profitant seulement du bonheur d'avancer.

MERCI

à vous, lectrices et lecteurs,
à ma famille,
à Michele,
à Caterina et à toute la « compagnia del sesto »,
à Silvia,
à Massimo,
à Giovanna et à son équipe mythique,
à toute la maison Rizzoli, du rez-de-chaussée jusqu'au dernier étage,
à Maddalena,
à Al,
à Diana, Elena et Laura,
aux personnes qui, chacune à leur façon, ont été source d'inspiration : Federico T., Licia N., Tommaso V. (vous savez comment et pourquoi),
au 13 avril 2014, à 18 h 42,
aux lieux magiques de ma terre,
à tous les péchés.

TABLE DES MATIÈRES

Cet ouvrage a été composé
par Nord Compo

Impression réalisée par
CPI BRODARD ET TAUPIN
La Flèche
en mars 2015

PAPIER À BASE DE
FIBRES CERTIFIÉES

JC Lattès s'engage pour l'environnement en réduisant l'empreinte carbone de ses livres. Celle de cet exemplaire est de :
905 g éq. CO_2
Rendez-vous sur
www.jclattes-durable.fr

N° d'édition : 01. – N° d'impression : 3009352
Dépôt légal : mars 2015
Imprimé en France